El Sembrador de oro y otros cuentos del Tíbet

Iñaki Preciado

El Sembrador de oro y otros cuentos del Tíbet

Oberon Puck

Asesoramiento de Mª Teresa Román López,
profesora titular de filosofía de la UNED.

Diseño de colección: Fernando Chiralt
Maquetación: Grupo Anaya
Fotografía de cubierta: *Wooden Carvings in Lhakhang Karpo Chapel,* 1997
© Michael Freeman/CORBIS/Cover

Juan Ignacio Luca de Tena, 15. 28027 Madrid
www.oberoneds.com
I.S.B.N.: 84-96052-80-X
Depósito legal: M. 42.195-2004
Impreso en Lavel, S. A.
Humanes (Madrid)

Índice

Introducción

La literatura tibetana es una de las más ricas de Asia, tanto en cantidad como en variedad. Y esto último pese a la opinión generalizada en Occidente, donde apenas se conoce otra cosa que las obras de un marcado carácter religioso. Bien es verdad que la religión impregna la literatura tibetana, y que gran parte de su producción lo que pretende es difundir los conceptos religiosos del budismo, pero, por otro lado, no es nada desdeñable el valor de la literatura puramente laica, de la que luego hablaremos.

Cuando se habla de religión tibetana, pocos son los que no asocian la idea con el budismo; y, sin embargo, la religión que impregna mayoritariamente la literatura tibetana es el bon, las antiguas creencias de las tribus tibetanas de la Gran Meseta. Y esto se puede descubrir en cuanto se rasca sobre la terminología empleada, términos y frases estereotipadas, muchas veces añadidas, incrustadas diríamos, pero sin aportar novedad ni belleza a la obra. Una forma budista que encierra y quiere ocultar un fondo *bonpo*, pues bonpo es el universo mental, mágico, de los personajes, y bonpo también son los escenarios y paisajes.

Sabemos por referencias, que la literatura más antigua de las tribus tibetanas fue la escrita en la lengua de Shangshung, el país del *Khyung (Garuda),* un antiguo estado que, durante muchos siglos, ocupó un vasto territorio que se extendía por el occidente y por el centro de la meseta tibetana. Sin embargo, nada de esa literatura ha llegado hasta nosotros, e incluso la misma lengua de Shangshung sólo se conoce parcialmente, a partir de fragmentos conservados en los textos del bon.

En cuanto a la literatura tibetana propiamente dicha, comienza en el siglo VII, luego de la creación de la escritura tibetana. Fue el gran rey tibetano Songtsen Gampo quien envió a Thon-mi Sambota y otros quince eruditos a la India, para que a su regreso elaboraran un sistema de escritura adaptado a la lengua tibetana. Al final modificaron el *marchen* (la escritura de Shangshung usada por los bonpos) conforme a patrones de la escritura *gupta* de la India, y el resultado fue la escritura que hoy se utiliza.

Las obras más antiguas conservadas de la literatura tibetana pertenecen al conjunto de los numerosos textos descubiertos en las grutas de Mogao (Dunhuang, actual provincia china de Gansu) a principios del siglo pasado. Entre ellos encontramos no sólo literatura religiosa o relacionada, sino también popular: mitos y leyendas, poesía, proverbios, cuentos... Es la literatura del primer período, que llega hasta el siglo IX, cuando se inicia la decadencia del gran imperio tibetano, conocido como «reino de Pugye». A esta época pertenecen muchos de los mitos y leyendas reunidos en este libro, así como las *Historias contadas por un cadáver prodigioso.*

El segundo período de la literatura tibetana abarca desde el siglo IX hasta el siglo XIII. Época de gran vitalidad literaria: se recopilan el canon del bon y el canon budista tibetano, comienza la composición de la *Epopeya del rey Guesar de Ling,* se redactan las *Fabulas de Sakya* (también incluidas en nuestro libro), y el yogui Milarepa, el gran místico y poeta, compone sus *cien mil cantos.*

El tercer período, del siglo XIII al siglo XVII, es también una época fecunda, particularmente en cuanto a la composición de las grandes piezas del teatro tibetano, de las que aquí ofrecemos seis de entre las más importantes. También es el momento en que se redactan las obras más relevantes de la literatura histórica, y de notables y valiosas biografías, como la *Vida de Milarepa* y la *Vida de Marpa.*

El período postrero, a partir del siglo XVII, coincide con la consolidación del gobierno del Tale Lama (Dalai Lama) sobre una parte de las tribus tibetanas (las del centro y del oeste del Tíbet), y a lo largo de él siguen produciéndose obras de carácter histórico, y también poesías de autor, entre las que destacan las *Canciones líricas del VI Tale Lama.* La redacción y difusión de los *Cuentos de Aku Tonpa,* incluidos en este libro, son también de esta época, si bien se basan en materiales más antiguos.

Como puede verse por todo lo que hemos dicho, en *El Sembrador de oro y otros cuentos del Tibet* el autor ha querido reflejar, de la forma más completa posible, el paisaje de la literatura popular tibetana, en sus diferentes fases y escenarios. Los relatos que se ofrecen al lector no son traducciones, sino recreaciones del autor, tras haber leído los textos tibetanos originales, o haber oído contar la historia, de la boca de gente del pueblo, en sus largos y repetidos viajes por el Tíbet profundo. A la hora de la redacción, se ha seguido como criterio primero y principal facilitar la lectura a los no iniciados en temas de budismo o desconocedores, o poco conocedores, del Tíbet; agilizar la lectura de algunas historias que, en su versión original, están plagadas de repeticiones, frases hechas o incisos que muchas veces no aclaran, sino que entorpecen el discurso. Valga como ejemplo las historias del teatro tibetano, de texto prolijo y redundante, cuya representación dura como poco un día, y como mucho, tres. La plástica del espectáculo, por supuesto, compensa con creces la pesadez del texto; o, dicho de otro modo, son textos originalmente pensados para ser escenificados, no como objeto de simple lectura.

En aras de ese pretendido fin, se ha evitado, en lo posible, el uso de términos tibetanos y sánscritos (v.g., «Doctrina» por *Dharma*), y los nombres propios a veces se traducen y otras no, dependiendo de la comodidad y conveniencia. En cuanto a la transcripción de los nombres propios y términos tibetanos, nos hemos atenido, en la mayoría de los casos, a su pronunciación en la lengua de Lhasa.

Por otro e importante lado, el autor debe excusarse por no haber incluido en este libro nada de una de las obras más –si no la más– representativas y valiosas de la literatura del País del Frío (*Bsil-ldan-ljongs*, otro nombre del Tíbet): la *Epopeya del Rey Guesar.* Como breve desagravio, permítasele hacer de la misma una pequeña presentación.

La *Epopeya del Rey Guesar,* conocida en tibetano como *Ger-sar rgyal-po sgrung* («Relatos del Rey Guesar») o *Ge-sar nam-thar* («Historia de Guesar»), es una epopeya difundida no sólo por todas las regiones tibetanas, sino también por Mongolia, Bután, Nepal y el norte del actual Pakistán. Su composición se inició en el siglo XI sobre la base de mitos, leyendas y relatos anteriores, e incluso muy anteriores. Varias generaciones pasaron antes de que la obra alcanzara la extensión que hoy conocemos: más de cien largos episodios. De éstos, setenta se han publicado en la República Popular China (veintidós en mongol). Son episodios que se transmitieron oralmente y en copias manuscritas o ediciones xilográficas (casi trescientas versiones). Se trata, pues, de una epopeya monumental, única en la literatura universal, tanto por su extensión, como por seguir viva, muy viva, en la Gran Meseta, donde por todas partes se encuentran rapsodas iletrados que recitan, de memoria, episodio tras episodio.

Podría el autor, bien es cierto, haber ofrecido al lector el resumen de alguno de los episodios de la *Epopeya,* mas al final le ha vencido la tentación de esperar la ayuda de los dioses y demonios del Tíbet para convencer a algún abnegado editor. Así, tal vez un día pueda ver la castellana luz una versión directa de una parte de la *Epopeya* (que el todo obra sería de generaciones, o cuando menos de legión de traductores).

Por último, quisiera el autor expresar su agradecimiento a Juan Diego Pérez, de quien surgió la idea de este libro, y a María Teresa Román, cuyo estímulo fue parte, y no pequeña, para que la idea se materializara; sin olvidar a los muchos hombres y mujeres del Tíbet, que con sus historias y cuentos, y el maravilloso ejemplo de sus vidas, me han permitido penetrar en ese mágico mundo que les caracteriza, y del que aquí, en Occidente, sólo nos queda sentir la nostalgia del bien perdido.

Primera parte

Mitos y leyendas históricas

Origen mítico de los tibetanos

Cuenta una antigua leyenda, extendida por todas las partes tibetanas y registrada en los antiguos textos, que los tibetanos descienden de un mono y de una ogresa[1]. En el Tíbet, al principio no había hombres, sólo espíritus por todas partes. Más tarde aparecieron aquéllos, nacidos de un mono y de Tra Sinmo («Ogresa de los Riscos»). El mono no era mono común, sino fervoroso discípulo del Gran Misericordioso (Chenresi), uno de los bodhi-*sattvas* mayores[2]. Un día, el Gran Misericordioso, en su sede del monte Putuo (montaña sagrada del este de China), recomendó a su discípulo que fuera a meditar al País de las Nieves, es decir, al Tíbet. Así hizo, y fue hasta el valle de Yarlung[3], donde se retiró a una cueva. Había comenzado su camino de perfección en la práctica espiritual, cuando en esto aparece Tra Sinmo, que trata de seducirle:

–¿Por qué no nos juntamos? –le dice al mono.

–Soy discípulo del Gran Misericordioso –le responde–, quien me ha mandado venir aquí a meditar. Si me junto contigo, habré quebrantado mis votos.

–Pues si no te unes a mí –amenaza la demonia-ogresa–, fuerza me será juntarme con un demonio, con el que tendré numerosa prole, muchos demonios como hijos y muchísimos más como nietos, y el País de las Nieves se llenará de demonios, de suerte que será infinito el número de seres que sufrirán males sin cuento.

Corrió entonces el mono hasta el monte Putuo para consultar al Gran Misericordioso.

–Es la voluntad del cielo –le dijo el bodhisattva–, es un feliz augurio, así que vuelve y únete a esa ogresa.

Se unieron y tuvieron seis monitos, que vivieron libres en los bosques de árboles frutales. Sin embargo, al cabo de tres años, cuando el mono volvió, se encontró con que su descendencia se había multiplicado, y ahora eran quinientos, y como los bosques estaban a punto de agotarse, su vida era muy difícil. Volvió el mono a pedir consejo al Gran Misericordioso, y siguiendo sus palabras, fue al monte Sumeru[4], donde se hizo con las semillas de los cinco cereales. Retornó luego al Yarlung, y las esparció por la tierra, y así fue como, sin obra de arado, brotaron los cinco cereales. Teniendo ahora los monos alimento más que suficiente, perdieron poco a poco la cola, y acabaron transformándose en hombres, antepasados de los actuales tibetanos[5].

Tonpa Shenrab, fundador del bon de la *svástika*

Hace mucho, mucho tiempo, en la inmensa meseta del Tíbet, en los valles y bosques, entre las altas montañas, en medio de multitud de animales salvajes y árboles de todas clases, vivían unos hombres que se alimentaban de frutas y bayas y se vestían con cortezas de árbol. La religión era algo desconocido para ellos, algo de lo que nunca habían oído hablar.

Según cuenta la leyenda, más tarde, en la región occidental de la meseta, floreció el reino de Shangshung. Región de hermosos y feracísimos valles, y de unos paisajes maravillosos, por donde se desplazaban en busca de pastos grandes rebaños de yaks y de ovejas. Las gentes se levantaban con el sol, y al ponerse el sol descansaban de su laboriosa jornada. Registraban sus tratos mediante nudos en cuerdas y muescas en varas, y llevaban una vida libre y feliz.

Un día, a la hora en que se recogen los yaks y las ovejas entran en el aprisco, en el horizonte, en medio de las purpúreas nubes, brilló de pronto una luz dorada, cuyos innumerables rayos iluminaron el firmamento. Luego, empezó a soplar, no se sabe de dónde, un furioso viento, y a poco el cielo quedó oscurecido por grandes nubes de polvo y arena. Al cabo de un tiempo el vendaval pasó, y fue entonces cuando las gentes vieron maravilladas que los arreboles se habían transformado mágicamente en un poderoso león. El león, moviéndose lenta y majestuosamente, desapareció tras las lejanas cumbres nevadas. Pronto las gentes descubrieron que un muchacho de la tribu, llamado Shen, había desaparecido. Todos se dieron a imaginar que algún demonio se lo había llevado. Shen acababa de cumplir trece años.

Se fue el invierno y llegó la primavera, y así,... un año tras otro,... se fueron sucediendo las estaciones, y la historia del muchacho raptado por los demonios acabó cayendo en el olvido. Y así nadie pudo imaginar que, trece años después, aquel muchacho iba a retornar, también a la hora del crepúsculo, a su tribu, entre su gente. Ahora ya no era un mocito, sino un hombre joven de noble presencia. Y su gente, al descubrir la vastedad de su saber y el poder de su magia, le llamó Shen-rab[6], y le veneró como enviado de los dioses. Así fue como Shen-rab se convirtió en el primer patriarca de la religión tibetana, el bon.

El bon (pronúnciese [pön]) considera que todos los seres son animados, y rinde culto al cielo y a la tierra, al sol y a la luna. Divide el universo en tres reinos, esferas o dimensiones: en el mundo superior viven los dioses; en el intermedio, los hombres junto con otros espíritus o genios, y en el inferior, habitan los *nagas*[7] y los demonios de muchas y varias clases y condiciones.

Al principio, el bon carecía de textos sagrados y de doctrina elaborada. Sus prácticas consistían en ofrendas a los dioses, rituales propiciatorios, rituales de exorcismo, con los que se buscaba alejar a las fuerzas malignas y también sojuzgar a los demonios. Más tarde aparecieron sabios maestros, que conocían bien los dos caminos, el de los dioses y el de los demonios. Bonpo (pronúnciese [pönpó]), ese es el nombre que se dio a estos maestros, que eran samanes y también magos. De ellos, el primero y el más grande fue Shen-rab Mi-wo-che, el Gran Samán. Estos bonpo tenían poderes extraordinarios, que les permitían entrar en comunicación con los dioses, quienes a su vez se solían manifestar a través de ellos. Como además esos sus poderes mágicos también les permitían sojuzgar a los demonios y demás fuerzas maléficas, gozaban de un grandísimo respeto entre las gentes.

Hasta la llegada del budismo, en los siglos VII-VIII, en el País de las Nieves, en la vasta meseta tibetana, floreció durante muchos siglos el bon, la religión propiamente tibetana, y por todos lados se podía (y aún hoy se puede en algunas partes) contemplar esculpido o pintado en rocas y paredes *om matri muye sale du*, mantra[8] sagrado del bon.

Orígenes del reino tibetano: la leyenda del rey Ñatri (Ñatri Tsenpo)

Hace más de dos mil años, en el valle del Yarlung, habitaban unas tribus de ganaderos nómadas. Un día, los pastores descubrieron en lo alto de una nevada montaña, llamada Tsentang Goshi («Planicie de las Cuatro Puertas de la Alabanza»), a un joven de noble porte. Tanto por la lengua que el joven hablaba, como por sus maneras y por la ropa que vestía, era manifiesto que procedía de otro lugar muy distinto. Los nómadas estaban desconcertados, pues ignorantes de su procedencia, no sabían cómo debían tratar a aquel joven desconocido; entonces enviaron a uno de ellos para que bajara a informar a los demás de lo que estaba pasando. El jefe de la tribu, al conocer la noticia, despachó a doce samanes bonpo, todos ellos hombres de gran sabiduría, para que subieran a la montaña y averiguaran quién era aquel muchacho. Así que llegaron junto a él, y le preguntaron que de dónde venía. El joven no respondió palabra, sino que, alzando su mano derecha, señaló el cielo con el índice. Los bonpo, luego al punto supieron que venía del cielo, y que por tanto era hijo de un dios, lo cual los llenó de contento. El samán principal de los doce que habían subido a la montaña alargó entonces el cuello para que sirviera de asiento al joven, y, cargando con él, bajó la montaña, acompañado de los demás bonpo y de los pastores, y lo presentó ante el resto de la tribu.

Acudieron todos a ver al recién llegado, y descubriendo luego su talle extraordinario, sus nobles maneras y grande inteligencia, lo eligieron como jefe de la tribu y le pusieron por nombre Ñatri Tsenpo («rey del cuello por trono»)[9]. De ahí que, desde entonces, a los reyes del Tíbet se los llamara *tsenpo*. Ñatri fue el primer rey de las tribus tibetanas de la región, señor de las «Seis tribus yak del Tíbet», fundador del reino tibetano de Pugye, y sus descendientes se sucedieron en el trono durante siglos. Durante su reinado, Ñatri edificó la fortaleza de Yumbulakang, encargó a Tsemishengui Mugyel la traducción de los textos del bon, y consiguió poner a su servicio a Ayong Gyawa, supremo bonpo del poderoso reino vecino de los *sumpa*[10].

Al final de su reinado, retornó al cielo por la misma escalera de cuerda por la que antes había descendido.

Para los bonpo, Ñatri era hijo de Tridüntsig, dios de la Luz, uno de los siete primeros dioses, que habita en el Decimotercer Cielo. Ñatri descendió por una escala de cuerda hasta la cumbre de Lhari Röpa («Divina Montaña del Juego»), y luego desde allí prosiguió su descenso, por una escalera divina, hasta Tsentang Goshi, donde lo hallaron los pastores.

El palacio de Yumbulakang

A poco más de diez kilómetros de Tsetang, en la falda de una montaña cubierta de tamariscos y juncias, los habitantes del valle edificaron un palacio para que sirviera de digna morada al «hijo de los dioses», al primer rey del Tíbet, Ñatri Tsenpo. Es el primer palacio del que hacen mención las crónicas tibetanas.

El palacio, levantado aprovechando la configuración de la montaña, se puede ver desde muy lejos, cual si fuera una gigantesca *yurta*, de majestuoso aspecto.

El nombre que las gentes dieron al palacio fue Yumbulakang y, desde él, Ñatri Tsenpo gobernó el país conforme a las enseñanzas del bon. Todo se hacía siguiendo el consejo de los sabios samanes bonpo. Ellos, los bonpo, eran quienes celebraban los rituales para propiciar a los dioses; sus rituales también servían para «eliminar obstáculos a los vivos», para «enterrar convenientemente a los difuntos», y para «apartar a los malos espíritus de los infantes»; los bonpo, «arriba, examinaban los signos del cielo, abajo sojuzgaban a los demonios de la tierra». Así, generación tras generación, las gentes del Tíbet vivieron bajo la protección de la religión de sus mayores.

Latotori, vigésimo octavo rey de la dinastía, fue un avatar del bodhisattva Küntusangpo (Samantabhadra). Un día, mientras dormía la siesta en su palacio, el Yumbulakang, tuvo un confuso sueño: le pareció ver que un objeto sagrado descendía del cielo y se posaba en el tejado del palacio. Al despertar, y como dudara si lo soñado no fuera algo verdadero, quiso comprobarlo, y ordenó a sus sirvientes que subieran a las azoteas del palacio a mirar. Y en efecto, allí hallaron un rico cofre, que luego llevaron ante el rey. Ordenó éste que lo abrieran y, para su gran sorpresa, vieron en su interior un *chorten*[11] de oro, unos textos sagrados, y también fórmulas mágicas y objetos de culto. Como entonces en el Tíbet aún no se conocía la escritura, nadie supo descifrar el sentido de aquellos signos escritos en los libros.

Dio órdenes el rey para que aquellos «misteriosos objetos sagrados» fueran trasladados al salón principal del palacio, donde fueran tenidos en gran honor. Además les dio un nombre: *Ñingpo sangwa* («tesoros misteriosos»). En adelante, convertidos en objeto de gran veneración, se les hacía frecuentes ofrendas.

Tal fue, según leyenda, el remoto inicio de la entrada de la Doctrina del Buda en el País de las Nieves.

La fundación de Lhasa

A principios del siglo VII, las tribus tibetanas del reino de Pugye, que hasta entonces habían vivido durante siglos aisladas en el valle de Yarlung, se habían convertido en una poderosa fuerza en expansión. El trigésimo segundo tsenpo de la dinastía, Nam-ri Songtsen, había muerto envenenado. Su hijo Songtsen Gampo subió al trono y prosiguió la política de conquistas iniciada por su padre. Campañas en el norte y en el sur se sucedieron, el reino se extendió cada vez más y, finalmente, derrotó a sus más poderosos vecinos, los sumpa, cuyo reino se extendía por los valles de los ríos Kichu («río de la Felicidad», o río Lhasa) y Ñang. Fue el comienzo de un poderoso imperio, en el que culminaría la unificación de las tribus tibetanas que habitaban la Gran Meseta.

Un día de estío, de suave brisa y sol radiante, el joven soberano se acercó a las orillas del Río de la Felicidad. Se despojó de su túnica de piel de leopardo y, con pasos firmes y seguros, entró en las claras aguas del río para darse un baño. Nadó un poco espacio y luego, levantando la mirada, contempló en toda su belleza aquel lugar de verdes praderas al que llamaban Otang del Kishö («curso inferior del Río de la Felicidad»). En medio de la llanura, dos pequeñas montañas se miraban, frente a frente, como plantándose en desafío. La una, la Montaña Roja (Marpori); la otra, la Montaña de Hierro (Chapori)[12]. La llanura estaba rodeada por montañas, con nevadas cumbres, y ásperos collados en lontananza. De pronto, el rey recordó que, según contaba la leyenda, era aquel un lugar sagrado, al que uno de sus antepasados, el rey Latotori, se había retirado para meditar viviendo como ermitaño, y que el mismo rey Latotori había predicho: «En este lugar uno de mis descendientes fundará un imperio». Salió del agua Songtsen Gampo, secó las frías gotas que empapaban su cuerpo, vistió su túnica de leopardo y, montando en su caballo, se puso en camino. Mas su decisión ya estaba tomada: trasladaría la capital de su reino, desde el apartado valle del Yarlung hasta Otang del Kishö.

⋆ ⋆ ⋆

Entre los años 634 y 641, siendo ya Songtsen Gampo soberano de un verdadero imperio, envió en dos ocasiones embajadores ante la corte de los Tang, para solicitar del emperador chino una unión matrimonial que consolidara los lazos de amistad entre los dos estados. Consintió el emperador Taizong y escogió a la princesa Wencheng como futura consorte del rey tibetano.

Por aquellos días, el budismo florecía en China, y la princesa era una devota budista. Al partir de Chang'an, capital del imperio, llevó consigo un chorten, textos sagrados y una estatua del Buda Sakyamuni a la edad de doce años, que luego sería conocida como Jowo Rinpoche («Precioso Señor»). Dos años tardó en llegar a Otang (Lhasa), y durante todo el viaje, allí por donde pasaba no dejaba de sembrar la semilla de la Doctrina del Buda. Cuando llegó a la capital tibetana, hubo de acomodarse en un arenal, a orillas de una laguna, situada al pie de la Montaña Roja, en su lado este. La razón no era otra sino que la primera esposa del rey, la princesa nepalí Tridsun, ocupaba ya las habitaciones del Pótala, el palacio edificado en lo alto de la Montaña Roja. La princesa Wencheng incluso en un principio hubo de acomodar la estatua de Jowo Rinpoche bajo unos doseles en el terreno mismo donde ella se había instalado.

En aquel tiempo, la Doctrina del Buda apenas era conocida en el Tíbet, por lo que la princesa Wencheng se impuso la misión de difundirla y levantar monasterios. Un día, tras hacer sus abluciones y ofrecer incienso al Buda, la princesa observó detenidamente las señales del cielo y los indicios de la tierra, y fue entonces cuando descubrió que el arenal donde paraba, era la cabeza de un naga, por lo que era menester construir allí mismo un templo para domeñarlo. Propuso, entonces, al rey la construcción de un templo en honor de Sakyamuni, a lo que él accedió.

Llegó la noticia a oídos de la princesa Tridsun, otra devota budista, y al punto le vino la idea de levantar también ella un templo donde hacer ofrendas al Buda, cuanto más que Sakyamuni había nacido en su misma tierra. Escogió para construir el templo un lugar situado al sudeste del arenal, y dirigió personalmente a los constructores y canteros nepalíes que hizo venir expresamente para tal cometido. Sin embargo, ocurrió algo muy extraño: todo lo construido por el día, durante la noche se venía abajo. Cada vez que se construía, otras tantas se derrumbaba, de modo que parecía imposible rematar la construcción del templo. Como la princesa Tridsun ignoraba la causa de tan extraordinario suceso, fue a pedir ayuda y consejo a la princesa Wencheng.

Era la princesa Wencheng mujer de gran talento y acendrada virtud, con mucha experiencia y vastos conocimientos. No puso ningún reparo ni condición para ayudar a la princesa Tridsun, sino que en seguida realizó algunas adivinaciones y cálculos geománticos y astrológicos, y así fue como señaló cuál era el lugar más adecuado para levantar el templo. A partir de sus observaciones del cielo durante la noche y del terreno por el día, llegó a descubrir que la configuración del territorio por el que se extendía el reino de Pugye (Tíbet) semejaba a una ogresa tumbada boca arriba. Esto no auguraba nada bueno para el futuro del reino, y para evitar los ominosos presagios era menester edificar una serie de templos que sujetaran firmemente las cuatro extremidades de la ogresa. Prosiguiendo con sus observaciones y cálculos, la princesa descubrió que Otang era el corazón de la ogresa y que las aguas de la laguna eran su sangre, de modo que era muy necesario y urgente levantar allí mismo un templo en honor del Buda, y también secar la laguna para que la sangre de la ogresa cesara de fluir. Basándose en los principios de la doctrina de los cinco elementos, le sugirió al rey que lo más propicio sería secar la laguna con tierra acarreada por cabras blancas.

Hízose tal y como había indicado la princesa y, una vez estuvo ya seca la laguna, se construyó en el lugar un grandioso templo, al que llamaron en un principio Templo de Ra-sa[13], es decir, Templo de la «Tierra de las Cabras». Y como bien podía decirse que aquel templo era el símbolo de la capital del imperio, ese mismo nombre, Ra-sa, se dio a la ciudad. Sólo más tarde la «Tierra de las Cabras» se convirtió en «Tierra de los Dioses» (Lha-sa), y el templo empezó a conocerse como Jo-khang («Casa del Señor»).

El monte Kongpo y el templo del Halcón y del Dragón

En Tsethang, en la región de Lhoka, hay una montaña llamada Kongpo. Según la leyenda, la montaña está sostenida por cuatro espíritus celestiales: el rey caballo en el lado este; el divino elefante, en el oeste; el pavo real, en el norte, y la tortuga divina, en el sur. Mantienen al monte suspendido en medio del espacio, entre el cielo y la tierra, y desde su cumbre se puede contemplar tanto el mundo de los dioses como el de los hombres; y también se puede prever la vida y la muerte, la felicidad y las desgracias, todo cuanto ha de suceder en el futuro. Además, hubo un tiempo en que el bodhisattva Küntusangpo fue a meditar a esta montaña, por lo que las gentes consideran al monte Kongpo uno de los más sagrados de la tierra.

Los cálculos y adivinaciones llevaron a la princesa Wencheng a descubrir que uno de los brazos de la ogresa se hallaba justo al sudoeste de la montaña. Allí había un lago, en cuyas profundidades habitaba un terrible naga de cinco cabezas que a menudo provocaba grandes catástrofes en la región.

Cuenta la leyenda que, al saberlo, el rey Songtsen Gampo determinó de domeñar al terrible naga y, para ello, primero fue al monte Kongpo, donde estuvo meditando durante un tiempo, hasta que acumuló poderes suficientes para convertirse en un garuda[14]. Bajo esta forma voló hasta el monte Tepu, desde cuya cumbre acechó al naga. Cuando éste sacó las cabezas del agua, el garuda cayó raudo sobre él y de un picotazo le arrancó una de las cabezas. Tras una feroz pelea, agotado, el garuda regresó volando a la cumbre del Tepu para, tras descansar un tiempo, acechar de nuevo al naga. Volvió éste a asomar las cabezas, y el garuda le arranco una segunda, y así se repitió la pelea una vez tras otra, hasta que el naga perdió todas sus cabezas. Aun así, para someter completa y definitivamente al naga, Songtsen Gampo ordenó secar el lago acarreando gran cantidad de arena, y sobre el mismo lugar levantó un templo en honor del Buda, al que llamó Templo de Trandru, que viene a significar «chillido del búho semejante al rugido del dragón». Nombre que aludía a los espantosos rugidos que estremecieron el cielo y la tierra en el curso de las descomunales peleas que se sucedieron entre el garuda y el naga.

Este fue el primer templo budista que se levantó en el Tíbet. Cien años después, Guru Rinpoche, el gran maestro de Urgyen, estuvo durante un tiempo retirado en una gruta cercana al templo, por lo que el lugar acabó convirtiéndose en uno de los más sagrados del Tíbet, al que siguen acudiendo multitud de peregrinos.

Guru Rinpoche y el monasterio de Samye

Padmasambhava era el nombre de un gran maestro tántrico que llegó al Tíbet en el siglo VIII para difundir la doctrina de Buda. Su nombre en tibetano es Padma jungne, «el Nacido del Loto», más conocido entre el pueblo como Guru Rinpoche, «el Precioso Guru». Su patria era Uddiyana (Urgyen), problemente situada en el actual Swat, en el norte de Pakistán. Fue un gran maestro del Mantrayana, el Camino del Mantra Secreto[15], y también un gran mago y taumaturgo, con grandes poderes para subyugar las fuerzas del mal.

Cuando el maestro indio Shantarakshita consiguió que el rey Trisong Detsén invitara a Padmasmbhava a venir al Tíbet para enseñar la doctrina, su propósito no era otro sino aprovechar los poderes mágicos del maestro de Uddiyana para vencer a los bonpo.

Guru Rinpoche aceptó ir al Tíbet, y durante su viaje hasta llegar a Samye, sometió a numerosos demonios, a los que luego convertía en protectores de la Doctrina.

El gran mérito de Guru Rinpoche fue su capacidad de asimilación. Proclamó dioses budistas a los dioses de la naturaleza del bon, como los dioses de las montañas, de los grandes ríos, de los lagos, de las rocas... Y a todos ellos reverenció, y elevó ofrendas en honor de todos ellos. Y, sobre todo, aceptó como protectoras de la Doctrina del Buda a las Doce Tenma[16], poderosas deidades locales del bon. También utilizó y adaptó toda una serie de rituales bonpo de exorcismo, de expulsión y de sometimiento de demonios y malos espíritus; rituales que quedaron asimilados dentro de la magia del mantra secreto budista. Así consiguió familiarizar a las gentes con una doctrina, la del Buda, que hasta entonces desconocían. Y también, con todo intento, proclamó al rey Tisong Detsén «Hijo de los Dioses», con lo que se ganó el apoyo de los reyes de Pugye, y el budismo pudo afianzarse y prosperar en un no muy largo espacio de tiempo.

★ ★ ★

Antes de la llegada de Guru Rinpoche al Tíbet, otro gran maestro, Shantarakshita, ya llevaba un tiempo difundiendo la doctrina budista. Un día vino hasta un lugar llamado Samye, a orillas del Yalutsampo, y nada más verlo descubrió que era un lugar de gran poder, por lo que determinó de levantar un monasterio allí mismo. Mas al empezar la construcción resultó que, a poco de edificar algo, pronto se venía abajo, y así repetidamente, con lo que los constructores se llenaron de temor, y dijeron que aquello era cosa de los demonios. Entonces Shantarakshita, enterado de que Guru Rinpoche había llegado a la región, despachó gente para que le rogaran acudiera en su ayuda.

Fue Guru Rinpoche, y lo primero que hizo fue levantar un altar donde celebró unos rituales y recitó una serie de fórmulas mágicas. Al instante, las aguas del río crecieron hasta desbordarse, y el cielo se cubrió de tinieblas. Un naga espantoso apareció saliendo de las aguas y, agitando sus garras, las fauces abiertas que mostraban su grandes y afilados colmillos, se lanzó sobre Guru Rinpoche. Éste, imperturbable, sin dar la menor muestra de temor, prosiguió recitando sus mágicas palabras, y luego, de pronto, lanzó una bocanada de fuego que prendió en el naga y lo hizo revolcarse de dolor. Apenas unos instantes, y el naga quedó tendido, muerto, en el suelo. Guru Rinpoche terminó de recitar sus conjuros, y después comenzó a medir el terreno para construir el monasterio.

El día que iban a comenzar las obras, Guru Rinpoche invitó al rey Trisong Detsén para que fuera a poner la primera piedra. La construcción del monasterio, levantado según el modelo de un mándala[17] del Mantrayana budista, fue difícil y lenta, y se prolongó por espacio de doce años. Finalmente, se terminó de edificar un conjunto que comprendía un total de ciento y ocho templos, grandes y pequeños, y al que se denominó «monasterio de Samye», adoptando el nombre del lugar.

El monasterio de Samye fue el primer monasterio budista que se construyó en el Tíbet. El templo central, el Tsulakang, es un edificio de tres pisos que según la tradición representa el monte Sumeru. A cada uno de sus cuatro lados hay sendos templos menores, que representan los cuatro continentes, y cada uno de los cuatro tiene cerca otros dos templos, aún más pequeños, que representan los ocho continentes menores. Por último, a ambos lados del templo principal se encuentran el templo del sol y el templo de la luna. El conjunto se halla rodeado por una muralla ovalada. No lejos del templo principal, en dirección sudoeste, se encontraba un bello y silencioso lugar de traducción de los *sutras*. En el exterior del monasterio se levantaron también los llamados Chomoling Sum, tres palacios mandados construir por el rey Trisong Detsén para alojar a sus esposas cuando venían a venerar al Buda.

De todos los edificios del conjunto monástico destaca por su belleza y rareza el Tsulakang. Sus tejados dorados y de color esmeralda brillan deslumbrantes iluminados por el sol. Según cuenta la tradición, cuando se construyó, no sólo trabajaron constructores locales, sino que también fueron maestros constructores procedentes de la China Tang y de India.

El piso superior fue construido por artesanos indios, por lo que su forma recuerda la de los templos hindúes; el piso intermedio fue diseñado por monjes *jan* («chinos»), por lo que presenta las características propias de los templos de estilo chino, y en el dintel de la puerta principal cuelga una tabla en la que, sobre fondo verde, está esculpido en grandes caracteres de oro: *«da qian pu zhao»* («grande-mil-universal-ilumnina»). El piso inferior fue construido por tibetanos siguiendo el modelo de sus propios templos, con abundantes pinturas de brillante colorido que les proporciona un fuerte sabor tibetano. El templo principal es monumental en su conjunto, y de una impresionante majestad, y los tibetanos lo denominan «templo de los tres estilos». También llaman «Tres venerables, maestros y soberano» a los dos eminentes maestros, Guru Rinpoche y Shantarakshita, junto con el rey Trisong Detsén.

El gran debate

En tiempos del rey Trisong Detsén, una de sus esposas, junto con más de treinta mujeres pertenecientes a la nobleza, pronunciaron los votos de monjas ante Moheyena, bonzo chino que en aquel tiempo se encontraba difundiendo el budismo en el Tíbet.

Moheyena, gran maestro *chan* («zen») de la dinastía Tang, pertenecía a la escuela del «Despertar Súbito», que en aquellos tiempos florecía en China. Dicha escuela propugna el «despertar súbito que nos convierte en budas», es decir, que ni las ofrendas al Buda, ni la recitación de textos sagrados, son de utilidad alguna; suprime toda clase de rituales y ceremonias, para insistir tan sólo en el despertar de la propia mente. Este despertar se produce de forma completa y repentina, y en el mismo instante en que se produce, el hombre se convierte en buda. Este sencillo camino para alcanzar la «budidad», pronto encontró en el Tíbet numerosos seguidores, y fueron muchos los que se hicieron discípulos del maestro Moheyena.

A los pocos años, murió el maestro indio Shantarakshita, y el nombre y fama del monje Moheyena aumentó conforme pasaba el tiempo. Sin embargo, algunos monjes partidarios del camino gradual (escuela que defendía una práctica prolongada, gradual, hasta alcanzar la «budidad») no se sometieron y propusieron al rey que enviara mensajeros a India para invitar a Kamalashila, célebre discípulo del desaparecido Shantarakshita. Cuando Kamalashila llegó al Tíbet consiguió del rey que organizara un gran debate entre él y Moheyena. Así fue como se inició entre ambos maestros un larguísimo debate, que duró tres años. Vencedor al principio, Moheyena al final cayó derrotado, y el rey proclamó su apoyo al camino gradual, con lo que la victoria de los monjes indios fue completa.

Más tarde, el rey ordenó a Moheyena y demás bonzos chinos que regresaran a su país, al tiempo que prohibía la enseñanza y la práctica del camino súbito. Pese a ello, la doctrina del chan no dejó de influir en el posterior desarrollo del budismo tibetano.

El monte Kang Rinpoche (Kailas) y el lago Mapam (Manasarovar)

Según la mitología del bon, en el centro del universo se encuentra un monte sagrado: el Kang Rinpoche o Kangtese (Gangs-te-se), conocido en Occidente como monte Kailas. Es el pico más elevado (6.714 m) de una larga cordillera que arranca del Kunlun, se prolonga hacia el sur y, luego de torcer hacia el este, serpenteando llega hasta la región del Kongpo (Ñingtri). Su nombre es una curiosa mezcla de tibetano y de sánscrito: *gangs*, «nieve» en tibetano; *tese*, «nieve» en sánscrito. El monte en sí, pese a no ser el más alto, presenta una forma, una apariencia, inconfundible, muy especial.

Los hindúes y los budistas también lo consideran un monte sagrado. Para los primeros, en su cumbre se encuentra el Paraíso de Shiva, para los segundos, el palacio de Khorlo Demchog[18], una de las deidades del Camino del Mantra Secreto. Por debajo del palacio, en las laderas del monte habitan quinientos *arhats*[19] en grutas, entregados a la práctica espiritual. Y al pie del monte hay innumerables *kandromas (dakinis)* de Sabiduría, que sirven a los budas y cuidan del palacio, y que además procuran a los hombres dulces aguas que manan continuamente de unas fuentes. En estas fuentes tienen su origen los cuatro grandes ríos que cruzan Shangshung, el antiguo reino donde floreció el bon. Son estos ríos: el del Caballo (Yalung tsangpo), el del León (Indo), el del Elefante (Sutlej) y el del Pavo real (Karnali).[20]

Según cuenta la leyenda, cuando el gran maestro Atisha[21] fue al Tíbet desde la India, pasó junto a este monte. Al llegar a su pie, permaneció durante un tiempo indeciso, pues le pareció oír en él sonido de trompetas y tambores. Al final llegó a la conclusión de que en el monte habitaban unos arhats, que en ese momento habían interrumpido sus prácticas meditativas para descansar y tomar un refrigerio. Entonces decidió parar en aquel lugar, y también ellos descansaron y aprovecharan para reponer fuerzas. Más tarde, se difundió una leyenda: cuando alguien llega al monte en peregrinación, si la fortuna le es propicia, puede oír el sonido de unas claquetas de madera de sándalo.

Entre los budistas es particularmente venerado por los seguidores de la escuela *kagyüpa*, pues en él tuvo lugar el combate mágico entre su fundador, el gran yogui Milarepa, y el mago bonpo Naro Bonchung.

También se dice que quien circunvala el monte una vez, se ve purificado de su mal karma[22] de la presente vida; si lo circunvala cincuenta veces, en quinientas reencarnaciones no caerá en los sufrimientos de los infiernos; y si cien veces, alcanzará la «budidad».

Al sudeste del monte se encuentra un lago sagrado, el Manasarovar, que los tibetanos llaman Mapam yumtso («Invencible lago turquesa») en recuerdo de la victoria de Milarepa sobre Naro Bonchung. Sus aguas son de un verde esmeralda de extraordinaria transparencia, que permite contemplar bancos de peces a varios metros de profundidad. Sus aguas sagradas pueden eliminar los cinco venenos de la mente[23], de suerte que quien se baña en ellas, no sólo consigue limpiar su cuerpo, y también prolongar su vida hasta alcanzar la longevidad, sino que, sobre todo, su mente queda purificada. Esa es la razón por la que, desde hace muchísimo tiempo, el lago Manasarovar es uno de los lugares más sagrados, tanto para los seguidores del bon, como para hinduístas y budistas, y a él acuden cada año peregrinos en gran número.

Milarepa

Corría el año del Dragón de agua[24] cuando Mila Trofeo de Sabiduría, acomodado mercader de Kya'ngatsa, en la región de Tsang, partió hacia las frías tierras del norte, para comerciar con los nómadas. Su mujer, Ornamento Blanco estaba embarazada y no tardaría en alumbrar a quien luego sería el gran yogui Milarepa. Lo hizo el día veinticinco de la séptima luna (agosto de 1052) bajo estrellas de buen augurio. Cuando Mila Trofeo de Sabiduría regresó y supo que era un varón, se llenó de alegría y puso al niño de nombre Albricias[25].

Los antepasados de Milarepa eran del linaje Kyungpo, el linaje del Garuda. Pastores nómadas seguidores de la antigua religión del bon, entre ellos se contaron algunos renombrados samanes.

Cuando Albricias tenía siete años, su padre enfermó y murió. Su astuto tío, Trofeo de Svástika, mediante una serie de artimañas, se apoderó de toda la herencia, de forma que la madre de Milarepa, su hermana, llamada

Protectora Feliz, y él mismo, acabaron convertidos en esclavos de su tío. Cuando Milarepa alcanzó la pubertad, Ornamento Blanco envió a su hijo a estudiar conjuros y encantamientos, con ánimo de que luego los usara para vengarse de su tío. Primero fue a estudiar con un samán llamado Ocho Nagas, que habitaba en el Precipicio del Infortunio, no lejos de su lugar natal. Después fue a aprender magia negra con un gran maestro, Khulungpa Yöntén Gyamtso, quien le enseñó una serie de poderosísimas fórmulas mágicas, encantamientos, que le sirvieron para acabar con la vida de toda la familia de su tío, junto a otros parientes y amigos, en número de hasta treinta y cinco. Aquello a su madre aún no le pareció suficiente venganza, de modo que Milarepa fue a estudiar con otro lama bonpo, llamado Yungtön Throgye, la magia de provocar el granizo. Ese mismo año, en otoño, Milarepa volvió a su tierra y desde un monte donde había levantado un mándala, desplegó la magia del granizo: en unos instantes descargó sobre el lugar tan tremendo pedrisco, que la tierra quedó cubierta por un granizo de tres varas de altura. Arrasadas las mieses por completo, ante la inminente hambruna, los campesinos patalean y se golpean el pecho, lloran y se lamentan levantando los brazos al cielo. Viendo tan espantoso espectáculo, la buena semilla que duerme en el fondo de Milarepa, despierta y rompe. Hondamente arrepentido del mal causado, de la muerte de tanta gente y de la destrucción de la cosecha, abandona la magia negra y se convierte a la fe del Buda.

Por entonces, en la región de Lhodra, vivía un maestro de gran erudición y sabiduría llamado Marpa, cuya fama se había extendido por todo el Tíbet. Habiendo oído Milarepa hablar de él, fue hasta Lhodra para pedirle que le recibiera como discípulo. Al principio, Marpa, de propio intento, hizo pasar a Milarepa por numerosas y durísimas pruebas antes de aceptarlo como discípulo[26]. Después le enseñó la práctica del *tummo*[27], así como las otras cinco «doctrinas de Naropa»[28]. Tras largos años de práctica ascética, en cuevas retiradas y con ortigas por solo alimento, logró dominar todas estas artes meditativas, hasta que, finalmente, alcanzó el estado la suprema perfección, el Gran Sello[29].

Oyó el gran sabio indio Naropa hablar de las proezas espirituales de Milarepa y, sintiendo por él una gran admiración y un profundo respeto, compuso en su honor un canto espiritual que decía:

> En las tierras del norte, donde antes reinaban la ignorancia y las tinieblas, ahora un disco solar ilumina las nevadas cumbres. Ha aparecido un hombre de gran virtud y mérito, Milarepa, ante el que hoy me inclino con respeto y rindo homenaje.

Terminada la canción, entornó los ojos e inclinó tres veces la cabeza; luego, tras él, las cimas de los montes y los árboles de los bosques de la India también se inclinaron tres veces en dirección al País de las Nieves. Todavía hoy la cumbre del Pulahari y los árboles de sus laderas parecen inclinarse ligeramente en dirección al Tíbet.

Milarepa murió envenenado en Chuwar, uno de los más hermosos valles del Himalaya, a la edad de ochenta y cuatro años. Según cuenta la leyenda, tras su muerte se procedió a la cremación de sus restos, sobre un huevo de garuda, en el interior de la gruta donde acostumbraba permanecer largo tiempo meditando. En el momento de la cremación, en medio de un cielo limpísimo, surgió un arco iris, tan vivo y tan real que parecía poderse tocar con las manos. Empezó a caer una lluvia de flores, y en las cumbres de las montañas aparecieron preciosos chorten de los cinco colores; se oyó una dulcísima melodía y se extendió por la tierra una fragancia maravillosa. Al cabo de seis días, los restos de Milarepa se transformaron en la figura de un niño de ocho años, brillante, espléndido. Más tarde algunos vieron con sus propios ojos cómo varias kandromas acudían a la cámara mortuoria y desplegaban una gran tela de seda blanca: en un instante los restos de Milarepa se convirtieron en una blanca y brillante luz que ascendía a las alturas.

El combate mágico de Milarepa con el mago *bonpo*

Luego de dejar a su maestro Marpa, Milarepa recorrió muchos lugares del Tíbet y pasó largas temporadas meditando en numerosas grutas. Transmitió sus logros espirituales y sus enseñanzas mediante cantos espirituales conocidos como *Gun-bum* (los *Cien mil cantos*). Tuvo muchos discípulos, que acudían a él en busca de sus enseñanzas, y no dejaba pasar ocasión que le permitiera ayudar a los seres y liberarlos de sus sufrimientos.

Un día, en una de sus peregrinaciones, llegó al monte Kailas, y viéndolo tan majestuoso, con sus escarpadas rocas, imponente aspecto y cumbre cubierta de nieve en todas las estaciones, lo halló muy apropiado como lugar donde entregarse a la meditación solitaria. Allí, en una de las grutas de la ladera, vivió un tiempo entregado a la meditación ascética, alimentándose con sólo ortigas.

Un día, llegó a la montaña sagrada un maestro bonpo llamado Naro Bonchung. Imaginando que sus poderes mágicos eran tan grandes que podía vencer a Milarepa, le lanzó un desafío: el primero que alcance la cumbre de la montaña será su dueño y señor. Milarepa estuvo de acuerdo.

Al día siguiente, apenas había despuntado el alba, Naro Bonchung, con el *shang* (campanilla plana de los bonpo) en una mano y el *damaru* (pequeño tambor de doble parche) bien sujeto a la cintura, inició un rápido ascenso en busca de la cumbre. Milarepa no dio muestras de inquietud, sino que prosiguió sumido en su meditación, sentado, dentro de la gruta. Sus discípulos, al verlo, sí que se llenaron de gran inquietud, y le apremiaron para que sin más tardar se pusiera en marcha. Sin embargo él no hizo caso, y sólo cuando el sol ya se había elevado tres varas en el cielo, sólo entonces, Milarepa salió de la gruta y miró. Vio entonces a Naro Bonchung que trepaba trabajosamente rodeando la montaña, y dijo: «Ese hombre no tiene poder alguno». Al poco rato sacudió ligeramente su túnica y se elevó por los aires montaña arriba. Cuando Naro Bonchung, jadeante y exhausto, llegó a la cumbre halló a Milarepa en meditación, sentado en la postura del loto, sin la menor señal de fatiga. Sumamente corrido, sintió que las piernas le temblaban, y no tardó en echar a correr montaña abajo, con su tambor a la cintura, tropezando y rodando, hasta chocar con una gran roca que al pie del monte había: una oquedad en la roca quedó como testigo mudo del golpe.

A partir de entonces aumentó en gran cantidad el número de peregrinos que todos los años acuden al monte Kailas, y como la prodigiosa victoria de Milarepa tuvo lugar un «año del Caballo», cada doce años, cuando llega dicho año del calendario tibetano, se multiplica el número de peregrinos que acuden para rodear el monte.

Mitos y leyendas populares

El Río del Sudor (río Saluen)

En el remoto pasado, el Río del Sudor no existía. Sólo una inmensa llanura, de fértil tierra, donde crecía abundante la cebada y donde pastaban grandes rebaños de yaks y de ovejas.

En aquel tiempo, vivía en el lugar un apuesto y valiente joven, de nombre Trashi Puntso, hábil criador de caballos, capaz de domar al más fogoso de los caballos salvajes. Montando su corcel, Dragón Volador, todos los años ganaba la carrera que se celebraba en la llanura. Y tocando la flauta era tan buen músico, que quienes lo oían olvidaban luego todas sus penas y angustias. No habían nadie en todo el país que no le tuviera grandísima afición.

Y también todos decían que Yuchung Metó («flor turquesa») y Trashi Puntso estaban hechos el uno para el otro. Desde pequeños habían trabajado juntos, y juntos habían cantado bellas canciones. Sus canciones montañesas habían volado por la pradera, habían pasado por todas las aldeas, y eran del gusto de la mayoría de la gente.

Habían crecido, y ahora todos les animaban a convertirse en esposos. Mas Yuchung Metó había tomado una firme decisión. Antes de casarse debía tejer una larga pieza de *pulu* (especie de tela de lana), muy larga y muy bonita, que fuera símbolo de su mutuo amor. Tejiendo y tejiendo, cuidadosamente, aquella pieza de tela, pasaron tres años y tres meses. El día que acabó de tejerla, su corazón rebosó de felicidad. Sacó la pieza del telar y admiró embelesada aquel precioso objeto que venía a ser la prueba viva de su amor. Disponíase ya a llevársela a su amado como presente, cuando de pronto un torbellino, salido de no se sabe dónde, se acercó rápidamente hacia ella. Yuchung abrazó fuertemente la pieza de pulu contra su pecho, pero por más que porfió tratando de evita el remolino, éste siempre se movía en su misma dirección. Escapó entonces corriendo con toda su alma, mas el remolino la persiguió y, alcanzándola, la atenazó, cual poderosa pinza, y voló con ella hacia las montañas por donde se oculta el sol.

Ocurrió que en las montañas nevadas del oeste habitaba un demonio. Este demonio, a menudo tomaba la forma de un lobo o de un tigre para atacar los rebaños de la llanura y destrozar los sembrados, y además había raptado a muchas bellas mocitas. Tiempo ha que había puesto sus ojos en Yuchung Metó, y desde entonces la deseaba ardientemente. Ese día, finalmente, había determinado satisfacer aquel deseo largamente acariciado.

La joven, arrebatada por el torbellino, gritaba y gritaba, llamando a Trashi Puntso para que fuera a salvarla. En ese tiempo, Trashi Puntso, montado en Dragón Volador, se hallaba cuidando de los caballos que pastaban en la pradera. Vio aparecer de pronto, en la parte de la aldea, un torbellino, y cómo este torbellino arrastraba, entre violentas sacudidas, una larga pieza de tela; al mismo tiempo creyó oír voces que gritaban su nombre. Galopó veloz hacia la aldea y llegando a ella, acudieron corriendo los lugareños, sumamente excitados, para decirle que un torbellino había arrastrado a Yuchung Metó y se la había llevado. Al oír esto, partió, presa de gran angustia, en pos del torbellino. Espoleó a Dragón Veloz y el brioso corcel galopó tan raudo que parecía que le habían salido alas, más rápido que el propio viento. Mientras galopaba, el corazón del joven ardía de inquietud, cual hoguera avivada con mantequilla. Perseguían al remolino, cada vez más cerca, más cerca, y, en un punto, Dragón Veloz dio un brinco y Trashi Puntso pudo agarrar el extremo de la tela. Tiró de ella con todas las fuerzas de su alma, y la tela se partió en dos antes de que el torbellino se alejara de nuevo.

No por eso cejó Trashi Puntso en su persecución, sino que en espoleando rabiosamente su montura, siguió tras del torbellino. Otra vez se fue acercando a él, poco a poco, y ya le iba a dar alcance cuando, de pronto, apareció ante ellos una alta montaña nevada. El torbellino la remontó sin grandes dificultades y desapareció tras rebasar la cumbre. Dragón Veloz trepó trabajosamente ladera arriba y, cerca ya de la cima, la nieve se convirtió en hielo. El noble bruto resbalaba en el hielo y más de una vez estuvo a punto de precipitarse en el abismo. Trashi Puntso no pudo menos de bajarse del caballo, enrollarse a la cintura la pieza de tela y proseguir a pie. Avanzaba penosamente, hundiéndose en la nieve; cada poco debía detenerse para abrirse camino, apartando la nieve helada con las manos doloridas por el frío. Así, con grandísima fatiga, consiguió alcanzar la cumbre. Mas para entonces su amada, con la mitad de la tela entre las manos, se hallaba muy lejos, arrastrada por el remolino.

Recordó entonces Trashi Puntso que Yuchung Metó gustaba mucho de oír los sones de su flauta, y entonces, sacando del enfaldo de su túnica[30] aquella flauta que siempre llevaba consigo, empezó a tocarla. Para su gran sorpresa, el remolino giró y vino hacia él. Trashi Puntso avanzó presuroso a su encuentro, mas, así que la flauta dejó de sonar, el remolino dio la vuelta y se desplazó rápidamente hacia el oeste. Tornó Trashi Puntso a tocar la flauta, y el remolino volvió hacia el este, en su dirección. En cuanto a Yuchung Metó, al oír aquellos queridos sones, se debatió con redobladas fuerzas dentro del remolino. Esta vez sí, parecía que Trashi Puntso iba a poder agarrar de nuevo la tela arrastrada por el torbellino, mas al alargar la mano y tocar la tela con la punta de los dedos, el torbellino de nuevo retrocedió bruscamente, hacia el oeste.

Voló Trashi Puntso como una flecha tras el remolino, sin dejar de tocar la flauta. No se sabe cuanto trecho recorrió de esta manera, hasta que, a punto ya de llegar al final de la inmensa llanura, el torbellino empezó a perder fuerza: el demonio también parecía mostrar síntomas de cansancio. Aprovechando la ocasión y, en un supremo esfuerzo, Trashi Puntso consiguió asir de nuevo la tela, aunque esta vez no tiró de ella con fuerza, sino que siguió corriendo. Cuando la tela se movía con rapidez, también él corría a la misma velocidad; si la tela iba despacio, también él iba despacio; de manera que el malvado remolino, por mucho que lo intentaba no conseguía deshacerse del muchacho.

De repente, el despiadado demonio, desde el interior del remolino, arrojó una *kata*[31], que cortó en dos la tela. Trashi Puntso cayó rodando por tierra y perdió el conocimiento. La kata se hizo cada vez más ancha, y cada vez más larga, y acabó convirtiéndose en un caudaloso río.

Cuando Trashi Puntso recobró el sentido, miró a su alrededor y no vio el remolino por parte alguna, ni señal que le permitiera saber hacia dónde había podido ir. Lo único que veía era aquel trozo de tela que tenía en la mano, y un caudaloso río ante sí. Dirigió su mirada hacia la otra orilla y, lleno de rabia y de furia, gritó a pleno pulmón: «¡Yuchung Metó! ¡Yuchung Metó!» Mas por mucho que gritó, no obtuvo respuesta alguna.

Siete días con sus noches esperó Trashi Puntso en la orilla del río. Al octavo apareció Yuchung Metó. De pie, en la orilla de enfrente, derramaba abundantes lágrimas que iban a caer en las aguas del río, mientras gritaba una y otra vez: «¡Trashi Puntso! ¡Trashi Puntso!».

Cuentan que Trashi Puntso y Yuchung Metó acabaron convirtiéndose en dos montañas rocosas, que aún hoy se miran a uno y otro lado del río. Más atrás, de esta parte del río, hay una tercera montaña: es Dragón Volador, que sigue protegiendo a su amo.

Ésta es la historia del nacimiento del Río del Sudor.

Los siete hermanos

En otro tiempo, un gran rey, Guesar de Ling[32], rigió los destinos del Tíbet. Rey valiente y de gran talento, consiguió derrotar a sus poderosos enemigos del oeste y del norte, exterminó a feroces animales que poblaban las montañas y los bosques, y limpió de demonios y malos espíritus las aguas de los ríos y de los lagos. Durante su reinado, las gentes del Tíbet vivieron felices y satisfechas. En los campos crecía abundante cebada[33], trigo y legumbres, y en las montañas se veían numerosos rebaños de yaks y de ovejas.

Pero... había algo tremendamente preocupante que angustiaba al rey. Los muchos demonios por él derrotados se habían reunido y, convertidos ahora en terribles tempestades, todos los años y en más de una ocasión, arrastrando nubes de arena, barrían la meseta y lo destrozaban todo: mieses y ganado. El resultado venía a ser como el de una gran inundación, y nada quedaba. Las gentes, que vivían en yurtas nada sólidas, no podían enfrentarse a los embates de tan poderosas fuerzas, y así, día tras día, perecía el ganado y la población disminuía a ojos vista.

De todas partes acudían las gentes ante Guesar para solicitarle pusiera fin a tamaña desgracia. Mas Guesar, cazador como nadie e invencible en el campo de batalla, no sabía cómo hacer frente a las tormentas. Recordó entonces el proverbio que reza: «Si no ves el camino, sube a la cima de la montaña; si no puedes resolver un problema, busca a un hombre sabio», y decidió despachar emisarios a todas las tribus del reino en busca de alguien que fuera capaz de vencer las tempestades.

De pronto, un día aparecieron siete hermanos, idénticos los siete. Venían del este, de muy lejos, y al presentarse ante Guesar, éste se llenó de contento. Habiéndoles informado de los hechos, les pidió ayuda para resolver aquel gravísimo problema, ante el que se sentía totalmente incapaz.

–Gran rey –le dijeron los hermanos–, no debéis tener cuidado. Para nosotros es problema fácil de resolver; os ayudaremos, no lo dudéis. Sólo una cosa nos es menester: una explanada amplia y vacía.

Guesar, señalando un terreno que se veía al pie de la montaña, les preguntó:

–¿Puede serviros aquella que veis allá abajo?

Asintieron ellos moviendo la cabeza, y sin más se dirigieron al lugar señalado.

Por la mañana, Guesar despachó gentes para que fueran a ver lo que los siete hermanos estaban haciendo y, al regresar, le dijeron que los siete estaban sentados en círculo bebiendo té. A mediodía volvió a despachar a su gente que al volver, le dijeron que los siete estaban sentados mientras charlaban. Por la tarde, la noticia que le trajeron fue que los hermanos estaban sentados jugando a los dados.

En ese momento, Guesar empezó a sospechar que aquellos siete bien podían ser unos embaucadores.

Cuando se hizo noche cerrada, los hermanos se levantaron y pusieron mano a la obra. Unos excavaban el suelo, otros tallaban piedras, otros cortaban troncos. Así estuvieron trabajando toda la noche. Cuando por la mañana Guesar despachó a su gente, volvieron sumamente agitados, y le dijeron que la explanada había cambiado totalmente de aspecto. Se dio prisa Guesar en ir a mirar, y vio que en ella ahora se levantaba una gran casa de tres pisos. Los hermanos le dijeron:

–Venid, mudaos a esta casa, y dejad de vivir en una yurta. En el piso de abajo estarán los animales, en el del medio, vivirán las personas y se almacenará el grano, y en el superior se aderezará lo necesario para hacer ofrendas a los dioses.

Guesar, rebosando contento, se mudó a la nueva casa y desde ese momento ya no tuvo miedo de las tormentas. Encargó a los siete hermanos que construyeran muchas casas como aquella, y así fue como los siete hermanos empezaron a levantar casas por todas partes del reino: en el este, en el oeste, en Ü, en Tsang[34], por todos lados se levantaron casas de tres pisos. Y las gentes ya no tuvieron miedo de las tormentas.

Quiso Guesar recompensar a los siete hermanos y les preguntó:

–Pedidme lo que queráis, que estando en mi mano yo os lo concederé.

–Nada queremos –le respondieron ellos–, sino sólo que las gentes reconozcan nuestra labor, y que nosotros podamos verlas vivir felices.

Tsangpa (Brahma), el gran dios del cielo, supo de esta historia, y luego al punto despachó mensajeros para que invitaran a los siete hermanos a construir casas en el cielo. Guesar, tras cavilar un breve espacio, los envió junto a Tsangpa para que hicieran lo que el dios quería. Por eso todavía hoy, en cuanto anochece, aparecen en el cielo siete estrellas brillantes: son los siete hermanos. Estas estrellas no están fijas, se desplazan constantemente, y la razón no es otra sino que cuando han acabado de levantar una casa, van a otro lugar para levantar la siguiente. Estas siete estrellas tienen un nombre: «Siete Hermanos Estrellas del Norte»[35].

Los siete soles (mito de las tribus monpa del Tíbet)[36]

En el principio de los tiempos, el Cielo y la Tierra no estaban separados, sino confusamente unidos. Más tarde, el Cielo empezó a separarse de la Tierra; poco a poco se alejaron el uno de la otra, mas el Cielo siguió envolviendo a la Tierra. Más tarde, el Cielo cubrió a la Tierra en amorosa unión y, poco después, la Tierra parió nueve soles.

Siete de los nueve soles hermanos se establecieron en el lugar donde se une el Cielo con la Tierra. Allí hay una altísima columna, que alcanza hasta lo alto del Cielo, y al pie de ella confluyen cuantos ríos y aguas hay sobre la superficie de la Tierra. Como los rayos de los siete soles alumbran continuamente la columna, ésta siempre se encuentra muy caliente y todo el agua que hasta allí llega, en seguida se evapora; y por eso nunca acontece que las aguas de los ríos, refluyendo, se desborden y causen calamitosas inundaciones.

Los otros dos soles permanecieron en el regazo de su padre, en el firmamento, cual dos ojos celestes que siempre estaban mirando a su madre, la Tierra.

Los soles tenían muchos hermanos, hijos de su misma madre Tierra: los animales y los insectos. Fueron un día éstos a comer melocotones. Uno de ellos, un gran insecto llamado Chungchu Tiwu, había llevado consigo a su hijito para que comiera con todos los demás. Inopinadamente, se descubrió que el pequeño había muerto abrasado por uno de aquellos dos soles hermanos. Presa de inmensa furia, Chungchiu Tiwu tomó su arco y disparó una flecha contra aquel sol, con tan notable acierto que le atravesó un ojo. El sol murió a causa de aquella herida, y sus pestañas, al caer sobre la tierra, se convirtieron en gallos[37]. Y así fue como en el seno del padre Cielo no quedó más que un sol.

Los hombres y los animales domésticos, que habitan en la tierra, deben, desde entonces, trabajar como siervos para ese único sol, y lo hacen mientras está presente, durante el día. En cambio, las fieras que habitan en los oscuros bosques, y también los ratones y otros pequeños animales que viven en madrigueras, bajo tierra, no son siervos de ese sol, y de ahí que sea sobre todo por la noche cuando trajinan y se afanan.

Apadani (mito de las tribus lopa del Tíbet)[38]

Apadani, hijo de la Tierra, se casó con Tung-ni Jai, hija del Sol. A poco, Tungni alumbró dos hijos, uno sumamente inteligente, el otro tonto de remate.

Un día, Tungni dijo a Apadani que fuera a ver a su padre, el Sol, para presentarle a los dos niños. Apadani se ató bien a la espalda con una recia cuerda a sus dos hijos, y cuando se disponía a emprender el viaje al Sol, su esposa le dijo:

–Ve derecho al Sol, no se te ocurra ir antes a ningún otro sitio.

Pero luego de partir, Apadani no hizo caso de la recomendación de su esposa y, en vez de viajar derecho al Sol, fue antes donde el demonio Kepolumpu para ver a su esposa, una diablesa llamada Kesinyaming. Era ésta la hermana pequeña de Kepolumpu, con el que vivía en el mundo subterráneo donde habitan los demonios.

Viendo llegar a Apadani, Kepolumpu, muy contento, dijo entre sí: «Esto sí que es un magnífico regalo, que me llega cuando menos lo esperaba».

Pues debéis saber que tiempo ha que Kepolumpu sentía unos enormes celos de Apadani, pues éste tenía cuatro ojos, dos delante y dos detrás. Estos dos últimos le servían, especialmente, para hacer frente a los alevosos ataques que pudieran venirle de los demonios y malos espíritus. De ahí que éstos temieran a Apadani, y por eso Kepolumpu había determinado hallar la ocasión de acabar con aquellos dos ojos.

En cambio, Kesinyaming, viendo llegar a Apadani, primero se sorprendió mucho, y en seguida se llenó de inquietud. Aunque era una diablesa, sentía un gran afecto por Apadani, y por eso pensó prevenirle en cuanto tuviera oportunidad, y persuadirle para que se fuera de allí lo antes posible.

Kepolumpu, con toda intención, recibió a Apadani con muchísima cortesía y exquisito trato. Luego invitó a Apadani a una cacería que se disponía a llevar a cabo, el día siguiente, en las montañas, llevando consigo un perro muy feroz. Era en realidad la ocasión esperada para acabar con Apadani. Kesinyaming, adivinando las intenciones de su hermano, los acompañó durante toda la cacería, sin separarse ni por un instante de Apadani. De suerte que a Kepolumpu le fue imposible, de momento, llevar adelante su plan.

Al regresar de la cacería, Kesinyaming llevó aparte a Apadani y le dijo:

–Pero ¿por qué has tenido que venir? ¿Acaso ignoras que mi hermano es un demonio astuto y cruel, y que te la tiene jurada? En fin, ya que has venido, ¡al menos haz valer tus cuatro ojos!

Y luego añadió:

–Mi hermano tiene una cuerda para saltar, con la que acostumbra a divertirse con sus amigos demonios. Seguro que te va a llevar con ellos para que tú también tomes parte en ese juego; pero tú, y no olvides lo que te voy a decir, debes tener mucho cuidado: si ellos saltan dos veces, tu salta una; si saltan tres veces, tú salta dos...

Y dicho esto, le dio también un trozo de jengibre para que lo llevara siempre a mano.

Y efectivamente, tal como había dicho Kesinyaming, Kepolumpu invitó a Apadani para que fuera a divertirse con ellos saltando desde la cuerda. Un extremo de ésta estaba atado a un árbol muy alto, y el otro al pilar del cielo.

Como Apadani era muy hábil en el salto, se entusiasmó, de tal manera que llegó a olvidar la recomendación de Kesinyaming, y así, al revés, cuando los demonios saltaban una vez, él lo hacía dos veces; si ellos saltaban dos veces, él tres, o cuatro... Kepolumpu, muy de propósito, no hacía sino elogiar y animar a Apadani: «¡Eres un figura, Apadani!», le gritaba.

Y así, en un momento en que Apadani saltaba con todas sus fuerzas y estaba distraído, Kepolumpu aprovechó para cortar la cuerda. Apadani cayó desde lo alto y se estrelló contra el suelo. El tremendo golpe hizo que sus ojos posteriores salieran despedidos y fueran a caer muy lejos, entre la tupida yerba. También se hizo una profunda herida en la pierna, de la que empezó a brotar sangre en abundancia. Kepolumpu corrió hasta las yerbas y recogió los ojos de Apadani, todo ello sin que nadie se diera cuenta. Así fue como Apadani perdió sus dos ojos posteriores. A todo esto, y como la sangre no dejaba de manar, Apadani, tomando una cadena de fuego, rodeó con ella la herida y la quemó; luego colocó encima el jengibre y así, por fin, consiguió detener la hemorragia.

Esto desbarató los planes de Kepolumpu, quien había pensado aprovechar la oportunidad para beberse la sangre de Apadani. Al oler desde lejos el jengibre, supo al instante que su hermana se lo había dado a Apadani, y ya no se atrevió a ir a chupar su sangre. Entonces, se guardó los ojos de Apadani y se alejó.

En cuanto a Apadani, al notar la pérdida de aquellos valiosos ojos posteriores, pidió a muchos animales, uno tras otro, que los buscaran por todas partes, que preguntaran por su paradero. Al cabo de un tiempo, los animales volvían junto a Apadani y cada uno decía una cosa, que si estaban en tal sitio, que si estaban en tal otro, mas ninguno sabía verdaderamente el lugar donde se encontraban. Al final, Apadani llamó al gallo para que buscara los ojos, y fue éste, el gallo, quien le contó que los ojos no se habían perdido, sino que Kepolumpu se los había robado.[39]

Entonces, Apadani pidió a Kesinyaming que fuera a ver a su hermano para decirle que le devolviera los ojos robados. Así hizo la diablesa, mas Kepolumpu no hizo otra cosa que mofarse de su hermana:

–¡Estás loca si piensas que voy a devolver a Apadani esos dos ojos!

Desde el punto y hora en que Kepolumpu robó los ojos posteriores de Apadani, ya no tuvo ningún temor ni cuidado, ni él, ni los demás demonios, que se extendieron por todo el mundo de los hombres, y comenzaron a hacer y provocar toda clase de maldades y fechorías.

Apadani, perdido ya todo su poder frente a los demonios, no pudo menos de recurrir al sacrificio de animales, y a los *mepa* (samanes, en lengua lopa), quienes sabían recitar conjuros y celebrar rituales para expulsar a los demonios. Ese fue el origen de los sacrificios cruentos y de las artes samánicas.

★★ Otra versión dice: Los samanes están plantados ante la puerta de Kepolumpu, y cuando Kepolumpu despacha a algún demonio, éste debe pasar delante de los samanes. Al principio los samanes no estaban ni con Apadani ni con Kepolumpu, sino que desempeñaban un papel conciliador entre ambos; mas luego se pusieron totalmente de parte del segundo y le ayudaron contra Apadani. Si alguien mata a un samán, éste se convierte en demonio.★★

Relatos de amor y de muerte

El gobernador de Gyangtsé y la mocita Dsamputri

Según cuenta la historia, varios siglos atrás, en la ciudad de Gyangtsé vivía una bella muchacha de nombre Dsamputri. Había quedado huérfana de padre a edad muy temprana, y vivía con su madre a la que acompañaba en la labor de tejer pulu. Con ese modesto trabajo se ganaban su sustento. Su vida era triste y fría, tan fría como un trozo de hielo. En aquellos tiempos, una beldad era un verdadero tesoro para su familia, si ésta era rica; mas, para una familia pobre, una gran desgracia, pues era presa fácil de los jefes de las tribus y de los altos mandatarios del gobierno, que la ultrajaban, y de los golfos y canallas, que la engañaban. La madre de Dsamputri, más miedosa que un gorrión, no consentía que se mostrara en público, ni que asistiera a las fiestas, ni que fuera al bazar. Y cuando se ausentaba, echaba el candado y la dejaba encerrada en casa, diciéndole que no se le ocurriera hablar en voz alta, ni hacer el menor ruido.

Un día, la madre de Dsamputri fue a casa de una amiga para ayudarla a tejer pulu, y la mocita se quedó encerrada como de costumbre. Empezó a hilar. Hilaba, hilaba, cuando de repente se levantó un vendaval.

–¡Ay, ay! –exclamó–. ¡Qué desastre! ¡Aún está sin recoger la lana que hemos puesto a secar en la azotea!

Y, en seguida, después de ponerse una cesta en la cabeza a guisa de caperuza, para ocultar el rostro, subió corriendo a la azotea. ¿Quién iba a imaginarlo? Un fuerte golpe de viento arrastró la cesta, y la bellísima y adorable cara de Dsamputri quedó al descubierto.

A todo esto, a la ciudad de Gyangtsé había llegado un nuevo gobernador, y quiso el azar que ese día se encontrara asomado a una de las altas ventanas de su casa fortificada. Sorprendido al ver aparecer, en una de las azoteas, a una persona con una cesta que le ocultaba el rostro, siguió atentamente sus movimientos, y de pronto pudo ver su rostro. Aquella visión lo dejó admirado como nunca en toda su vida; fue como si de pronto brillara un sol deslumbrante, que le obligara a cerrar los ojos con su gran resplandor. Cuando volvió a abrirlos, aquel bellísimo rostro se había escondido de nuevo, tras un montón de blanca lana. La beldad, con la lana en brazos, se apresuró a desaparecer por la abertura de la azotea.

–¡Oh, dioses! –exclamó el gobernador–. Me atrevo a jurar ante las Doce Tenma que no hay en todo el Tsang una belleza tan cautivadora y adorable como la que acabo de admirar.

A partir de ese día, el gobernador empezó a dar trazas de haber contraído algún mal, pues no podía estar sentado en sus mullidos y recamados cojines, ni le gustaban ya los ricos vinos y excelentes viandas que sus criados le servían. Durante tres días estuvo buscando, acompañado de sus sirvientes, por todas las casas vecinas, por las calles grandes y por los callejones, hasta que por fin la encontró, en una humilde casa de adobe. Y si cuando la vio desde el torreón, le pareció la más bella flor en medio de la pura nieve, ahora, viéndola de cerca, dentro de aquel oscuro cuarto, la halló aún más deslumbrante, aún más adorable y digna de amorosa piedad.

–A la vela es menester despabilarla para que luzca más –dijo el gobernador–, y las palabras decirlas para que haya claridad. Soy el gobernador de Gyangtsé, y mando sobre todas las gentes de este lugar; mas en mi residencia, una magnífica residencia de cuatro columnas y ocho vigas, falta una mocita que me sirva el té y me ofrezca el vino, falta una beldad que me haga feliz. ¡Recoge, pues, presto tus cosas, adorable criatura, y ven a vivir conmigo, a mi residencia, donde gozarás de dicha y felicidad!

A todo esto Dsamputri, avergonzada y temerosa, se había tapado el rostro con el *panden (*delantal de adorno*)*, y permanecía en total silencio. Mas las dulces y cariñosas palabras del gobernador, unidas a las amenazas de sus criados –aparte de su natural, suave y dócil como el de un corderito–, acabaron, tras un buen rato de remilgos, por hacerla consentir. Finalmente se fue con ellos a la fortaleza del gobernador.

La familia del gobernador vivía en una gran hacienda en Drongtsé, al noroeste de Gyangtsé. De ahí que la gente lo llamara Señor Gobernador (*depa*) de Drongtsé. Su esposa era una mujer terrible, más violenta que un incendio y más venenosa que un escorpión. No sólo los siervos se echaban a temblar cuando la veían llegar, pero que hasta su marido el gobernador no se atrevía a contradecirla. Ahora, en cambio, el gobernador tenía por compañera a una encantadora mocita, bella como una flor, de natural apacible como un corderito, y voz melodiosa, que más que hablar parecía que cantaba. Así pasó, feliz y dichoso, los tres años que duró su destino como gobernador de Gyangtsé; tres años que pasaron tan rápidos como un abrir y cerrar de ojos. Irremediablemente, pues, llegó al final el día en que tenía que dejar el cargo y volver a su hacienda. Quería a toda costa llevarse consigo a Dsamputri, mas ésta y su madre habían oído hablar de la mujer del gobernador, de cuán terrible era, y le suplicaron encarecidamente que les permitiera quedarse en Gyangtsé. El gobernador, al oír sus razones, montó en cólera, mezclada con un punto de vergüenza, y gritó:

–¡Alpabardas! –En el cielo sólo hay un sol; y en una familia, un solo señor. En mi hacienda de Drongtsé se hace lo que yo digo; y esa perra que tengo por mujer, no tiene autoridad ni sobre la mitad de uno de mis meñiques.

Así dijo, y luego, señalando a Dsamputri, añadió:

–¡No tienes nada que temer! ¡Si ella es un halcón que se come a los pollos, yo soy un águila que puede matar a los halcones; y si es un lobo que devora corderos, yo un leopardo de las nieves que puede matar a los lobos!

Eso es lo que el gobernador decía, mas en el fondo de su corazón estaba muerto de miedo. Y movido de este miedo a su mujer, y para engañarla, hizo que Dsamputri se disfrazara de lama errante: una túnica de pulu blanco por vestido, un montón de *pechas*[40] al hombro y el damaru en la mano.

A lo largo del camino tuvieron dos encuentros de mal agüero, que llenaron de tristeza e inquietud a la muchacha. Primero vio a un halcón que perseguía en el aire a un pajarillo, al que finalmente daba caza; y más adelante fue la visión de una loba que arrastraba un corderito, los dientes clavados en el inerte cuello del pobre animal.

Llegaron a la hacienda, y allí estaba, esperando, rodeada de criados y criadas, la mujer del gobernador. Al ver a Dsamputri, en talle y figura de lama, levantó el brazo, y apuntando con el índice a la nariz de su marido, preguntó:

–¡Eh! Este lama, que no se sabe bien si es dios o demonio, este espíritu maligno, que no parece ni hombre ni mujer, ¿para qué lo has traído a nuestra casa? ¿Quién le va a dar de comer y de beber? ¿Quién le va dar lecho y cobijo?

El gobernador se apresuró a decir, acercándose a su mujer, con una forzada sonrisa:

–Mi señora, no os enojéis, os lo suplico. Este gran maestro que aquí veis, no sólo es un gran entendido en la santa Doctrina del Buda, sino que también es un médico prodigioso. Durante mi estancia en Gyangtsé caí varias veces enfermo, algunas de suma gravedad, y todas ellas recobré la salud gracias a las hierbas que él me dijo debía tomar. Y si ahora le he rogado viniera conmigo a nuestra casa, ha sido por dos razones, la primera, para que celebre rituales que traigan la prosperidad a los hombres y las bestias de esta hacienda; y, la segunda, para que nos prepare esos prodigiosos remedios que nos permita a vos y a mí vivir una larga vida.

Oyendo lo cual, la mujer del gobernador se contentó mucho, y en seguida ordenó que prepararan un pequeño templo en uno de los cuartos del tercer piso, donde el lama pudiera celebrar sus rituales y preparar sus drogas maravillosas. El gobernador hizo venir a unos albañiles, y les ordenó que tapiaran todas las puertas y ventanas del cuarto, y que sólo dejaran una portezuela, por donde él pudiera entrar y salir, y también encargó a Kunpel Targyé, su hombre de confianza, que se ocupara de llevar al lama té y comida todos los días. Luego le dijo a su mujer:

–Este lama, cuando está aderezando sus remedios no debe ver a ninguna mujer; si alguna entra en el cuarto, los remedios de larga vida que está preparando pierden al punto sus propiedades.

La mujer del gobernador tenía una doncella más astuta que una zorra, llamada Sonam. Un día que el gobernador estaba ausente, subió sin que nadie la viera al tejado, y atisbó por una pequeña abertura el interior del cuarto donde se hallaba recluido el lama. Grande fue su sorpresa, cuando lo que vio fue a una joven más bella que una diosa, que estaba llorando amargamente sentada ante una imagen de Droma (Tara)[41]. Al punto se dio a pensar que aquel descubrimiento era como haber encontrado en el suelo una pieza de oro tamaño de una cabeza de carnero, y sin más tardar, corrió a informar a su ama.

–¡Señora, señora! –gritó llegando ante ella–. Tenéis mucha cabeza, pero sin seso; mucho pecho, pero sin nada de astucia; y un índice muy grande con el que no sabéis apuntar. ¡A fe que sois tonta de remate!

Y luego le refirió lo que acababa de descubrir.

Así que la mujer del gobernador oyó lo que le decía, ardió en cólera, tanto, que pareció que le salía humo por la boca. Y luego, al instante, sin pensárselo dos veces, se lanzó escaleras arriba, subiendo más rápido de lo que se tarda en bajar, y en un momento se plantó, jadeante, ante la puerta del cuarto. La criada entonces llamó a la puerta, al tiempo que decía:

–¡Lama, lama! La señora ha venido en persona a traeros té y comida.

Al oír aquello, Dsamputri se llenó de miedo, y ni por asomo se atrevió a abrir la puerta, sino que corrió a esconderse en la parte del altar donde estaban las grandes imágenes de Droma. Esperó un poco la mujer del gobernador, pero cada vez más impaciente y enojada, no tardó en coger el hacha que la previsora Sonam llevaba ya preparada, y la emprendió a hachazos y patadas con la puerta, hasta que consiguió abrirla. Lanzáronse dentro las dos, mas por mucho que buscaban, no hallaban rastro de muchacha... ni tampoco del lama de túnica blanca. Sin embargo, la astuta criada, observando atentamente, se fijó en una fila de bellas imágenes de Droma colocadas sobre el altar. Tomó entonces un puñado de *tsampa*[42], y empezó a arrojarla a la cara de las imágenes, una por una. Cuando Dsamputri recibió la tsampa en los ojos, no tuvo más remedio que cerrarlos, y así fue como la descubrieron.

Aunque trató de excusarse ante la mujer del gobernador, ésta, los brazos en jarras, el cuello hinchado, que más parecía el de un yak, y los ojos querer salírsele de las órbitas, empezó a insultarla con rugidos, más que con humana voz. Mas no paró ahí la cosa, pues a poco, de los gritos pasó a los hechos, y agarrando del cabello a Dsamputri, empezó a golpearla con grandísima saña, puñadas por arriba, patadas por abajo, con ánimo, parecía, de querer matarla. Dsamputri, por su lado, no pudo soportar aquellos golpes, no se resignó, sino que sin mirar que la otra era señora, gobernadora, o cualquier otra dignidad, se remangó y devolvió golpe por golpe, a la cabeza y cuerpo de la otra.

Dsamputri era joven y acostumbrada a trabajar, mientras que la mujer del gobernador, de más edad, siempre había vivido en la molicie, servida por los demás, y ahora chillaba como gorrina degollada; de modo y manera que la pelea hubiese tenido una clara vencedora, de no ser por la taimada Sonam. Corrió ésta a coger una fuente de guisantes secos, y la volcó a los pies de Dsamputri, quien no tardó mucho en resbalar y dio con su cuerpo en tierra. Momento que aprovechó la mujer del gobernador para echarse sobre ella, y tomando un cuchillo que le entregó la criada, empezó a pinchar a Dsamputri por todo el cuerpo.

–¡So puta! –gritó la mujer del gobernador–. ¿Con qué gozas más, con los abrazos de mi marido, o con los cortes de este cuchillo, que te va a arrancar la carne a trozos?

Dsamputri movió la cabeza a un lado y dijo con fuerte voz:

–¡Antes, cuando estaba con el gobernador, no creas que gozaba demasiado; y ahora, los cortes de tu cuchillo, tan sólo me hacen cosquillas!

Y diciendo esto, rompió a reír. Lo que llevó a la otra a tal estado de rabia y furor, que todo su cuerpo empezó a temblar, y alzando el cuchillo lo clavó con saña, una vez y otra y otra, en el cuerpo de Dsamputri. Así fue como murió aquella bella flor, sin par, de la ciudad de Gyangtsé.

Ama y criada cortaron luego la cabeza al cadáver, y llevaron este hasta un *mani kumbum*[43], que había en la parte de detrás de la hacienda, donde lo escondieron bajo las piedras.

El sol se ponía en el horizonte cuando volvió el gobernador a su casa. Al llegar a orillas del río Ñang, el caballo se había quedado parado, sin querer avanzar, lo que había puesto una gran inquietud en su pecho. Y cuando al entrar en la mansión descubrió gotas de sangre en los peldaños de la entrada, su inquietud se tornó en insoportable angustia.

–¿Qué significa esta sangre? –preguntó a Sonam, que allí cerca estaba–. ¿Están bien la señora y el lama?

–Los dos están bien –le respondió la criada, alegre, mientras comía tsampa–. Esa sangre es la de un pajarillo que un gato se acaba de comer.

Subió corriendo el gobernador, muerto de inquietud, al cuarto de arriba, y al entrar, vio tirada en el suelo la cabeza de Dsamputri, en cuyos ojos aún se descubrían dos lágrimas. El gobernador, anonadado, permaneció largo tiempo allí, sin abrir la boca. Tanto temía a su mujer que no se atrevió a gritar, ni a pronunciar palabra en alta voz. Esperó hasta que la noche hubo cerrado, y tomando en sus brazos la cabeza de Dsamputri, se llegó, a hurto de todos, a la ribera del río. Besó aquellos secos labios, y arrojó la cabeza a las aguas. Arrastrada por la corriente, pronto desapareció bajo la triste luz de la luna.

El herrero prodigioso

Cuenta la leyenda que hace muchos años, en las orillas del Río de la Felicidad vivía un joven herrero llamado Tobgye («fornido»). Era mozo recio, guapo, de blancos dientes de nieve, y ojos negros de azabache. Siempre estaba contento, alegre, y no digamos su habilidad como herrero, pues manejaba el martillo, como un mago su varita, y de ahí que la gente lo llamara «el herrero prodigioso».

No tenía padre ni madre de quienes cuidar, ni tampoco tenía esposa, era tan libre como un pájaro, como las nubes que ora se muestran, ora desaparecen. Cargaba su borrico con las herramientas y recorría arriba y abajo las riberas del Río de la Felicidad.

Pero... como dice el refrán: «En el cielo no hay pájaro que no tenga que posarse, en la tierra no hay siervo que no tenga un amo al que servir». Y así era en el caso de Tobgye, pues su señor, Lonpo Nang, era hombre poderoso, soberbio, de natural muy violento. Todos los años, en primavera y en verano, el herrero debía ir a la hacienda del señor para cumplir con el *ulá* (trabajo no retribuido obligatorio para los siervos). Un duro trabajo, que le hacía sudar copiosamente, de modo que con las gotas de aquel sudor de años bien se hubieran podido colmar varias *koo* (barcas de piel de yak).

Aquella primavera, Tobgye acudió puntualmente, como de costumbre, a la hacienda de su señor para cumplir con el ulá. En la era, situada delante de la mansión, habían levantado dos tiendas: una negra, de pelo de yak, donde el herrero debía trabajar; otra blanca, con adornos de color azul, desde donde vigilarían su trabajo.

El señor no confiaba demasiado en el herrero, y por eso llamó a su hija, que se llamaba Yeshe Lhamo, y le dijo:

–¡Hija mía! Ve a la tienda blanca y vigila desde allí el trabajo del herrero. No le dejes holgazanear, y cuida de que no nos robe nada. Y no olvides una cosa: el alma de los herreros es negra, y también son negros sus huesos. Si la sombra de un herrero cae sobre alguien, ese alguien quedará contagiado para el resto de su vida. ¡No se te ocurra hablar con él, ni por pienso!

Y así fue como al principio la muchacha temía al herrero más que a la peste. Si él le preguntaba algo; ella no se atrevía a responder; si él se acercaba, ella salía corriendo. Pero el joven herrero no hacía caso de su extraño proceder, y siempre estaba contento y no paraba de cantar mientras trabajaba. Pasaron unos pocos días, y a Yeshe Lhamo le empezó a parecer que su padre no llevaba razón en lo que le había aconsejado, y acabó sintiendo afecto por Tobgye. Y luego este afecto, convertido en amor, llegó al punto de parecerle sombra de un príncipe la de su amado herrero, y música de *trisá (gandharvas)*[44] el sonido de sus martilleos.

Al tiempo de la comida, la de Tobgye era tsampa con té puro, mientras que ella comía *marsén* (una especie de pastel hecho de tsampa con nata, mantequilla y azúcar cande).

Un día, Yeshe Lhamo se acercó a la yurta donde estaba Tobgye y le invitó a comer con ella. Él, sin embargo, rehusó; y entonces ella, sin más, entró en la yurta y se ofreció a ayudarle en su trabajo. Tobgye fue presa de tal inquietud, que el sudor inundó todo su cuerpo; luego trató de persuadir a la muchacha de la inconveniencia de su proceder, dada la gran distancia que los separaba. Ella, empero, no quiso atender a razones, y todos los días iba y se quedaba todo el tiempo junto al horno. Conversaba con él y le ayudaba apretando el fuelle cuando trabajaba, y cuando llegaba el momento de comer, le servía el té salado[45] para acompañar a la tsampa. Así pasó el tiempo, hasta que llegó el día en que Tobgye, cumplido el ulá, debía abandonar la hacienda de su señor. En ese momento supieron que no podían ya vivir separados el uno del otro.

Y así, después que se partió el herrero, los días se les hicieron cada vez más largos, y cada vez más profunda la mutua añoranza.

Un día alguien dijo a Yeshe Lhamo que su amado vivía en casa de Ama Ñima, y al siguiente, a hurto de todos, escapó en busca de Tobgye. Al verla llegar, se puso loco de contento, la estrechó fuertemente entre sus brazos, y después, fue como tratar de recuperar el tiempo perdido.

A partir de entonces iniciaron una nueva vida, luego de celebrar unos sencillos esponsales en la cabaña donde trabajaba Tobgye. Como él era en verdad, y no sólo de nombre, un herrero prodigioso que fabricaba excelentes herramientas, los campesinos de la comarca acudían incesantemente para solicitar sus servicios, y su cabaña-fragua siempre estaba llena de gente. Vivían muy felices, y no había pasado mucho tiempo cuando la muchacha quedó encinta. Desde entonces, la vida para ellos tuvo aún más sentido, y no veían la hora del nacimiento de aquel tesoro.

Mas un día, al regresar a casa Yeshe Lhamo, halló derribada la cabaña y el horno destruido; de su amado, no se veía ni rastro. Corrió a preguntar a Ama Ñima, y ésta le contó, entre sollozos, que una cuadrilla de hombres, enviados por su padre, había ido y, agarrando a su marido, se lo habían llevado.

Corrió la muchacha, llena de angustia, hasta la hacienda de sus padres, pero allí su padre no quiso verla; fue entonces a preguntar a su madre, y tampoco ésta se dignó dirigirle la palabra, ni siquiera el capataz, al que acudió finalmente. Así que recorrió la casa como una loca, los pisos altos, el piso bajo, los patios de delante y los traseros. Por último, fue la anciana encargada del ordeño quien le dijo, a escondidas y en voz baja, que Tobgye estaba encerrado en la mazmorra. Corrió entonces hasta allí y, al llegar ante la puerta del lóbrego habitáculo, la halló cerrada con cuatro grandes candados. Fue rauda en busca de un hacha, la emprendió a golpes con la puerta, uno, otro, otro... hasta que de pronto sintió un dolor en el vientre que cada vez era más fuerte... y así fue cómo y dónde vino al mundo aquella desgraciada criatura. Luego, Yeshe Lhamo se arrastró hasta un montón de leña y, acomodándose lo mejor que pudo, cortó con los dientes el cordón umbilical y, desgarrando su camisa, envolvió con ella al recién nacido. Cuando luego volvió a la mazmorra en busca de su amado, encontró la puerta abierta de par en par, y dentro una gran mancha de sangre, y otras manchas de sangre fuera, no lejos de la puerta. No podía adivinar a dónde se habían llevado a su esposo. ¡Un inmenso dolor, insoportable, invadió su pecho!

Apretando a su hijito contra el pecho, empezó a caminar siguiendo el rastro de la sangre que se veía en el suelo. No lejos, por el sendero, vio venir a caballo al administrador. Se acercó hasta él, y después de quitarse el *patru* (adorno que llevan las mujeres tibetanas en el pelo), se lo ofreció al tiempo que le preguntaba por su marido. El administrador no dudó en tender la mano para coger el patru, y luego le dijo, en tono altanero:

–Ignoro dónde pueda estar. Id a preguntar al capataz.

Y fustigando a su cabalgadura, se alejó sin dignarse volver la cabeza.

Siguió camino adelante la muchacha, caminó y caminó, hasta que vio venir de frente al capataz montado en una mula. Entonces desató el *kau*[46] que llevaba en el pecho, y se lo ofreció al capataz mientras le preguntaba por su amado. El capataz recogió el kau, lo introdujo en el enfaldo de su túnica, y dijo mientras proseguía su camino:

–No sé dónde está. Id a preguntar al burrero.

Yeshe Lhamo siguió caminando, y a poco se topó con el burrero. Como ya no le quedaba otra cosa de valor, le entregó el rosario con corales que llevaba en la mano, y le hizo la misma pregunta que a los dos anteriores.

–¡Pobrecito herrero! –dijo el burrero tartamudeando–. El señor lo ha matado a golpes. Acaban de tirar su cadáver al río.

Y, dicho esto, escapó corriendo como alma que lleva el diablo.

Cuando oyó la terrible noticia, Yeshe Lhamo cayó al suelo desvanecida. Sólo al cabo de un buen rato recobró el conocimiento. Entonces, se arrastró llorando en dirección al río. Avanzó lentamente, con su pequeño en brazos, llorando y sollozando durante mucho tiempo hasta llegar a la ribera. Desde allí vio las aguas que discurrían raudas, levantando olas espumantes; y cerca, en un recodo, descubrió el cadáver de su amado, que giraba y se mecía entre las olas.

Pero ahora Yeshe Lhamo ya no lloraba, pues ya no le quedaban lágrimas que derramar; ni tampoco estaba triste, pues su tristeza había alcanzado el límite. Peinó pausadamente sus cabellos, arregló su vestido, y después de amamantar a su pequeño, empezó, alegre, a cantar una canción:

¿Me estabas esperando, amado mío?
¿Me quieres a tu lado, mi amor?
Ya he llegado, aquí me tienes;
Y también te he traído el martillo;
Ya estoy aquí, ya he llegado,
Y también he traído a nuestro pequeño tesoro.
Si no podemos vivir juntos entre los hombres,
En el cielo felices nos reuniremos.

Acabada la canción, apretó al pequeño contra su pecho y se arrojó a las turbulentas aguas. En ese momento, el cadáver de Tobgye se hundió con ellos en lo profundo del río, y poco después se oyó una música que salía de esas mismas profundidades, al tiempo que brotaba una intensa luz dorada. De pronto, de la luz salieron volando tres pajarillos, también dorados, que se elevaron sobre el río, y empezaron a planear en medio del azul del cielo, en amplios y alegres giros y sosegadas vueltas, felices.

La mocita Putri

Hace mucho tiempo, en un lugar llamado Chiso, vivía una pareja de ancianos. Él se llamaba Töndrup y ella se llamaba Kechü. Tenían una hija, de nombre Putri y edad de dieciséis años cumplidos. Era mozuela llena de vida, amante y respetuosa de sus padres, y muy querida por todos sus vecinos. Era trabajadora, ingeniosa y de muy buen corazón. Y en cuanto a belleza, podía muy bien competir con la luna llena del otoño. La familia llevaba una vida muy pobre; el padre era zapatero remendón y la madre pintaba vasijas de barro. Lo que ganaban no les daba para comer hasta saciarse, ni para vestir hasta no tener frío. Y no digamos muebles y enseres, de los que sólo poseían menos de los necesarios. Eso sí, tenían una pequeña y flaca vaca lechera. Para ayudar a sus padres, la niña Putri subía al monte todos los días a cortar leña, y también buscaba *yatsagunbú*[47], arrancaba raíces comestibles y cortaba yerba para la vaca.

Un día de primavera estaba la niña Putri buscando yatsagunbú en la montaña, cuando pasaron volando por el cielo azul, en bandadas, unas tras otras, las grullas blancas, con sus gritos melodiosos. Al mismo tiempo, se oía el rumor de los arroyos y el sonido de los torrentes en las verdes montañas. Encantada ante aquella maravilla de colores y sones, la niña Putri no pudo menos de lanzar al aire una canción. Resonó en el valle su bella voz y... justo en ese momento, pasaba no lejos de allí Targyé, hombre de confianza del jefe Dala, de la tribu de los tangmopa. Iba camino de su casa, cuando oyó a lo lejos aquella cautivadora voz. Se detuvo embelesado.

–¡Ay! –exclamó–. Nunca, en mi vida, había oído una voz y una canción tan melodiosa, tan encantadora, como la que estoy oyendo. A fe que quien canta así sólo puede ser una diosa que ha descendido a esta montaña.

Y diciendo esto, empezó a subir con toda la rapidez que le permitían sus fuerzas y lo empinado de la cuesta. Cuando la niña vio desde lo alto que alguien se acercaba, trepando trabajosamente por la pendiente, dejó de cantar, y siguió, como antes, buscando yatsagunbú.

En esto, Targyé, a quien el entusiasmo había hecho olvidar el cansancio del camino y de la ascensión, llegó por fin junto a la niña. Se detuvo a su lado jadeando y sudoroso, y luego la examinó de arriba abajo. Hallóla semejante a un loto recién salido del agua, de cimbreante talle y aspecto de belleza tal, que nadie pudiera cansarse de contemplarlo. Cautivado por aquella aparición, preguntó a la niña quién era y dónde vivía. Cuando hubo respondido a su pregunta, dijo entre sí: «Jamás he visto una criatura tan bella como ésta. Sería maravilloso que mi señor Dala la tomara por esposa. Aunque no sé si ella consentirá. De todos modos se lo he de insinuar».

Mas en el momento de ir a hablar, se contuvo, pues se dio a pensar: «Aunque bien mirado, mejor será que antes informe al jefe Dala».

Y después de despedirse de la muchacha, emprendió el regreso a su casa. Llegó cuando anochecía, y lo primero que hizo fue ir a ver al jefe Dala, al que dio completa y cabal información de su encuentro con la mocita Putri. Al oír el relato de su ayudante, en la cabeza de Dala empezó flotar la imagen de una bella muchacha. Luego dijo a Targyé:

–Mañana por la mañana iremos juntos a verla. Ahora ve y apareja dos buenos caballos.

Obediente, Targyé se fue a su casa para preparar el viaje del día siguiente. Entretanto, Dala, en su cuarto, no hacía más que revolver en su agitada mente toda suerte de pensamientos y planes.

«Si es como dice Targyé, esa muchacha, tan hermosa y adorable, debe de ser una diosa encarnada. ¿Será posible que por mi karma me haya sido destinada una criatura así para compañera de por vida? Sea como sea, debo pensar bien la manera de arreglar esto, y conseguir que acceda a ser mi esposa y se venga a vivir conmigo.»

Y así, no hacía más que pensar y pensar, y cuanto más pensaba, más difícil le resultaba conciliar el sueño. Cuando por fin se quedó dormido, empezaba a clarear por el oriente.

Por la mañana, Dala se levantó, se lavó y peinó los largos cabellos, comió un buen tazón de tsampa, acompañada de té salado bien caliente, se puso uno de sus mejores vestidos, y salió al portón. Allí le esperaba Targyé con dos briosos corceles. Montaron en ellos y partieron como flechas en dirección a la montaña donde la víspera el criado había encontrado a la muchacha.

A mediodía estaban a media ladera de la montaña. Subían mirando hacia todos lados en busca de la muchacha, y así llegaron hasta las partes altas, donde el día anterior estaba Putri. Mas no alcanzaron a ver ni rastro de la muchacha, ni oyeron el menor son de su hermosa voz. Agotados tras la larga y penosa cabalgada por la montaña, y furiosos por no encontrar por ninguna parte a la muchacha, y que además el hambre hacía sonar sus vacías tripas, al final, se sentaron en el propio suelo para descansar. Al cabo de un rato Targyé desensilló los caballos y sacó de las bolsas la comida que llevaba preparada, que luego entregó a Dala. Como viera a éste asaz mohíno, por contentarle y distraerle, volvió a referirle muy por menudo su encuentro de la víspera con la mocita. Luego trató de persuadirle que no se inquietara, que debían esperar pacientemente. Comieron, pues, amo y sirviente, las provisiones que llevaban, y apenas había terminado cuando, a deshora, Targyé oyó que alguien cantaba allá lejos: era una clara y melodiosa voz.

–¡Escuchad, mi señor! –exclamó presa de gran agitación–. ¿No oís? Alguien canta allí, a lo lejos.

Prestó oídos Dala, aún no del todo convencido, pero en seguida descubrió que era cierto y, sin tardar, se levantó.

–¡Andando! –le dijo a Targyé.

Saltaron rápidamente sobre sus caballos y partieron raudos en dirección al lugar de donde provenía la voz. Pronto se hallaron ante la mocita Putri. Al verla, Dala quedó admirado y embobecido ante tal belleza. Durante un buen momento se quedó inmóvil, que más parecía figura de un cuadro, que no humano de carne y hueso.

«Si me fuera dado vivir con ella el resto de mis días...», dijo para sí.

–Mi querida y hermosa niña –dijo luego en alta voz–, escucha lo que te voy a decir. Nuestro encuentro de hoy es fruto de nuestro karma, de anteriores vidas. Soy Dala, jefe de la tribu de los tangmopa. Hasta hoy he vivido solo, mas ha poco que oí hablar de ti, y hoy he viajado hasta aquí con el solo propósito de verte y proponerte ser mi compañera el resto de nuestros días, hasta que nuestros cabellos se tornen blancos.

Al oír aquellas palabras, la mocita Putri, en un gesto de pudor, bajó la cabeza, y así se estuvo un momento; aunque a hurtadillas miró a aquel apuesto joven, que parecía de muy nobles prendas, y sabiendo que había conquistado su corazón, dijo luego:

–Mi noble señor, jefe Dala, ¿cómo podría compararse con el precioso sándalo un vulgar arbusto? Y un gorrión, ¿podría acaso ser compañero de un ánade dorado? ¿Cómo podría mi humilde persona ser compañera de alguien tan digno y poderoso como vos? Además, mis ancianos padres, que tan bien se han portado conmigo, sólo me tienen a mí; si ahora los abandono, sería un imperdonable crimen de ingratitud.

Pero Dala seguía pensando: «Tengo que buscar la solución, la manera de hacer mi esposa a esta encantadora, maravillosa criatura. Si hoy mismo no hay compromiso, estoy cierto que lo lamentaré el resto de mi vida».

–Hermosa mocita Putri –dijo Dala–, tú eres como las bellas flores de loto, que aunque nacidas en medio del lodo, adornan luego, en los templos, las imágenes de todos los budas. Nuestro encuentro es fruto del karma y nada ni nadie deberá estorbar nuestra unión.

«Este joven parece hondamente enamorado de mí», dijo entre sí la mocita Putri, y a fe que sería una inmensa dicha poder vivir con él hasta el fin de mis días. Mas antes, conviene que vaya a consultar con mis padres, que me han criado con el mayor cariño y se han desvivido siempre por mí. Veré cuál es su parecer.»

Así le dijo a Dala, mas éste no consintió, pese a los ruegos de la mocita, e insistió en llevársela con él en seguida. Ante tal obstinación, no pudo menos de acceder y, finalmente, Dala la invitó a que montara con él en el caballo, y llevándola abrazada contra su pecho, fustigó a la montura y partieron veloces de vuelta a casa, acompañados de Targyé.

Apenas hubieron llegado, Dala hizo que la mocita se despojara de sus harapos, se bañara y se peinara; luego le ofreció unos ricos vestidos de suave tela, y unas valiosas joyas con que adornar su cabeza.

Después, el jefe Dala organizó una magnífica fiesta para celebrar el feliz acontecimiento. Acudieron gentes de todas partes, y los banquetes y actos festivos se prolongaron por espacio de siete días.

En los que siguieron, el amor entre ambos jóvenes se fue haciendo cada vez más profundo, y no podían estar separados ni un segundo, tan intensa había llegado a ser su unión.

La mocita Putri no sólo era bella y adorable, y llena de juvenil vigor, sino que también, desde su llegada a la tribu de los tangmopa, trataba con mucha benevolencia y cariño a todos los criados, daba abundantes limosnas a los pobres y mostraba gran respeto a los mayores; su natural dulce, su recto comportamiento, la propiedad con que trataba todos los asuntos, tanto los de la familia como los de fuera... todo ello le había granjeado el cariño y el respeto de todos, y no había nadie que al mentar su nombre no se deshiciera en alabanzas.

El tiempo transcurrió veloz, y ya había pasado medio año, cuando un día que habían salido los dos juntos a pasear por las afueras de la ciudad, de repente vieron en un pequeño valle un yak cargado con un cadáver; detrás iban dos hombres que lo arreaban con grandes gritos camino del «cementerio celeste»[48]. Viendo aquella escena la mocita Putri, al punto le vino el recuerdo de sus padres.

«Mis padres son ya ancianos» pensó, «y tampoco saben que estoy aquí. Ni tampoco yo sé en qué estado se encuentran. ¿No les habrá ocurrido alguna desgracia?»

Y, entonces, embargada por la pena y la inquietud, le pidió a Dala, con rostro compungido y lágrimas en las mejillas, que consintiera en dejarla ir a visitar a sus padres por un tiempo. Al ver aquella pena en el bello rostro de Putri, Dala se sintió profundamente conmovido y accedió a que fuera a casa de sus padres, y que allí se estuviera, acompañándoles durante tres meses.

–Llévales todo cuanto puedan necesitar –le dijo.

Unos días más tarde, Putri se puso en camino. Llevaba, cargados en mulas, muchos ladrillos de té, pellejos de mantequilla, sacos de tsampa y abundante provisión de cecina. Iba acompañada de Targyé y dos criados. Tras dos días de viaje llegaron al lugar donde vivían los padres de Putri. Ésta se apeó del caballo y corrió hacia la casa llamando a voces a sus padres. Se detuvo ante la puerta entornada, mas no oyó respuesta a sus voces. En ese instante sintió una dolorosa punzada en el corazón y una intensa opresión en el pecho. Con mano temblorosa por la inquietud, empujó la puerta, y entró. El cuarto estaba vacío, sólo se veían las yerbas que habían crecido en el suelo; y en silencio, sólo roto por los chillidos de los ratones. La angustia aumentó en ella, lo veía todo en una nublada confusión, y una amarga duda se le clavó en el pecho como una daga. Corrió luego a casa de Ama Loto para preguntarle qué había sucedido, y tras ella corrieron también Targyé y los dos criados. Ama Loto estaba en el patio de su casa ordeñando una vaca. Al punto la reconoció Putri: era la vaca de su familia. Cuando Ama Loto vio entrar a la muchacha, dejó de ordeñar, se levantó en seguida y le dijo a Putri:

–¡Entra en el cuarto y siéntate!

–¡Ama Loto! –replicó la muchacha–. ¡Dime lo primero, te lo ruego, dónde están mis padres!

Ante aquellas palabras, el rostro de Ama Loto se ensombreció profundamente y, luego, gruesas y abundantes lágrimas empezaron a rodar por sus mejillas, cual cuentas de rosario cuando se rompe el hilo.

–Verás, Putri –dijo entre sollozos–, después que dejaste a tus padres, un insoportable dolor hizo presa en su corazón. Estaban tan intranquilos que ni sentados, ni acostados, nunca conseguían reposo. Siempre, día y noche, estaban pensando en ti, y su dolor los hacía llorar y lamentarse cada poco. Te buscaron como locos, un día y otro día, preguntaban a unos y a otros por tu paradero, y como nadie les daba noticia, cayeron en una honda desesperación y, antes de dos meses, murieron uno tras otro.

Así fue como Ama Loto le refirió con detalle lo ocurrido. Putri, al terminar el relato, fue presa de tan insoportable dolor y pena, que perdió los sentidos y cayó redonda al suelo, cual árbol cortado por el hacha. Aterrados, Targyé y los dos criados, ayudados por Ama Loto, corrieron por agua fría que luego echaron sobre el rostro de Putri. Luego, Ama Loto hizo un emplasto con mantequilla caliente, hinojo y otras yerbas, que después aplicó en las sienes de la mocita. Ésta tardó un buen rato en recobrar el conocimiento.

Vuelta en sí, y al tomar conciencia de lo sucedido, se renovó su dolor y remordimiento, y empezó a llorar amargamente. «Lo mejor será morir ahora mismo», dijo para sí. Y, puesta en pie, los ojos enloquecidos, se dispuso a lanzarse de cabeza contra el muro de piedra. Mas en ese instante, la imagen de Dala apareció en su pensamiento.

«Dala me ama como a su propia vida; si me doy muerte, lo dejaría solo en el mundo, y eso no puede ser.»

De este modo, Putri se confortó a sí misma y abandonó la idea del suicidio. A todo esto, Ama Loto y los tres hombres allí juntos, estaban, aterrados, inmóviles, sin pestañear, como imágenes de budas. Al cabo de un rato, Targyé, ayudado por los dos criados, consiguió acomodar a Putri sobre el caballo, y juntos partieron de regreso a la tribu de los tangmopa.

La mocita Putri, a causa del intenso dolor y sufrimiento, se hallaba sumamente débil, sin fuerzas. Cabalgaba desfallecida, abatida, incapaz siquiera de alzar la cabeza. En esto, cuando el caballo que montaba la niña Putri llegaba a la altura de una roca, de repente, se oyeron unos fuertes graznidos y de detrás de la roca salió volando un halcón. El caballo de Putri, asustado, se lanzó a una loca carrera, y en un abrir y cerrar de ojos, cabalgadura y jinete se precipitaron por un barranco. Targyé y los dos criados creyeron morir del susto y, despavoridos, bajaron, dando un rodeo, al fondo del precipicio. Allí hallaron muerta a Putri, y también al caballo, no lejos. Los tres hombres, aterrados por el tétrico espectáculo, no pararon de gemir y lamentarse durante largo tiempo. Luego, cargaron con el cadáver de la mocita Putri, lo subieron hasta el camino, lo acomodaron en uno de los caballos y volvieron a emprender el regreso a casa. Marcharon de prisa, en silencio; sólo se oía el jadeo de los apresurados viajeros y, de cuando en cuando, sus profundos suspiros, casi lloros.

Cuando llegaron, Targyé se apresuró a presentarse ante el jefe Dala, al que dio rendida cuenta de cuanto había acaecido, y luego trajo a su presencia el cadáver de la mocita Putri. Al ver el cadáver el jefe Dala, tan grande fue su dolor que creyóse a punto de morir, abrazó el inerte cuerpo de su amada, y estalló en sollozos tales que partieron el corazón a los presentes. Así estuvo largo tiempo, hasta que sus sirvientes, no sin grandísimo esfuerzo, consiguieron arrastrarlo hasta sus aposentos. Después, acomodaron el cadáver de la mocita Putri en una habitación bien recogida y limpia y encendieron lámparas de mantequilla (de ofrenda). A partir del día siguiente, y durante un espacio de siete, se ofrecieron cada día, ante el cadáver de Putri, lámparas de mantequilla, tacitas de agua lustral, se quemó incienso y se hicieron ofrendas de toda clase de alimentos. También se invitó a los lamas para que vinieran en gran número a celebrar los ritos funerarios, entre ellos, la recitación solemne de los textos del Bardo, que guía al alma en su viaje de ultratumba. Al octavo día, apenas hubo despuntado, Dala, acompañado de Targyé y de dos portadores de cadáveres llevaron el de Putri hasta un lugar de cremación situado en una alta montaña. Prendieron el fuego pero, por mucho que se esforzaron encendiéndolo y avivándolo una y mil veces, el cadáver no acababa de arder. Echaron sobre el cadáver mucho aceite y grasa, pero ni aun así conseguían que ardiera. Aquello era algo completamente inexplicable, y todos quedaron petrificados de miedo y admiración.

«Mi amada, en vida, sentía por mí un infinito amor», se dijo Dala; «seguramente ahora, pese a haber muerto, su espíritu aún sigue sintiendo ese amor. Mi buen karma de vidas pasadas parece haberse agotado, ahora mi suerte ha cambiado, y en esta presente vida ya no tendré ocasión de volver a estar con ella. Sólo espero que nos podamos volver a ver en la otra orilla.»

Y, con este pensamiento, se despojó de su chaquetón y lo arrojó al fuego. Para sorpresa de todos, en ese punto el cadáver empezó a arder ligeramente; entonces Dala siguió quitándose la ropa, prenda a prenda, que luego arrojaba al fuego, y así el cadáver siguió consumiéndose, hasta casi la mitad.

«Putri me ama con toda su mente, con todo su corazón», dijo Dala entre sí, «¿qué sentido tiene ya seguir vivo en este mundo?»

Llamó luego a Targyé que viniera a su lado, y le confió el cuidado y cargo de toda su hacienda y obligaciones; después, sin atender a los desesperados requerimientos de su criado y de los dos acompañantes, que a grandes voces le persuadían para que no cometiera una locura, sin vacilar un instante y cual fogoso corcel desembridado, se arrojó a la hoguera. Al cabo de poco rato, los dos amantes esposos se habían convertido en cenizas a un mismo tiempo. Anonadados, Targyé y los dos portadores de cadáveres, permanecieron junto a la pira un buen espacio de tiempo, inmóviles, mirándose con ojos incrédulos.

Cuando el fuego se hubo extinguido, los tres hombres recogieron las cenizas, que luego depositaron en un pequeño cercado de piedra que allí al lado construyeron. Colocaron una pequeña lancha sobre las cenizas, y después se volvieron a la ciudad. Targyé invitó a los lamas para que fueran a celebrar los ritos del Bardo por su difundo señor y, conforme a la voluntad de éste, tomó posesión de su hacienda y de su cargo. En el tiempo que siguió, administró todos los asuntos de acuerdo con las costumbres y normas establecidas.

Tres años habían pasado cuando, un día, un viejo pastor y un zagal llevaron su rebaño a la montaña, y a mediodía se sentaron cerca de la tumba de Dala y Putri para tomar un refrigerio. Hirvieron el té, prepararon las bolas de tsampa y, entre tanto, el viejo pastor relató al zagal la extraña historia acaecida tres años atrás en aquel lugar. Al oirla, el zagal, movido de la curiosidad, se llegó hasta la tumba y levantó ligeramente la lancha. En ese mismo instante, inopinadamente, salieron volando dos pajarillos, uno dorado y plateado el otro. Al volver aquella noche a la ciudad, los pastores refirieron a la gente el extraño suceso, y la noticia corrió de boca en boca hasta llegar a oídos de Targyé.

Se hallaba éste dando vueltas en su cabeza a tan extraño caso cuando, de pronto, aparecieron volando ante su ventana los dos pajarillos. Revoloteaban y cantaban alegres, con trinos que regalaban el oído. Así, un día y otro día. No paraba Targyé de cavilar en tan prodigioso suceso y, de pronto se acordó de un yogui que vivía retirado en una apartada gruta, en lo profundo de un valle. Era un yogui de gran sabiduría y virtud. Y así, Targyé, un día por la mañana temprano, salió a caballo y se dirigió a la gruta. Halló al yogui en éxtasis, por lo que hubo de esperar un buen espacio de tiempo hasta que el asceta salió de su estado de profunda meditación. Luego le refirió punto por punto toda la historia de Dala y Putri, así como la aparición de aquellos dos pajarillos, y le pidió que practicara un rito adivinatorio para averiguar cuál podía ser la explicación. Después de un tiempo en estado de trance, el yogui informó a Targyé que las señales le indicaban que aquellos dos pajarillos eran reencarnaciones de Dala y de Putri.

–Siendo así –le dijo Targyé al yogui–, vos, maestro de gran sabiduría que podéis prever el futuro, ¿no conoceréis acaso el secreto para hacer que ambos recobren la forma humana?

Entonces, el yogui le explicó puntualmente cuál era la fórmula que permitiría a los dos enamorados volver a su anterior estado. Targyé agradeció sinceramente al yogui su ayuda y, radiante de contento, se volvió a la ciudad.

Al día siguiente, de acuerdo con las instrucciones recibidas del sabio yogui, Targyé colocó delante de su ventana una mesita, que luego embadurnó de pegamento; a continuación esparció sobre ella granos de cebada y de trigo. También puso delante de la mesa dos jaulas, una dorada y otra plateada. No tardaron mucho en aparecer los dos pajarillos, que en seguida fueron a posarse en la mesa. Atrapados por el pegamento, ya no pudieron escapar volando pese a sus desesperados esfuerzos. Entonces Targyé los tomo delicadamente en sus manos, y los introdujo en sus correspondientes jaulas. Así estuvieron encerrados hasta el día quince, el de la luna llena. Ese día, al anochecer, cuando la luna llena empezó a elevarse en el cielo, Targyé abrió las jaulas. Pero de ellas no salió ningún pajarillo, sino el mismo jefe Dala y la mocita Putri, brillantes como las gotas de rocío. Al ver semejante prodigio, algo que nunca hasta entonces había sucedido, las gentes todas, hombres y mujeres, niños y ancianos, quedaron profundamente conmocionados, sintiendo durante largo tiempo una grandísima admiración.

A partir de entonces, Dala y Putri, acrecido aún más, si cabe, el amor que los unía, llevan juntos una vida de felicidad y plenitud.

El lama y la bella Pétsom

Hace tiempo, en un monasterio de Lhasa, vivía un joven lama, muy apuesto y bien parecido, que se llamaba Tampá. Cuando una moza lo veía, quedaba tan prendada de él, que durante tres días ni bebía té salado ni era capaz de amasar en su mano una croqueta de tsampa. Sin embargo, Tampá no era un libertino, como Tsángyang Gyatsó, sexto Tale Lama: no bebía, no apostaba, no reñía, no visitaba los burdeles de Lhasa. Antes, cuando veía a una moza, se escondía como ratón ante el gato. Todos los días recitaba los sutras, estudiaba la Doctrina con gran seriedad, barría la gran sala del templo y dejaba los platillos de ofrenda y demás objetos de culto brillantes como los chorros de oro. El abad Sherab Gyantsén, que era un gran *trüku*[49], lo tenía en muy alta estima.

Tampá había entrado en religión a la edad de trece años, y desde los diecisiete se hallaba asignado al servicio personal del abad. Tenía un gran futuro ante sí.

Pero... algunos grandes lamas, movidos de la envidia, empezaron a considerarlo como una china en el ojo, como una espina en el pie, y juraron aplastarlo como se aplasta a una pulga entre los dedos.

–Tampá parece una cometa que se eleva muy alta a favor del viento –se dijeron aquellos lamas–, pero nosotros vamos a desencadenar un granizo, grande como huevos de gallina, que la harán caer en el fondo de una letrina.

Un día, el lama que estaba al cargo de una finca propiedad del monasterio, al sur del río Lhasa, se escapó con una moza del lugar, y entonces los grandes lamas se felicitaron porque vieron llegada la ocasión. Se presentaron ante el abad y le pidieron que nombrara a Tampá administrador de aquella finca.

–En este monasterio hay más de mil lamas –dijo el abad–, ¿por qué he de nombrarlo a él precisamente? Ese nombramiento perjudicará sus estudios de la Doctrina, y su futuro, que juzgo ha de ser brillante.

Oyendo aquellas palabras, los grandes lamas, echados por tierra y tras repetidas postraciones, suplicaron al abad:

–Esa finca es un nido de brujas. Varios monjes han ido antes y todos han colgado los hábitos para irse con alguna moza. Tampá es un monje de gran virtud y probada rectitud, serio y muy responsable. En el Barkor[50] la gente no para de cantar coplas mofándose de los monjes libertinos. Es de imperiosa necesidad ver el modo de restablecer nuestro prestigio entre el pueblo. No es cuestión material y de rentas, sino por el buen nombre del monasterio y de su abad.

Ante aquellas razones, el abad no pudo menos de acceder a su petición. Llamó a su presencia a Tampá, puso sus manos sobre la cabeza del joven monje en señal de bendición, y le dijo:

–Ve, mi discípulo más querido. Cuando llegues a la finca, manténte lejos de las mujeres. De cien de ellas, noventa y nueve son manifestaciones demoníacas. Si un monje toca el negro cuerpo de una ellas, a su muerte caerá en el peor de los infiernos y padecerá durante larguísimo tiempo los sufrimientos de los seis mundos.

Lejos estaba del ánimo de Tampá desempeñar aquel cargo de administrador, mas las palabras del abad eran tan irresistibles como roca que rueda pendiente abajo, y de su boca sólo salió un apenas perceptible *loss, tuche* («Así será; os lo agradezco»).

Fuera esperaban los grandes lamas, que, haciéndole corro, no cesaban en sus parabienes.

–Felicidades, lama Tampá, enhorabuena; tan joven y vas a administrar una importante finca. Ese cargo no se consigue ni pagando mil *sang* («onzas»)[51] de plata.

Mas luego, en secreto, enviaron una carta a una muchacha que vivía en la finca, llamada Pétsom:

«Pétsom, debes ingeniártelas para conseguir que el nuevo administrador, el lama Tampá, abandone la religión y vuelva a la vida seglar. Si tienes éxito, reduciremos los tributos de tu familia, y aún os hemos de recompensar; mas si fracasas, prepárate a conocer la caricia del látigo.»

¿Quién era Pétsom? Una mocita de belleza sin par, objeto de deseo para más de uno de aquellos intrigantes lamas. Ella, empero, siempre había rechazado, castamente, sus veladas insinuaciones.

Finalmente, el día quince del cuarto mes, con la luna llena llega Tampá a la finca, tras cruzar el Río de la Felicidad. Todo el mundo sale a recibir al joven lama, cuya fama de hombre guapo está en boca de todos desde hace tiempo. Las mozas se adelantan a ofrecerle *chang*[52], o té salado, o frutas... «Sólo con que probéis un poco, el piquito de un gorrión, mi corazón se sentirá feliz»...

En medio de aquel mar de flores, la del vestido más bonito es Pétsom, la que destaca entre todas por su belleza es Pétsom, la de risa más cautivadora es Pétsom. Su forma de andar vale cien yaks; su sonrisa, cien ovejas. Un cojín recamado en la mano izquierda, una jarra con incrustaciones de turquesa en la derecha. Su cintura se cimbrea como un junco de jade, y su caminar semeja las ondas de los verdes lagos. Se acerca, y cierra el paso a la mula de Tampá.

–Probad mi chang –le dice con una seductora sonrisa–, ved si es, o no, de un exquisito paladar.

Y luego empieza a cantar una canción de bienvenida. Pero Tampá recuerda al punto las palabras de su maestro, el abad, y se echa a temblar. No acepta el chang, ni responde a la canción, ni se atreve a mirar a la moza de frente. Fustiga las ancas de su montura y entra rápidamente en el patio. Pétsom quiere llorar y no puede, ni reír aunque lo intenta. Se vuelve a su casa embargada de tristeza.

Han pasado tres meses. Amarillean las mieses en el valle. Es la fiesta del *ongkor*[53]. Mozas y mozos cantan y bailan en la pradera, galopan y disparan sus flechas. Sólo Tampá no ha salido a la fiesta, se ha quedado en el templo recitando los sutras. En esto entra en el templo Pétsom. Viste una túnica de brillantes colores, y un panden tan bello como la flor de durazno. Los adornos de su pelo brillan como las estrellas.

–Lama Tampá –le dice–, hoy es la fiesta del ongkor. Todo el mundo está en la pradera, bebiendo y solazándose. ¿Por qué no venís con nosotros? Allí podréis cantar, podréis bailar; y si no gustáis cantar ni bailar, cuando menos podréis ver cómo las gentes se divierten.

Tampá la mira de reojo y su corazón brinca en el pecho ante tamaña hermosura. Recuerda al punto su condición y, el rostro enrojecido como la tela de su túnica, baja la cabeza y, tras recitar el mantra de seis sílabas, *Om mani peme hung*[54], le responde:

–Niña Pétsom, escucha lo que te voy a decir. A los trece años me hice monje para consagrarme por entero a la práctica de la santa Doctrina, y a los diecisiete, mi maestro, el abad, me aceptó como discípulo. Ante él pronuncié mis votos, y a los pies del Buda hice solemne promesa. Nunca en toda esta vida voy a bailar, ni tampoco a cantar; nunca en toda esta vida, buscaré placer y diversión. Así pues, niña Pétsom, te ruego salgas del templo sin tardar.

Pétsom, desairada, se echa a llorar y las lágrimas empapan la pechera de su túnica. Luego, vacilante, sale del templo.

Tampá, por su parte, presa de gran desasosiego, ya no puede concentrarse en la meditación. Sentado en el cojín, permanece como pasmado.

Han vuelto a pasar tres meses. Ha terminado la siega, ha concluido la trilla, y empiezan a caer los primeros copos de nieve. Todos los hogares, que son siervos de la finca, están pechando con el ulá que deben al monasterio. La cebada se amontona en el gran patio, y las familias, por turno, envían a su gente para cuidar de ella. Un día le toca a la familia de Pétsom. Hace un frío terrible, que ni aun los perros son capaces de ladrar. Pétsom no tiene abrigo. Acuclillada en el patio, frente a la ventana de Tampá, tirita... Luego se acerca a la puerta y dice:

–Lama Tampá, esta noche hace muchísimo frío y no tengo con qué abrigarme. Estoy temblando. ¿No podríais darme una taza de té? ¿O al menos dejarme entrar para calentarme al fuego?

Tampá la oye y su corazón vacila. Abrir la puerta para que entre, a media noche, una moza en el cuarto de un lama, no puede ser; mas también, sólo un corazón de hielo puede permitir que una tierna mocita perezca de frío... Aprieta los dientes, se acerca a la puerta, y dice:

–Niña Pétsom, escucha lo que te voy a decir. Soy un lama, he pronunciado votos y hecho promesa a los pies del Buda. No puedo dejarte entrar para que te calientes al fuego, no puedo dejarte entrar para darte una taza de té. Perdóname, niña Pétsom, te ruego te alejes de la puerta.

Tampá se revuelve en el lecho, no puede dormir. Al poco rato, oye gemidos en la puerta. Se acerca: Pétsom está lloriqueando. Ya no puede más, abre la puerta, tan sólo una rendija. Toma de la mano a Pétsom y la hace entrar.

Canta el gallo. Tampá se despierta y ve a la bella Pétsom acostada a su lado. La observa y descubre que lleva un anillo de prometida en el dedo. Espanto. Tanto mérito acumulado durante años, un brillante porvenir como lama y, de pronto, en un momento, todo se ha derretido como la nieve al calor del sol. Se tira del lecho y corre hasta el templo. Se arroja a los pies del Buda, y golpea el suelo con la frente, una vez, otra vez, cada vez más fuerte... hasta que su frente empieza a sangrar.

En esto entra Pétsom y le muestra un pergamino. Es una carta. En ella los grandes lamas le dicen que seduzca a Tampá para que abandone la religión. Jamás lo hubiera imaginado: el rector, el oficiante, el «lama del garrote»[55]... ellos son quienes han tramado su desgracia. Por tierra, su cuerpo se agita cual hoja sacudida por el viento, se convulsiona, y sólo al cabo de un buen rato, parece recobrar el sentido.

–No te he querido hacer daño por obedecer a los lamas –le dice Pétsom, los ojos arrasados de lágrimas–, lo he hecho por amor. Debes creerme.

Ante estas sinceras razones y conmovedoras lágrimas, Tampá no tiene argumentos con qué replicar.

A partir de ese día, su amor se hace cada vez más intenso, más profundo; como el ciervo que no es capaz de abandonar la pradera, o la oropéndola que no puede dejar el álamo.

De la finca al monasterio sólo son uno o dos días de viaje. Alguien lleva en secreto a los grandes lamas la noticia de aquellos ilícitos amores. Tampá no tarda en recibir una carta del monasterio: debe regresar para participar en un importante ritual. Tampá, el rostro demudado, quiere quitarse el anillo de compromiso, mas no puede por mucho que se esfuerza; es como si hubiera echado raíces. Al final no tiene otro remedio sino vendarse el dedo con una piel de oveja. Monta en su mula, y regresa al monasterio.

Ya llevan un tiempo celebrando el ritual. Tampá está sentado en la primera fila de los monjes, aunque su pensamiento ha volado muy lejos. De pronto, se sobresalta. Ha oído el ruido de pasos. Es el gigantesco lama del garrote, que se acerca y le pregunta, mientras señala el dedo vendado:

–¿Por qué lleva ese dedo vendado, señor administrador? –su voz suena de manera extraña.

–Me hice una herida con la hoz mientras segaba la cebada.

El monje del garrote, que ya tenia previsto lo que iba a hacer, alarga su zarpa y arranca la venda: un refulgente anillo se muestra a la vista de todos.

–Miren todos, omniscientes rinpoches –grita, satisfecho, el monje del garrote–, miren los venerables lamas, miren todos. Este lama Tampá, que se precia de ser más puro que la nieve, más firme que las montañas... resulta que ha hecho lo más sucio que se puede hacer en este mundo, y ha traído a este santo lugar un asqueroso objeto procedente de una bruja.

El abad, entonces, empieza a suspirar y a mover la cabeza a uno y otro lado, como un damaru; deja luego el sitial y se retira a sus aposentos. Antes, ha dado orden al lama del garrote de que imponga a Tampá el correspondiente castigo. Tampá está aterrado, y aunque todo su cuerpo fuera una boca, no sería capaz de defenderse, de justificarse.

El lama del garrote lo saca a rastras del templo, una vez en el patio, agarra un látigo de piel de yak y comienza a azotarle con saña. Tampá, desde pequeño en el monasterio, sólo ha hecho estudiar y meditar; su piel y su carne son tiernas como mantequilla. A los primeros latigazos se amorata y pronto comienza a sangrar. Al poco se desvanece.

En esto llega corriendo Pétsom, se arroja a los pies del lama del garrote y le suplica entre sollozos:

–No os pido que me perdonéis el ulá, ni las deudas, tan sólo os suplico que me entreguéis a este pobre lama para que yo cuide de él.

Mas el lama del garrote no da señal alguna de compasión, antes ordena a sus ayudantes que prosigan con los azotes, y aún con más fuerza, les dice. Desesperada, Pétsom saca del regazo la carta secreta y amenaza con ir a enseñársela al abad. Sólo entonces el lama del garrote deja de azotar a Tampá. Se retira a un lado y proclama solemnemente:

–El lama Tampá, desde este mismo punto y hora queda expulsado del monasterio y devuelto a la vida seglar, para el resto de sus días. Se le impone una multa de mil sang de plata, dos sacos grandes de mantequilla y uno de ladrillos de té. Además, como desagravio, deberá servir tres veces el té a la comunidad reunida en pleno.

Pétsom carga con Tampá, medio muerto, y lo lleva a cuestas, penosamente, hasta su casa. Allí, lo cura y lo cuida, como una oveja a su cordero. Luego, encarga a un anciano de toda su confianza que lleve una carta a los padres de Tampá. Les dice en la carta:

«Vuestro hijo ha dejado los hábitos y se ha desposado conmigo, Pétsom. En todo, tanto en saber como en porte y talle, lejos estoy de ser digna de él, mas si vuestras mercedes aman a su hijo, podemos ir a vivir juntos, al valle de Ñangre; si no nos aceptan, viviremos los dos solos aquí, en Tsana.»

Para los padres de Tampá, que ya estaban muy enojados con su hijo por haber colgado los hábitos, aquella carta fue como echar mantequilla al fuego. La rompieron apenas la hubieron leído, y devolvieron la kata y los regalos enviados con ella: «En nuestra casa sólo pueden vivir lamas de camisa amarilla, nunca animales de cabezota negra».

A partir de ese día, Tampá y Pétsom vivieron felices, en gran armonía. Tampá, lama desde pequeño, no sabía hacer nada. Menos mal que ella era fuerte y muy capaz, y cuidaba muy bien de la casa y del campo. En la época muerta, cuando no había trabajo en los campos, subía al monte a cortar ramas. Con ellas fabricaba escobas que luego iba a vender al Barkor. No eran ricos, pero tampoco carecían de nada. No pasaban hambre, ni tampoco frío. Al año, Pétsom alumbró un niño. Un niño sano, gordito. Tampá se decía que aquella era una verdadera vida, que aun a los dioses podía dar envidia.

Cuando el niño tenia ya tres años, los padres de Tampá mudaron de opinión, y un buen día la madre de Tampá fue por fin a visitarlos. Llevó con ella una mula cargada de regalos. Temiendo que su madre se enfadara, Tampá escondió a su hijo en una cesta de mimbre.

–Tú –le dijo a la criatura–, estate quietecito, como un ratoncito, y no hagas ruido alguno.

En esto, entra la madre y pregunta:

–¿Dónde está mi nuera?

–Ha subido al monte –le responde Tampá–, suele ir allí a cortar ramas para hacer escobas.

–Y mi nietecito, ¿dónde se ha metido? –vuelve a preguntar.

No había empezado Tampá a responder, cuando la criatura saca la manita de la cesta y grita:

–¡Abuelita, abuelita! ¡Cógeme en brazos, cógeme en brazos!

Lo toma en sus brazos, lo aprieta contra su pecho y lo llena de besos, mientras gruesas lágrimas ruedan por sus mejillas.

Al poco tiempo llega Pétsom. Viene cargada como un yak, con un gran montón de haces de ramas, cansada y sudorosa, con la camisa empapada como si la hubieran puesto a remojo. La madre de Tampá se llega hasta ella, la toma de la mano, y la observa, de arriba abajo. Gruesas lágrimas vuelven a recorrer sus mejillas.

–Mi querida nuera –le dice luego–, ahora reconozco mi error, que bien veo que ciertamente en prendas y belleza superas infinito a este hijo mío, de mis pecados. Pues bien, he venido a traeros una buena nueva: su padre y yo hemos vendido la mitad de nuestra hacienda y con el dinero le hemos comprado un buen puesto en el gobierno. Dentro de unos pocos días deberéis mudaros a Lhasa, y tú ya no tendrás que ir a vender escobas al Barkor.

Tres día se quedó con ellos, y después se volvió a Ñangre, llevándose a su nieto. Desde la puerta, Tampá y Pétsom, los vieron alejarse por el camino. El niño, de la mano de su abuela, caminaba dando saltitos.

Como dice el refrán, una grieta en el muro es una oreja que espía. No se sabe cómo, pero el caso es que la noticia de que Tampá iba a ocupar un buen puesto en Lhasa llegó a oídos de los grandes lamas del monasterio. Y una noche, inopinadamente, el lama del garrote, al frente de un grupito de ayudantes, se presenta en casa de Tampá. Aún no ha acomodado sus posaderas en el cojín, cuando empieza a decirle:

–Tampá, te traigo una excelente nueva. El abad te perdona y nos envía para decirte que regreses al monasterio y te prepares para los exámenes de *gueshé*[56].

A Tampá no se le oculta que no son buenas sus intenciones y se niega en redondo a acompañarles. El lama del garrote da una palmada y sus ayudantes se abalanzan sobre Tampá, como el águila cuando atrapa un conejo, y se lo llevan a rastras. Esa misma noche, le dan muerte, en secreto, en las mismas orillas del Río de la Felicidad. Cargan luego el cadáver en un yak y lo llevan, cruzando el puerto de Gola, hasta Penpo. Allí lo abandonan en el interior de un pequeño chorten.

Pétsom vuelve del monte, donde ha estado todo el día cortando ramas, y no encuentra a su marido. Siente como si le desgarraran el pecho con un cuchillo. Corre al valle de Ñangre, no está. Va al monasterio, no está. Recorre toda Lhasa, tampoco lo encuentra. Camina como loca por ambas orillas del Río de la Felicidad gritando: «¡Tampá! ¡Tampá!». Lo busca por todas partes, por los campos, por los montes. Corre por todos lados sin dejar de gritar «¡Tampá! ¡Tampá!». No sólo a las gentes se les encoge el corazón al verla, pero que hasta las rocas sin sangre lloran de aflicción. Y así, un día y otro día, un mes y otro mes, un año y otro año. Su bello rostro se ha marchitado, sus brillantes ojos ahora se han vuelto opacos. Su esbelto cuerpo está encorvado y, sin embargo, ella sigue buscando, días, meses, años,... hasta que un día también ella desaparece.

Unos dicen que se ha tirado al Río de la Felicidad; otros, que se ha vuelto loca; otros, que ha trepado hasta lo alto de un precipicio desde donde mira hacia Ñangre todos los días. Al final, su cuerpo se ha convertido en un risco.

La diosa de Kungtang

Hace muchos años, vivía en la ciudad de Lhasa un joven llamado Kadan, quien desde niño sentía una gran afición hacia una vecinita suya llamada Chungki. A su madre no le gustaba la muchacha para esposa de su hijo, pues su familia era pobre, y en varias ocasiones trató de persuadir a su hijo para que desistiera de su propósito de casarse con Chungki.

–El interés que os mueve, madre –replicaba Kadan–, no es el que a mí me mueve; y lo que es de mi gusto, parece no serlo del vuestro. Si quiero vivir con Chungki durante esta mi existencia, eso es algo que sólo yo debo decidir.

Y así fue como, al final, se casó con Chungki.

Cuando la novia fue a vivir con su nueva familia, la suegra se las ingenió para hacer la vida imposible a su nuera. Le mandaba hacer los trabajos más duros y penosos, le daba de comer las sobras y a beber el té ya frío. Un día, muy temprano, la vieja se levantó y empezó a gritar:

–¡Eh! ¡Kadan, hijo, levántate, y tú, nuera, levántate también! Tenéis que ir por leña a la montaña. Tú, hijo, basta con que me traigas un pequeño haz; pero tú, nuera, no me vuelvas sin un haz bien grande.

Subieron, pues, a la montaña, y empezaron a cortar leña. Estando en ello, de pronto Chungki dio un grito: se había clavado una astillita en la mano. Se echó a llorar, y dijo entre sollozos:

–¡Soy una inútil, no sirvo para nada! No sé ni cortar unas ramitas tan pequeñas como éstas.

Al oírla, Kadan corrió junto a ella y, después de enjugarle las lágrimas con la manga de su chaquetón, le dijo:

–¡No tengas pena, amor mío! Ve a descansar a la sombra de aquel árbol; mientras, yo cortaré leña por ti.

Fue, pues, Chungki a tumbarse bajo el árbol y pronto se quedó dormida.

Al otro lado del Río de la Felicidad, en la orilla sur, había un templo, el Templo de Kungtang, y en él habitaba una diosa llamada Kungtang Lhamo («Diosa de Kungtang»). Esta diosa, viendo a Kadan, tan apuesto y joven, en seguida pensó hacerlo su esposo. Tomó entonces la apariencia de una bellísima joven y, acompañada de dos sirvientas, se presentó ante Kadan.

–Joven Kadan –le dijo con una gran sonrisa–, antes que nada debes saber que no soy una mujer vulgar, sino la mismísima diosa Kungtang Lhamo. Ahora te haré un pregunta: ¿Quieres ser mi esposo? ¿O al menos vivir tres años conmigo? Y si no fuera posible, ¿podríamos intercambiar nuestros anillos?

Al oír Kadan aquella proposición, su rostro se ensombreció y, sin cesar de cortar leña, respondió a la diosa:

–Escuchad, diosa, os lo ruego, las palabras que os voy a decir. Tengo una esposa, que se llama Chungki, y por eso no me puedo casar con vos, ni tampoco vivir con vos tres años, ni tan siquiera, teniendo a Chungki, podría intercambiar con vos los anillos.

Aquella respuesta provocó un gran enojo en la diosa, quien con rostro severo exclamó:

–¡Nos veremos en la Fiesta de la Ofrenda de las Flores![57]

Acabando de decir esto, la diosa se desvaneció en una suave brisa.

Cuando Kadan acabó de cortar la leña, preparó dos haces, uno grande como un yak, el otro pequeño como una cabra.

–Al bajar la montaña –le dijo a Chungki–, yo cargaré con el haz grande, y tú con el pequeño; cuando lleguemos cerca de nuestra casa, cambiaremos las cargas.

La madre de Kadan estaba en el patio de la casa esperando el regreso de su hijo y de su nuera. Sostenía en la mano izquierda un puñado de ceniza y en la derecha un atizador, y decía con gesto feroz, mientras hacía rechinar los dientes:

–¡Nuera, nuera, como hayas estado holgazaneando, juro que te he de arrojar esta ceniza a los ojos y aporrear la cabeza con el atizador!

Al poco rato aparecieron Kadan y Chungki, con un enorme haz a la espalda ésta, y otro pequeño el primero. Visto lo cual, la vieja se contentó mucho, y abrió su desdentada boca en una gran sonrisa.

–Pero madre –dijo en esto Kadan–, ¿qué hacéis con un puñado de ceniza en una mano, y el atizador en la otra?

–¡Ji, ji! –le respondió su madre–. La ceniza es para esparcirla sobre el estiércol, y el atizador para arrear al yak.

Al día siguiente, cuando aún no había despuntado la aurora, la vieja, sin levantarse del camastro donde estaba acostada, empezó a gritar:

–¡Eh! ¡Kadan, hijo, levántate, y tú, nuera, levántate también! Tenéis que ir al río a cortar juncos. Tú, hijo, basta con que me traigas un pequeño haz; pero tú, nuera, no me vuelvas sin un haz bien grande.

Fueron al río, se metieron en el agua y empezaron a cortar juncos. A poco rato, la muchacha empezó a temblar de frío, pues las aguas estaban heladas.

–¡Pobre de mí, qué inútil soy! –se lamentó entre lloros–. No soy capaz ni siquiera de cortar juncos en el río.

Así que la oyó llorar, Kadan fue en seguida a su lado y la ayudó a subir a la orilla; luego le secó las lágrimas con su gorro, y le dijo:

–¡No tengas pena, amor mío! Quédate en la orilla y descansa, que el agua está helada. Mientras, yo cortaré juncos por tí.

Fue, pues, Chungki a descansar en la orilla del río y pronto se quedó dormida.

Entonces la diosa Kungtang Lhamo tomó la forma de una linda monjita y, acompañada de otras dos monjas, apareció ante Kadan.

–Joven Kadan –le dijo con una gran sonrisa–, antes que nada has de saber que no soy una vulgar monja, sino la mismísima diosa Kungtang Lhamo. Ahora te haré un pregunta: ¿Quieres ser mi esposo? ¿O al menos vivir tres años conmigo? Y si no fuera posible, ¿podríamos intercambiar nuestros anillos?

Kadan, sumamente enojado, le respondió con voz desabrida:

–Escuchad, diosa, las palabras que os voy a decir. Tengo una esposa, que se llama Chungki, y por eso no me puedo casar con vos, ni tampoco vivir con vos tres años, ni tan siquiera, teniendo a Chungki, podría intercambiar con vos los anillos.

Lo que oído por la diosa provocó en ella un enojo aún mayor que la vez anterior.

–¡Nos veremos en la Fiesta de la Ofrenda de las Flores! –exclamó–. ¡Allí te esperaré, no lo dudes!

Acabando de decir esto, la diosa se desvaneció en una ligera niebla.

Al igual que la víspera, cargaron al principio él con un haz grande, y ella con un haz pequeño, que más tarde intercambiaron cuando estaban a punto de llegar a casa. Y también esta vez, la vieja se alegró mucho cuando vio a su nuera cargada como un burro. A partir de ese día dejó de maltratarla.

En esto llegó el día quinceno del cuarto mes, la Fiesta de la Ofrenda de las Flores, que se celebra delante del Templo de Kungtang. De toda la vecindad vinieron a casa de Kadan hombres y mujeres, para invitarles a ir con ellos a la fiesta, al otro lado del río. Mas el joven no había olvidado las amenazadoras palabras de la diosa y no quiso salir de su casa.

–Anda, hijo –le persuadió su madre–, ¿por qué no vas? Te acompañará mucha gente, y de todas clases: más ricos, más pobres, unos mayores que tú, otros más pequeños, y muchos de ellos son amigos y gente que te quiere bien. ¿Por qué tienes miedo?

Al final, Kadan hizo caso de lo que su madre le decía y, llevando con él a su esposa, se embarcó con todos los demás en una barca de piel de yak, y empezaron a cruzar el río. Entonces, Kungtang Lhamo se transformó en una urraca moteada y empezó a dar vueltas en el aire sobre el río; y la barca, siguiendo los movimientos de la urraca, también empezó a girar,sin control, sobre las agitadas aguas. Los pasajeros, aterrados, empezaron a gritar, pues veían que pronto perecerían todos ahogados. En ese momento de angustia, Kadan gritó en dirección a la urraca:

–¡Diosa Kungtang Lhamo! Escucha lo que te digo: ¿por qué matar a cien caballos, cuando sólo es uno al que se odia?, ¿por qué ahogar a toda un barca, cuando sólo odias a uno de los que en ella navegan?

Al acabar de decir esto, la urraca voló hasta lo alto del Templo de Kungtang y, en ese momento, dejó de soplar el viento y las olas del río se calmaron, y la barca dejó de dar vueltas sobre las aguas.

Mas no había pasado más que un breve espacio de tiempo, cuando la diosa se transformó en un cuervo, voló sobre el río y empezó a lanzar estridentes graznidos. Al punto empezó a soplar un viento aún mas furioso que antes, y más altas y amenazadoras fueron las olas que se levantaron sobre la corriente. La barca iba volcar de un momento a otro, no cabía duda. En ese crítico instante, Kadan volvió a gritar al cielo:

–¡Diosa Kungtang Lhamo! Escucha lo que te digo: ¿por qué matar a cien caballos, cuando sólo es uno al que se odia?, ¿por qué ahogar a toda una barca, cuando sólo odias a uno de los que en ella navegan?

Y, acabando de decirlo, se quitó el anillo del dedo y lo lanzó hacia lo alto. El cuervo cogió al vuelo, en el pico, el anillo y voló raudo en dirección al templo. Al mismo instante, cesó el viento y se calmaron las aguas, y así los pasajeros de la barca pudieron llegar sanos y salvos a su destino, al embarcadero de Shanga[58], al otro lado del río. Todo el mundo saltó a tierra, y alegres y contentos por la feliz travesía, se dirigieron muy animados a la fiesta que se celebraba en el templo. En el camino, Kadan sintió un fortísmo dolor en la cabeza, y hubo de detenerse y sentarse al borde del camino.

–¡Chungki! –dijo a su mujer–. Tengo mucha sed.

Entonces ella corrió hasta el río, y empapó en el agua su cinturón. Volvió luego junto a su marido y, exprimiendo el cinturón, le dio de beber, dejando caer el agua en su boca, gota a gota. Luego, Kadan dijo a su mujer, con voz débil y entrecortada:

–¡Chungki... mi querida... esposa! Me muero... La diosa... Kung... Kung... tang... Lhamo... me... me... ha forzado... a ser... su... su esposo.

Acabando de decir esto, su alma fue arrebatada por la diosa. Al ver que su marido había muerto, Chungki rompió a llorar desesperadamente, y dijo entre sí: «En este mundo cruel, ¿quién podría amarme como me amaba Kadan?». Y, sin dudarlo más, cogió el cuchillo que llevaba a la cintura[59] y se lo clavó en el pecho. Luego, su alma, flotando por el aire, se fue hacia el templo y en él penetró, tras la de su esposo.

Kungtang Lhamo, habiendo conseguido el anillo de Kadan, le exigió que consintiera en ser su esposo, mas él le suplicó desde la profunda amargura de su corazón:

–La aguja sólo puede tener una punta, y el hombre un solo corazón. Chungki es mi esposa, ya no puedo serlo de otra.

Kungtang Lhamo, sumamente enfurecida, condenó a Kadan a realizar los más duros trabajos del templo: todos los días debía ir por agua y cortar leña.

Cuando el alma de Chungki entró a su vez en el templo y conoció la condena de su esposo, fue a suplicar a Kungtang Lhamo:

–¡Diosa Kungtang Lhamo! Os suplico me devolváis a mi esposo o, cuando menos, permitáis que nos podamos ver, aunque sólo sea una vez.

Y si no es posible, ¿no podría quedarme aquí, en el templo, como sirvienta?

Kungtang Lhamo, furiosa como estaba por no haber conseguido a Kadan, descargó toda su ira en la pobre Chungki:

–¡Maldita Chungki! ¿Quieres que Kadan vuelva contigo? ¡Pues no ha de ser! ¿Quieres verlo aunque sólo sea una vez? ¡Pues nunca lo volverás a ver! ¿Quieres quedarte aquí, en el templo? ¡Pues sólo podrás quedarte si te conviertes en un atizador!

Y sólo por estar cerca de su amado esposo, Chungki se volvió un atizador. Ahora bien, nunca pudo imaginar que la cruel Kungtang Lhamo la usara continuamente, mañana y tarde, para atizar el fuego, de suerte que a poco el atizador se quemó. Entonces, se transformó en escoba, mas la despiadada Kungtang Lhamo empezó a usarla para barrer el templo a todas horas, por la mañana, a mediodía, por la tarde, hasta de noche, de suerte que a poco la escoba quedó destrozada. Por último, Chungki se transformó en una piedra junto al pozo; era una piedra sobre la que se apoyaba el cubo cuando se sacaba agua. Y así cada vez que Kadan iba por agua, aunque ella no podía hablar, sus lágrimas, sin embargo, brotaban, gota a gota, de la piedra.

Dicen los viejos de Lhasa: «Quitarle a otra el marido, es cosa que empezó con la diosa Kungtang Lhamo». Y así todos compadecen a la pobre Chungki y, por eso, cuando llega el día de la fiesta, después de plantar banderolas junto a la piedra del pozo, se esparce tsampa sobre ella y se queman ramas de enebro.

Historias contadas por un cadáver prodigioso

Dentro de la literatura popular tibetana, las *Historias contadas por un cadáver prodigioso* se presentan como un fenómeno único y un tanto exótico. Se trata de una serie de relatos concatenados, al estilo de las *Mil y una noches,* que en algunas ediciones aparecen bajo el título de *El cuento de nunca acabar: leyendas populares del Tíbet.*

Basados, al menos parcialmente o estructuralmente, en colecciones de cuentos de la India, en las versiones tibetanas se nos muestran muy tibetanizados, y por lo menos treinta de ellos son puramente tibetanos. La autoría de estos relatos es difícil de establecer, al igual que la época y el lugar en que se redactaron. En cualquier caso, estos cuentos, según la tradición, pertenecerían a una obra india atribuida a Nagarjuna, que se ha perdido y de la que sólo se conservan referencias en obras posteriores.

Versiones tibetanas

Se sabe que en el siglo XVII corrían copias de esta obra en el Tíbet. Sin embargo, según algunos textos, sus relatos ya se conocían y se contaban en tiempos del sexto rey tibetano, Pude Kunggyel, es decir, uno o dos siglos antes de nuestra era.

De las varias versiones tibetanas que han llegado hasta nosotros, la más valiosa es una copia manuscrita que se conserva en los Archivos de Lhasa. Comprende un total de veintiún relatos y en ella se dice que el autor fue Nagarjuna.

Publicada en 1980 por la Editorial Popular del Tíbet, en el año 2000 fue reeditada. En ella nos hemos basado a la hora de redactar algunos de sus relatos.

Otras versiones tibetanas son: un manuscrito con trece relatos, atribuidos a Nagarjuna y a Dechö Sangpo, conservado en Amdo; una edición xilográfica con dieiséis relatos, conservada en Degue (Kham); una edición xilográfica con veintiún relatos, conservada en Labrang (Amdo).

Sin embargo, los relatos registrados en las diferentes versiones no coinciden plenamente, de forma que sumados todos dan un cifra de treinta y cinco; aunque es opinión no contrastada que existen en total alrededor de cien relatos.

Contenido

El contenido de la obra es muy variado, pero en todo caso refleja muy bien los criterios morales y estéticos tradicionales del pueblo tibetano.

Algunos de sus relatos son un canto a la amistad, a la lealtad, al amor; un canto a la honestidad y a la rectitud. Otros satirizan la hipocresía y los embustes de la sociedad de su tiempo, y fustigan la avaricia, la crueldad, la bajeza y estupidez de los ricos y poderosos. Sirva como ejemplo de estos últimos el relato titulado «El siervo y el tirano»:

Un siervo, expulsado de sus tierras y de su casa por el rey al no haber pagado los tributos, se ve forzado a vagabundear para buscarse la vida... Casualmente se hace con una «vasija maravillosa que concede todos los deseos» (la lámpara de Aladino); más tarde encuentra a otros dos siervos expulsados por el rey, y los tres, unidos, regresan y matan al rey.

Un ejemplo de canto a la amistad es el relato titulado «El pájaro de las alas de oro»:

Siete jóvenes se conjuramentan como hermanos. Son hijos, respectivamente, de un herrero, de un carpintero, de un cantero, de un pintor, de un adivino, de un médico y de un mendigo. Un día se separan, para ir, cada uno por su lado, a buscarse la vida. Quedan en volver a reunirse al cabo de tres años. El hijo del mendigo va a trabajar como jornalero, se enamora de la hija de su amo, y es correspondido. Descubiertos, el amo los echa de casa. Un día, el rey ve a la muchacha, y la encuentra muy hermosa. La rapta y la encierra en una gruta. A los tres años, llegado el día de la reunión, falta el hijo del mendigo. El hijo del adivino echa las suertes y descubre que está en difícil situación. Entonces todos deciden ayudarle. Fabrican un pájaro con alas de oro y salvan a su hermano y a su mujer.

Como ejemplo de canto al amor puede servir el titulado «La muchacha que rescató al príncipe del reino de los muertos»:

Una muchacha y un príncipe se aman. El príncipe muere, pero su espíritu va a menudo a reunirse con ella. Ella le pregunta si hay algún remedio para hacerle volver entre los vivos. Sí, lo hay, le dice, pero es muy difícil y peligroso. Ella no teme a nada ni a nadie, y al final arrebata el espíritu del príncipe de manos del señor del reino de los muertos. El príncipe resucita y vuelven a estar juntos.

La obra de Nagarjuna y las versiones tibetanas

Según parece, la obra de Nagarjuna, hoy perdida, constaba de veinticinco cuentos: uno, el inicial y principal, y veinticuatro secundarios. El argumento del cuento principal sería, en forma muy resumida, el siguiente:

Un rey recibe todos los días una fruta que le regala un monje. Cada fruta trae escondida una pequeña gema. Quiere el rey recompensar al monje, y éste le pide que vaya por la noche al cementerio y le traiga un cadáver, para luego colocarlo sobre el altar de las ofrendas. El rey hace lo que le pide el monje y, cuando carga con el cadáver, éste le cuenta una historia por el camino. Cuando acaba de contarla le hace una pregunta al rey, le plantea un problema de difícil respuesta o solución y, en el mismo momento en que el rey le responde, el cadáver se vuelve al crematorio. Así una y otra vez, hasta veinticuatro. La última, el rey no contesta y el espíritu que se ha apoderado del cadáver revela al rey que el monje tiene intención de matarle. En cuanto regresa a palacio, el rey ordena que se ejecute al monje.

Las versiones tibetanas

En las versiones tibetanas el relato principal presenta dos variantes. Una es la que se ofrece a continuación, como primera de la serie («Töndrub y los siete magos»). La otra se resume como sigue:

Se juntan tres chiquillos y salen al campo a jugar. Uno es hijo del rey; otro, de un rico mercader; y el tercero, de un mendigo. Ven un nido en lo alto de un árbol y empiezan a tirarle piedras. Como tarda en caer, juran no volver a casa hasta que no lo hayan derribado. Sin embargo, el príncipe pronto se cansa y al mediodía se vuelve, sin cumplir su juramento y, por la tarde, lo mismo el hijo del rico. Sólo el hijo del mendigo, fiel a su juramento, sigue tirando piedras. En esto aparece el gran maestro Nagarjuna y le pregunta al chico. Al enterarse del caso, siente que aquel muchacho es de muy nobles prendas y piensa aceptarlo como discípulo. Pero antes, le somete a una prueba. Tiene que ir al cementerio y volver con un cadáver a cuestas, pero le advierte que no debe hablar con el cadáver. El chico va al cementerio, carga con un cadáver y en el camino éste le cuenta una historia. Al final de la historia, en un descuido, el muchacho lanza una exclamación o hace algún comentario, y entonces el cadáver se vuelve volando al cementerio. Así, una y otra vez, hasta que al final el chico consigue no contestar y vuelve con el cadáver.

Töndrub y los siete magos

En otro tiempo y en cierto lugar vivían siete hermanos, todos ellos dotados de grandes poderes mágicos, capaces de realizar toda suerte de metamorfosis y tropelías. Eran conocidos por las gentes del país como «los Siete Hermanos Magos». No lejos del lugar donde habitaban, vivían otros dos hermanos. El mayor se llamaba Segyel («rey de oro»), y el menor, Töndrub («éxito»).

Un día, el hermano mayor se dijo: «Si aprendiera las artes mágicas de mis vecinos, los siete hermanos, a no dudar que no sólo tendría en abundancia mantequilla, queso y tsampa, sino todo cuanto me viniera en gana poseer».

De modo que determinó ir a casa de los siete magos para que le enseñaran sus artes secretas.

Allí permaneció por espacio de tres años, pero en todo ese tiempo lo único que hizo fue servir a los magos como criado, realizando los trabajos más duros. No consiguió que le enseñaran ni un ápice de sus artes y fórmulas secretas para realizar mágicas transformaciones. Cada vez que ellos se ejercitaban en sus artes, despachaban lejos a Segyel con alguna comisión. Aunque los días se le hacían muy duros, sin embargo, él seguía esperando pacientemente. «Algún día acabarán por enseñarme», pensaba.

Un día, Töndrub fue a llevar comida a su hermano, y descubrió que después de tanto tiempo Segyel no había conseguido nada. Esa misma noche, Töndrub se llegó sigilosamente hasta los aposentos de los siete magos y espió sus movimientos. Quiso el destino que en ese tiempo los magos se estuvieran ejercitando en sus mágicas artes. Entonces Töndrub se acurrucó, sin ser visto de nadie, en un rincón de la estancia y observó con grandísima atención todos los movimientos, gestos y rituales que los magos iban realizando, y todo ello lo grabó firmemente en su memoria. Volvió luego junto a su hermano y le dijo:

–Hermano, esta gente nunca te ha de enseñar sus artes mágicas, ¿por qué penar inútilmente en esta casa, donde lo único que hacen es abusar de ti? Vuelve conmigo a nuestro hogar.

Hizo el mayor caso de su hermano y, caminando un día y una noche, se volvieron a su casa.

Ya de vuelta, dijo Töndrub a su hermano:

–Hermano, en el establo hay un caballo blanco de la mejor raza. Llévalo al bazar y véndelo, y así tendremos dinero para vivir. Sólo una cosa debes tener muy presente, y no la olvides: ¡por nada del mundo se lo vendas a los siete magos!

Dicho esto, corrió hasta la cuadra y allí se transformó en un hermoso caballo blanco. Cuando Segyel entró en la cuadra, se sorprendió mucho al ver aquel magnífico caballo, de un blanco inmaculado.

–¡Espléndido caballo! ¡Espléndido! –exclamó, riendo alborozado.

Tal fue su contento y admiración por el caballo, que olvidó por completo que debía llevarlo al bazar para venderlo.

Amaneció el siguiente día y cuando los magos se llegaron a la choza donde vivía Segyel, descubrieron que ambos hermanos habían desaparecido. Ante esto, se dijeron unos a otros:

–No hay duda que anoche estos hermanos estuvieron espiándonos mientras practicábamos nuestras artes mágicas. Debieron de esconderse en algún lugar desde donde lo vieron todo.

Entonces habló el mayor de los magos y dijo:

–Como bien dice el proverbio, si no apagas la chispa, se incendiará toda la pradera; si no taponas el pequeño agujero, las aguas anegarán por entero el valle. Si ahora mismo no reducimos a escombros la casa de esos dos hermanos, nuestro prestigio y nuestras riquezas se desvanecerán como polvo arrastrado por el viento. Debemos entre todos encontrar una manera para poner remedio.

Entonces, los siete magos se transformaron en siete mercaderes, colocaron sus mercancías en mulas y yaks, y se encaminaron a casa de los hermanos. El mayor, pese a su nombre, ni de lejos brillaba como el oro, sino que era más bien de cortas luces y bastante obtuso, por lo que no imaginó ni de lejos que aquellos siete mercaderes pudieran ser quienes realmente eran: los hizo entrar en la casa y los trató con suma hospitalidad, bien que con la esperanza de obtener una buena recompensa.

Por su lado, los magos, al examinar la casa y sus dependencias, vieron en la cuadra aquel caballo blanco y, como magos que eran, al punto supieron que no era sino mágica metamorfosis de Töndrub. Así que luego trataron con Segyel y acabaron persuadiéndole para que se lo vendiera por una fuerte suma de dinero.

Lleváronse, pues, el caballo los magos, y por el camino, según tiraban de las riendas, empezaron a decir:

–Vamos a matar a este caballo, y haremos picadillo con su carne, y tiras con su piel.

Y mientras así hablaban, no paraban de reír a grandes carcajadas.

Töndrub se había mudado en caballo, y no podía hablar, pero sí comprender lo que estaba pasando. Sabedor, pues, de que lo iban a sacrificar, sintió pavor en su corazón.

En esto llegaron a orillas de un río y seis de los hermanos fueron a beber chang y reposarse un rato, luego de confiar al más pequeño el cuidado del caballo. Éste se había mostrado dócil hasta entonces, pero ahora, aprovechando un descuido de su vigilante, sacudió violentamente la cuerda que lo sujetaba, se deshizo de ella, y galopó como alma que huye de los demonios.

Viendo los magos que el caballo escapaba, gritaron:

–¡Vamos tras él! ¡Hemos de capturarlo y matarlo luego, sin más!

Y se lanzaron en su persecución.

Cuando estaban a punto de alcanzarlo, Töndrub, bajo su forma equina, vio unos peces que nadaban en las aguas del río, y al instante se transformó en un pez dorado y se zambulló en el río. Entonces, los siete magos se transformaron en siete nutrias y comenzaron a perseguir al pez. A pique de darle alcance, el pez miró hacia lo alto y viendo una paloma, dio un brinco sobre la superficie del agua y se transformó en otra paloma; batió sus alas y voló muy alto. En seguida, los magos se transformaron a su vez en siete halcones y volaron tras la paloma. Cada vez más cerca de ella, la paloma fue a refugiarse en una gruta en lo alto de una montaña.

Quiso el destino que aquella gruta fuera el lugar al que el gran maestro Nagarjuna se había retirado, para entregarse a la meditación y a la práctica espiritual. Entró la paloma en la gruta y luego al punto Töndrub, recobrando su forma original, juntó la manos en señal de reverente saludo y, puesto de hinojos ante el maestro, le dijo:

–Gran maestro, me persiguen los siete magos, y ya no hay camino por el que pueda escapar, ni agujero en donde pueda ocultarme. ¡Maestro compasivo, tened piedad de esta pobre criatura, y salvadme, os lo ruego!

Y dicho esto, empezó a golpear el suelo con la frente, una y otra vez. El gran maestro Nagarjuna sentía una infinita compasión por los seres todos, sin distinción entre unos y otros, entre próximos y lejanos, de ahí que movido por su piedad hacia aquel joven, dijera:

–Si viendo a quien es débil, no le salvara, ¿de qué me serviría ser compasivo? No es mi costumbre cuidar de los mundanos negocios, sin embargo, tú eres verdaderamente un ser débil, en inminente peligro. Que siete avasallen a uno solo, esto es algo que repugna no sólo a la santa Doctrina del Buda, sino incluso a la propia humana razón, ¡algo de todo punto intolerable. ¡Transfórmate ahora al instante en una cuenta de mi rosario y no te muevas ni un punto!

No había acabado de decirlo, cuando Töndrub ya se habían convertido en una cuenta del rosario y escondido bajo el pulgar del maestro.

Al poco rato aparecieron siete yoguis en la boca de la gruta.

–¡Eh, anciano! –dijeron a Nagarjuna–. Una paloma blanca acaba de entrar volando en esta gruta. ¿Dónde está? ¡Devuélvenosla en seguida!

Mas el maestro, sentado en meditación, los ojos entornados al tiempo que recitaba el mantra de seis sílabas, *Om mani peme hung,* no prestó atención a su requerimiento.

–¡Eh! –gritaron los yoguis–. ¿Es que eres sordo? ¿O acaso eres mudo? ¿Nos devuelves, o no, la paloma? Si no nos la devuelves, mira lo que vamos a hacer contigo.

Y los yoguis se convirtieron en siete feroces hormigas, que empezaron a trepar por el cuerpo de Nagarjuna.

A la vista de aquello, e imaginado lo que iba a pasar, Töndrub se estremeció y al instante saltó del rosario. Llegar al suelo y transformarse en un gran faisán dorado fue todo uno, prestamente, sin perder un segundo, acabó a picotazos con las siete hormigas, que una vez muertas se mostraron como siete cadáveres.

Ante esto, Nagarjuna dio muestras de un intenso dolor y profundo desasosiego.

–¡Ay! –exclamó compungido–. Matar a siete seres, acabar con sus vidas, es un tremendo crimen.

También Töndrub sintió un gran arrepentimiento, mas nada se podía hacer ya.

–Vos, maestro –dijo–, habéis querido salvarme a mí, y ellos siete han perecido. Asumo este crimen sin reservas, y para ayudarles en su peregrinar por el Bardo, haré cualquier cosa que el maestro disponga.

–No hay por qué sentir demasiada aflicción –le dijo Nagarjuna–. Lo pasado, pasado está, y lamentarse no es de provecho alguno; sólo es menester una reparación.

–¿Cómo puedo reparar mi crimen? –preguntó Töndrub.

–Deberás caminar hacia el oeste –respondió Nagarjuna–, y tras cruzar muchos ríos y montañas, llegarás a un gran cementerio que se llama Bosque Frío[60]. En una de las tumbas se encuentra un cadáver llamado Océano de Prodigios. Su parte superior es de oro, y de turquesa la inferior, y sobre la cabeza lleva un rodete de bronce. Es un cadáver prodigioso, como indica su nombre, capaz de hablar y aun con superior elocuencia. Si logras traerlo a cuestas hasta aquí, todos los habitantes de Dsambuling[61], este mundo nuestro, vivirán muchos años, varios siglos, y comerán y beberán todos como los opulentos de hoy, y no existirá escasez ni pobreza. Mas sobre todo, si tienes éxito en tu misión, habrás borrado por completo el mal karma de tu horrendo crimen.

–Esa es tarea fácil–, dijo Töndrub.

–No lo juzgues tan fácil –dijo Nagarjuna–; aunque cargar con él y traerlo hasta aquí no entraña grandes dificultades, sin embargo, no debes pronunciar una sola palabra en todo el camino, lo que ya no es tan fácil. Si lanzas una exclamación o dices una sola palabra, se te escapará y habrás de volver a buscarlo.

–Juro solemnemente –dice a estas palabras Töndrub– superar, a cualquier precio, cuantas dificultades se me presenten en el curso de mi misión, y traer a Océano de Prodigios. Así no sólo podré purgar mi culpa y redimir mi crimen, sino también hacer que todos los seres que habitan en este mundo puedan gozar de paz y felicidad.

A punto ya de ponerse en camino, el gran maestro le hizo la siguiente advertencia:

–Cuando llegues al cementerio del Bosque Frío, muchos cadáveres, grandes y pequeños, te gritarán, «¡Carga conmigo! ¡Carga conmigo!». Tú entonces recita el mantra y los conjuros, y tírales bolas de tsampa. Todos caerán derribados por tierra, ninguno de ellos es Océano de Prodigios. Él no caerá, sino que trepará a un árbol y te gritará: «¡No cargues conmigo! ¡No cargues conmigo!». Tú entonces agarra un hacha grande y haz ademán de querer cortar el árbol donde está subido. Entonces él bajará en seguida, y tú lo meterás en este saco de colores, que luego, tras atarlo bien con estas tres correas, blanca, negra y colorada, traerás hasta mi presencia. Durante el camino, come de este marsén mágico, que nunca se agota, y no pares ni de día ni de noche, ni digas una sola palabra. Recuerda muy bien, si dices una palabra, se escapará volando. Para que puedas volver a esta gruta sano y salvo te pondré un nombre: Dechö Sango («felicidad y bondad»).

Acabando de decir esto, Nagarjuna le entregó aquel mágico marsén como viático, y se retiró a meditar.

Dechö Sangpo, siguiendo las instrucciones de Nagarjuna, se dirigió hacia el oeste. A lo largo del viaje hubo de arrostrar peligros sin cuento, mas finalmente pudo llegar al cementerio del Bosque Frío. Allí, en efecto, pronto aparecieron numerosos cadáveres, grandes y pequeños, que le gritaron: «¡Carga conmigo! ¡Carga conmigo!». Él entonces empezó a recitar el mantra y los conjuros, y a tirar bolas de tsampa a los cadáveres, que unos tras otros cayeron por tierra. Así llegó hasta el pie de un sándalo. Miró entonces hacia arriba y descubrió en la copa del árbol a Océano de Prodigios, quien, al verse descubierto, empezó a dar grandes voces: «¡No cargues conmigo! ¡No cargues conmigo!». Dechö Sangpo recordó las instrucciones del gran maestro y, empuñando el hacha «Luna blanca» hizo ademán de querer cortar el árbol. Y efectivamente, al punto:

–¡No cortes el árbol! –oyó gritar al de arriba–. ¡Ahora mismo bajo!

Bajó del árbol Océano de Prodigios y en seguida se metió en el saco, cuya boca luego Dechö Sangpo ató bien con las tres correas, para en seguida emprender el camino de vuelta, con el saco a la espalda. Mientras caminaba iba comiendo el marsén, y se repetía una y otra vez que no debía pronunciar palabra bajo ningún concepto. Llevaban ya recorrido un buen trecho, cuando Océano de Prodigios habló desde dentro del saco y dijo a Dechö Sangpo:

–¡Eh, compañero! El día es largo y largo también es el camino que debes andar. Cuando se viaja lejos, es menester hacerlo a caballo, pero ni tú tienes caballo, ni tampoco yo lo tengo, así que para hacer llevadera tan larga y cansada jornada lo mejor fuera hablar un poco; tú sabes hablar y también yo sé hablar, de modo que tú puedes contarme un cuento, o te lo puedo contar yo a ti.

Pero Dechö Sangpo tenía bien guardadas en la memoria las palabras del gran maestro y, como si no hubiera oído nada, prosiguió su camino sin abrir la boca.

–¡Eh! ¿No dices nada? –exclamó Océano de Prodigios–. Pues entonces seré yo quien te cuente una historia.

Y dicho y hecho, empezó a contarle el cuento que ahora vais a oír.

El carpintero Künga («al que todos quieren»)

Hace mucho tiempo, en un lugar llamado Künmon (Kun-smon), había un rey llamado Kun-nang (Kun-snang). Vivía en un magnífico palacio, de columnas y vigas ricamente decoradas, con toda suerte de adornos que regalaban la vista de quienes los contemplaban. Este rey poseía cuantiosas riquezas y numerosos rebaños de yaks y de ovejas, que lo hacían el hombre más rico de todo el vasto territorio. Era el rey hombre de avanzada edad, y con muchos achaques, por lo que vivía en constante zozobra y grande tristeza pensando que a la hora de su muerte cercana, nada de cuanto poseía podría llevarse consigo. Finalmente, murió y su único hijo, llamado Künchong, heredó el trono y se convirtió en rey. Künchong era hombre bueno y piadoso, que velaba por su pueblo, por lo que era querido y respetado por todos sus súbditos. A la muerte de su padre repartió abundantes limosnas entre los pobres y entregó grandes donativos a los lamas, a quienes convocó para que celebraran solemnes ceremonias, con recitación de los textos del *Bardo Tödröl,* para guiar al difunto rey en su peregrinación por el Bardo, y ayudarle a alcanzar el paraíso. Durante siete días se prolongaron los ritos funerarios, terminados los cuales, se hizo formal su ascensión al trono. Las fiestas que siguieron para celebrarlo duraron tres días.

Künchong admitió a su lado, como consejero personal, a un pintor llamado Künga («apreciado por todos»), que ya lo había sido anteriormente de su padre. Era este Künga hombre de mal natural, adulador y envidioso.

En el mismo lugar vivía un carpintero, que fabricaba aperos de labranza, y también construía casas de madera. Era muy buen artesano, y todo lo que hacía era de excelente calidad, y como además le gustaba ayudar a la gente, todos estaban muy contentos con él y le apreciaban mucho, y le llamaban Künga el Carpintero.

Cuando se enteró Künga, el pintor, quedó harto mohíno, pues decía entre sí: «Yo, como consejero del rey, tengo todo el derecho de llamarme Künga; pero ese carpintero, ¿cómo puede consentir que le llamen igual que a mí? Eso mancilla mi reputación».

Viendo que, día a día, la fama del carpintero crecía y se hacía superior a la suya, se dio a cavilar, y al final ideó un plan para deshacerse del carpintero.

Una noche, a la luz del candil, tomó un papel y escribió una carta: era una supuesta misiva que el fallecido rey enviaba a su hijo. Antes de que amaneciera, aprovechando las sombras de la noche, se llegó al patio del palacio, y colocó la carta en un lugar bien visible. Por la mañana temprano uno de los criados, al barrer el patio descubrió la carta, que se apresuró a recoger para entregársela al rey. Éste rompió el sello y vio que era su difunto padre quien le enviaba desde el paraíso aquella carta, que de este tenor decía:

> ¡Hijo mío! Después de mi muerte, he subido al paraíso, donde disfruto de una gran felicidad y de una alta estima, por eso quiero construir aquí un templo. Ahora bien, no encuentro un buen carpintero, por lo que tienes que enviarme cuanto antes a Künga el Carpintero. En cuanto a la manera de llegar hasta aquí, consulta con Künga el Pintor, y él te dirá cómo puede hacerlo.
>
> KÜN-NANG, tu padre, el anciano rey.

Cuando leyó aquella carta, el rey Künchong quedó convencido de que su padre había subido al paraíso, y en seguida mandó llamar a su presencia a Künga el Carpintero.

–Mi padre, el difunto rey –le dijo–, está ahora en el paraíso, donde quiere levantar un templo, y me ha hecho llegar una misiva en la que ordena: «que venga Künga el Carpintero».

Y diciendo esto sacó la carta y se la mostró.

Al principio, el carpintero se quedó de piedra, y luego pensó: «Aquí, sin duda, hay gato encerrado».

–Mi señor, dijo al rey–, vuestro humilde siervo está dispuesto a cumplir lo que ordenáis; mas ¿de qué manera podría ir al paraíso?

–En la carta –respondió el rey–, se dice, como has podido leer, que será Künga el Pintor quien nos ha de indicar la manera.

Y, entonces, el rey mandó llamar al pintor, y luego de informarle de la carta recibida, le preguntó cómo podría su tocayo llegar al paraíso.

Al principio, el pintor fingió una gran sorpresa, y luego, tras un momento de vacilación, dijo:

–¡Ah, sí! Ahora recuerdo. Hace unas noches tuve un sueño, en el que nuestro difunto soberano se me apareció y me habló de un templo que quería levantar en el paraíso, y también me dijo que la mejor manera de llegar hasta allí era montando el «caballo del *sang*»[62]. Primero es menester construir una casa de madera, y luego barnizarla toda, por dentro y por fuera, con aceite de sésamo. Después, el carpintero deberá entrar en ella con todas sus herramientas. A continuación se colocará en el tejado de la casa abundante mantequilla, y alrededor gran cantidad de ramas de enebro, a las que se prenderá fuego y así se elevará una gigantesca humareda de sang, y el carpintero, mientras se tocan tambores y chirimías, podrá subir al paraíso montado en el «caballo del sang».

–¡Vaya! –se dijo el carpintero–. Conque esa es la estratagema del pintor, que quiere acabar conmigo. Tengo que buscar la manera de hacerle fracasar en su intento.

Y tras un momento de reflexión, dijo:

–Haré respetuosamente tal y como me ordena mi señor, el rey. Sin embargo, hay algo que debo deciros: he menester aderezar muy bien las herramientas que luego habré de usar en el paraíso. En cuanto a construir la casa de madera, vuestro siervo, carpintero como es, no ha de tener dificultad alguna en ello; aunque eso sí, precisaré, como poco, de siete días para acabarla. Al cabo de esos siete días, haré cuanto se me ha ordenado.

Dio el rey su consentimiento, y el carpintero se volvió a su casa.

Refirió a su mujer y a su hijo lo sucedido, dándoles noticia de la supuesta carta del difunto rey y de las órdenes que su hijo, el rey Künchong, le había dado; todo lo cual, les dijo, no era sino una treta de Künga el Pintor, que quería acabar con su persona.

Sin perder un momento, Künga, ayudado por su mujer y por su hijo, empezó a excavar un túnel en el patio de su casa. Trabajaron los tres sin respiro, día y noche, hasta que el túnel llegó a mitad del campo de cebada que había detrás de la casa, y luego cubrieron con ramas la boca del túnel para que nadie lo descubriera.

Entretanto, el rey hizo pregonar por todo el país que cada familia debía entregar como tributo una determinada cantidad de madera y de aceite de sésamo, así como mantequilla y ramas de enebro, con lo que a poco se reunió todo lo necesario para llevar adelante el plan tramado por el pintor. Entonces Künga el Carpintero empezó a construir la casa justo encima de la boca del túnel.

Pasaron siete días, vinieron al lugar donde se había levantado la casa de madera el rey Künchong, su consejero, el pintor Künga, y muchos otros. Entró Künga el carpintero en la casa con sus herramientas, y luego el rey dio orden de que cerraran bien la puerta y las ventanas. Colocaron sobre el tejado la mantequilla y montones de ramas de enebro alrededor, y entonces los lamas que el rey había convocado para la ocasión, comenzaron a hacer sonar los tambores y las chirimías con grande estruendo, mientras recitaban los textos sagrados, y rogaban que el carpintero no encontrara obstáculo alguno en su ascensión al paraíso. En ese momento, el rey tomó una tea y personalmente prendió fuego a los montones de enebro. Se encendió un gran fuego, y en un instante la casa ardía por los cuatro costados.

Levantó en esto el pintor la mano derecha y, señalando las negras volutas de humo que se elevaban hacia el cielo, gritó:

–¡Mirad! ¡Mirad todos! Ved ahí cómo sube el carpintero Künga montado en el «caballo del sang». Ved cómo se aleja en dirección al paraíso.

Cuando la casa quedó reducida a cenizas, Künga el Pintor, muy satisfecho por haber salido con su intento, se reunió con los demás consejeros que, rodeando al rey, le acompañaban de vuelta al palacio.

El carpintero, por su lado, apenas notó que habían prendido fuego a las ramas de enebro, se metió en el túnel y volvió a su casa, donde permaneció escondido.

Al cabo de un mes, una mañana, después de bañarse y peinarse, se puso un traje nuevo, blanco, y se presentó ante el rey. Éste se sorprendió mucho y, por supuesto, no le cupo duda alguna de que el carpintero había regresado del paraíso, lo que le llenó de gran contento. A preguntas del rey, Künga el Carpintero primero le habló del grandísimo poder y prestigio de que gozaba el difunto anciano rey en el paraíso, y de cómo él, Künga, le había construido un magnífico templo. Acabada su relación, sacó de su enfaldo una carta y se la entregó respetuosamente al rey, al tiempo que le decía:

–Esta carta se la envía a su majestad, su difunto padre, el anciano rey.

El rey, ardiendo de impaciencia, rompió el sello de la carta, y leyó su contenido, que de este tenor decía:

> Querido hijo, he sabido por la persona que me has enviado que gozas de buena salud, y que gobiernas el reino con gran justicia y equidad, lo que me produce sumo contento. El carpintero Künga, que me has enviado, ha construido felizmente un gran templo, ha realizado un excelente trabajo, por lo que deberás recompensarle espléndidamente. Ahora es menester decorar las paredes del templo con bellos murales, por lo que necesito un buen pintor. Envíame, pues, al pintor Künga, y hazlo venir de la misma manera que ha venido el carpintero.
>
> KÜN-NANG, tu padre, el anciano rey.

Habiendo leído la misiva, el rey Künchong se llenó de contento, y colmó de muchos y ricos presentes al carpintero, antes de que éste se volviera a su casa. Le entregó oro y plata, así como muchos vestidos de seda y brocados, y también muchas gemas y otros objetos de gran valor. De modo y manera que ahora el carpintero empezó a llevar una vida mucho más holgada que antes, sin olvidarse de repartir entre sus paisanos gran parte de las riquezas que había recibido del rey. Pese al cambio y a poseer ahora medios más que suficientes, el carpintero siguió fabricando aperos para los labradores, lo que le granjeó entre ellos una aún mayor estima.

A todo esto, el pintor Künga, se hallaba sumido en la mayor perplejidad, y no cesaba de pensar: «Pero ¿qué ha podido pasar? Quería matarle, y lo que he conseguido es hacerle aún más rico y feliz. No murió entre las llamas, sino que ahí está, ha regresado sano y salvo, y por añadidura ha obtenido una gran recompensa. ¿No será que, efectivamente, si montas en el «caballo del sang», puedes llegar al paraíso?».

Mientras revolvía estas ideas en la cabeza, llegó la orden del rey: el pintor Künga debía subir al paraíso para pintar y decorar el gran templo que se acababa de construir, era una orden que no admitía réplica.

Como quiera que el envidioso pintor ambicionaba alcanzar los mismos honores y riquezas que había alcanzado el carpintero, no dudó en acatar las órdenes del rey, y determinó no demorarse y montar inmediatamente, tan sólo dos días después, en el «caballo del sang». Llamó a Künga el Carpintero, y le pidió que en un terreno cerca de su residencia, le construyera una casa de madera del mismo tamaño que la que en su día había levantado para sí mismo. Las gentes, al igual que la vez anterior, trajeron gran cantidad de madera y de aceite de sésamo, y el carpintero Künga empezó a construir la casa. Cuando la hubo terminado, el pintor, por hacer ostentación de su arte, la decoró por dentro y por fuera, con muchas pinturas. En ellas, junto con los dibujos y adornos habituales, representó muchas escenas religiosas, y así acabó pareciendo un pequeño palacio más que una simple casita de madera.

Llegó el día señalado, y el rey fue hasta el lugar acompañado de gran cantidad de gente. Todos iban vestidos con sus mejores trajes, como para una fiesta. El rey presentó una blanca kata a Künga el Pintor, quien luego entró en la casa, llevando consigo todas sus herramientas y utensilios, así como pinturas y barnices. A continuación, el rey dio orden de que se colocara la mantequilla en el tejado, y las muchas ramas de enebro alrededor de la casa. Acto seguido, prendió personalmente fuego a las ramas y los lamas comenzaron a hacer sonar sus estruendosas trompetas, sus tambores y sus címbalos. En breve ardió un grandísimo fuego, y el pintor Künga, en medio de las llamas, empezó a lanzar grandes alaridos, chillaba, gritaba con toda su alma, pedía auxilio con desgarradas voces, mas nadie le oía por causa del estruendo de los instrumentos. No tardó mucho en morir carbonizado, mientras fuera, todo el mundo tenía fijos los ojos en el espeso humo que se elevaba en el cielo, por ver si en medio de él subía Künga el Pintor.

Justo en ese punto de la narración se oyó la voz de Dechö Sangpo:

–¡Ese malvado pintor tuvo su merecido castigo, fruto de su pésimo karma!

Fue abrir la boca Dechö Sangpo y, al mismo instante, Océano de Prodigios, ¡plass, plass!, desapareció volando en busca del cementerio.

El yak entrepelado

Dechö Sangpo volvió al cementerio y empezó a dar hachazos al árbol donde estaba subido Océano de Prodigios. Éste, entonces, se apresuró a bajar del árbol y se metió en el saco de Dechö Sangpo, quien, luego de atarlo bien con una cuerda, se lo cargó a la espalda y emprendió de nuevo el camino acostumbrado. Y otra vez, al poco rato, el cadáver habló:

–¿Qué te parece si te cuento una historia para que vayas más entretenido? Tú escucha, mientras yo te la cuento.

Hace mucho tiempo, había un gran jefe de tribu que poseía más yaks, caballos y ovejas, que estrellas hay en el firmamento. Montaba este jefe tres caballos de diferente color: blanco, negro y alazán. Solían llevarlos a abrevar a un barranco muy especial, donde cada caballo debía beber una clase de agua distinta: el blanco, clara; el negro, oscura; el alazán, amarillenta. En el barranco habitaba una ogresa, por lo que nadie osaba adentrarse por aquellas partes.

Entre los esclavos del jefe, había dos hermanos, mozo y mocita, cuyo cometido era cuidar de aquellos tres caballos. Eran huérfanos desde muy temprana edad, por lo que vivían estrechamente unidos y se ayudaban mutuamente.

Un día, el jefe mandó al muchacho que subiera a la montaña a cortar leña, y su hermana le aderezó un buen caballo y una buena silla de montar. Al verlo el jefe, la reprendió severamente, y la muchacha hubo de preparar a su hermano un matalón y una vieja y rota silla de montar.

A la hora de partir, la muchacha le entregó un arco y unas flechas, lo que de nuevo visto por el jefe, renovó su reprimenda, con mayor severidad.

–¿Para qué le puede aprovechar un arco y unas flechas cuando esté en el bosque? –dijo a la muchacha–. Bastará con que lleve un hacha.

Con la partida de su hermano, al quedar sola, en ella recaía por entero toda la dura tarea de cuidar de los tres caballos, y por eso el muchacho le dijo:

–Hermanita, escucha bien lo que te dice tu hermano. Cuando lleves hoy los caballos a abrevar, cuida de no errar con el color del agua que cada uno debe beber, cuida también de que no se revuelquen ni coman las plantas que hay junto a la fuente, y sobre todo no olvides que no se debe mover la piedra plana que hay en la orilla del arroyo.

–Hermano –dijo ella–, ya sabes que al haber muerto nuestros padres, tú ocupas para mí su lugar. Tus palabras quedarán en mi pensamiento, como la tsampa en el vientre.

Sin más, luego el hermano montó en el matalón, y con el hacha en la cintura cabalgó hacia la montaña para cortar la leña.

A poco, la muchacha, llevando de las riendas a los tres caballos, fue hasta el barranco, mas entretenida en sus juegos infantiles, no prestó atención a lo que le había dicho su hermano. Y así, por no cuidar de los caballos, éstos no sólo se equivocaron de agua al beber, sino que comieron yerba de junto a la fuente y, mientras se revolcaban por el suelo, levantaron la piedra plana que no se debía mover.

No bien la hubieron levantado, luego al punto salió de debajo de la piedra una espantosa ogresa: una hirsuta pelambrera rojiza que parecía de alambres, los afilados colmillos retorcidos, el cuerpo todo cubierto de negros y sucios pelos, y sus dos pechos, largos y secos, echados sobre los hombros. Se abalanzó sobre la muchacha y, agarrándola, le dijo:

–Has enturbiado estas aguas, que no son otra cosa que mis lágrimas, has aplastado estas yerbas que no son sino mi pelo, tus caballos se han revolcado por esta pradera que es mi espinazo, y han abierto la puerta de mi morada, así que voy a devorarte ahora mismo.

La muchacha se desplomó de terror, y rodando y arrastrándose por el suelo, no paraba de gritar: «¡Socorro, socorro!». La oyó gritar su hermano mientras cortaba leña en la montaña y, en seguida, montando el matalón, se lanzó al galope blandiendo el hacha. Viéndolo venir, la ogresa soltó a la muchacha y salió corriendo a su encuentro. Cual gavilán que caza un pajarillo al vuelo, la ogresa agarró al hermano y al caballo y se los llevó por los aires.

Tras cruzar muchos montes y ríos, llegaron a una gruta entre las rocas. Dejó al muchacho en el suelo y le dijo:

–Hace tres años que no como carne ni bebo sangre de caballo; hoy comeré la del tuyo y beberé su sangre. Cuando haya acabado, comeré carne humana y beberé sangre humana, ¡las tuyas! No podrás escapar volando hasta lo alto del cielo, ni esconderte en las entrañas de la tierra. Ahora espera por el momento, que aún no te he de comer; cuando lo vaya a hacer, antes te llevaré a un lugar limpio. De momento, hoy irás a cortarme leña.

Dicho esto, penetró en la gruta y, después de matar al caballo a dentelladas, empezó a devorarlo. Mientras, el hermano, en la boca de la gruta se lamentaba: «¡Qué inmensa desgracia la mía, haber caído en manos de esta despiadada ogresa!».

Profundamente abatido y desesperado, empezó a cortar leña, cuando en esto apareció un venado almizclero. Viéndolo, se echó a reír y luego a llorar, reía y lloraba, reía y lloraba al mismo tiempo.

–¿Por qué ríes y lloras al mismo tiempo, muchacho? –le preguntó el almizclero.

–Río –le respondió– porque te veo, almizclero, tan feliz y contento; lloro porque mañana una ogresa me va a devorar.

–No llores –dijo el almizclero–, mañana volveré y te salvaré.

Al siguiente día, en efecto, volvió el almizclero, mas al tiempo de escapar, la demonia los descubrió y, arrojando con fuerza una daga, alcanzó a matar al almizclero.

–Hace tres años –dijo luego, hablando con el espantado muchacho– que no como carne ni bebo sangre de venado recién muerto; hoy, por fin, podré darme ese gusto. Mañana comeré carne humana y beberé sangre humana, ¡las tuyas! Mientras tanto, hoy irás por agua a la fuente.

Dicho esto, entró en la gruta para comerse al venado y beberse su sangre, al tiempo que el muchacho se encaminaba a la fuente. En el camino tropezó con un yak entrepelado, en todo semejante a un ágata jaspeada. Viendo al yak, el muchacho se echó a reír y a llorar como la vez anterior.

–¿Por qué ríes y al mismo tiempo lloras? –preguntó el yak.

–Río –le respondió– porque te veo, yak entrepelado, tan feliz y contento; lloro porque mañana una ogresa me va a devorar.

–No llores –dijo el yak–, mañana vendré a salvarte. Montarás sobre mi lomo y podrás escapar de las garras de esa ogresa.

–Ayer mismo –replicó el muchacho–, un almizclero me dijo lo mismo; pero esta mañana, cuando vino con su mejor voluntad, la ogresa lo mató arrojándole un cuchillo. No vengas, pues, a salvarme, que te pasará lo mismo.

–No tengas ningún temor –dijo el yak entrepelado–; mañana, para cuando yo llegue y me encuentre con la ogresa, tú ya habrás roto el cuchillo y le habrás robado el «pasador que protege el alma», un pasador que acostumbra llevar en el pelo. Entonces podrás escapar montado en mi lomo.

Al otro día, hizo el muchacho tal y como le había indicado el yak entrepelado, y cuando éste llegó, montó rápidamente en su lomo y escaparon volando cual flecha disparada por vigorosa mano.

Galopando y galopando se iban alejando de la gruta cuando oyeron que alguien les perseguía. Volvió la cabeza el muchacho y, espantado, vio que la ogresa les estaba dando alcance. Se lo dijo al yak, y éste gritó:

–¡Rompe el pasador, rápido!

Sacó entonces el muchacho el pasador del bolsillo y, partiéndolo en dos, lo arrojó bien lejos.

Al instante, la ogresa cayó sin sentido, y así cesó la persecución. De esta manera el muchacho logró escapar de las garras de la ogresa.

Prosiguió el yak su galopada hasta que llegaron a una pradera. Entonces hablo el yak y dijo al muchacho:

–Ahora es menester que me mates sin tardar. Luego arrancarás la piel de mi cadáver y la extenderás sobre el suelo y, en medio, colocarás mi corazón palpitante, y mis cascos en las cuatro esquinas. Las tripas las colocarás en derredor de la piel y, en cuanto a los pelos, esparce los negros en el lado oscuro (norte) de la montaña, los blancos en el lado soleado (sur) y los bermejos en el medio del barranco. Cuando hayas acabado, échate a dormir. ¡A partir de ese momento, podrás tener todo cuanto desees!

–Pero, ¿cómo podría matarte a ti, mi gran bienhechor? –suplicó el muchacho–. ¿A ti que me has salvado la vida?

–Obedece –dijo el yak–; haz presto lo que te digo, que si te demoras, te arrepentirás infinito; pues entonces la ogresa te devorará y además acabará conmigo a dentelladas.

Hizo, pues, el muchacho tal como el yak le había ordenado, y cuando acabó, se quedó dormido.

Al despertar, le pareció que se encontraba en medio de un sueño, y durante largo tiempo no acababa de salir de su asombro. La piel del yak se había convertido en una gran yurta negra, los pelos blancos en ovejas, los negros en yaks, los bermejos en caballos, y el corazón en una bellísima doncella. Lástima que en la punta de la nariz de la hermosa joven se descubría una cicatriz. Esta cicatriz era obra suya, pues al tiempo de cortar las entrañas del yak, en un torpe movimiento, había clavado ligeramente la punta del cuchillo en el corazón.

Llegando el cuento a este punto, Dechö Sangpo, sin poder ya reprimir su curiosidad, preguntó:

–¿Y tú qué hubieras hecho si la doncella no hubiese tenido una cicatriz como esa en la punta de la nariz?

No bien hubo pronunciado estas palabras, ¡plass! ¡plass!, Océano de Prodigios se desvaneció como el arco iris.

El león de piedra

Dechö Sangpo volvió corriendo al cementerio, y otra vez encontró a Océano de Prodigios subido en lo alto de un árbol. Agarró como antes el hacha grande que consigo llevaba e hizo ademán de emprenderla a golpes para derribar el árbol. Entonces, Océano de Prodigios descendió de un salto, y se metió rápidamente en el saco. Dechö Sangpo lo ató bien con una cuerda, y se puso otra vez en marcha.

Apenas había recorrido un poco trecho cuando Océano de Prodigios dijo:

–¡Eh! Hermanito, se mire como se mire, en este viaje estamos sólo tú y yo. ¿No podríamos buscar la manera de matar el aburrimiento?

«¡Maldita cosa!», dijo entre sí Dechö Sangpo. «Me has engañado ya varias veces, pero ésta no te saldrás con la tuya.» Y como si no hubiera oído nada, siguió caminando con el saco a cuestas.

–¡Bien! –dijo entonces Océano de Prodigios–. Como no quieres hablar, seré yo quien te cuente una historia.

En la ladera de una alta montaña vivían dos familias, la una pobre, la otra rica. El padre de la primera subía todos los días a la montaña para cortar leña, que luego vendía y así podía su familia salir adelante. Cuando subía, siempre llevaba un poco de tsampa, y así, a mediodía, no tenía necesidad de volver a casa para comer; de esta manera podía cortar más leña, para conseguir más comida y poder comprar mejores vestidos. Montaña arriba no había nadie, sólo un león de piedra.

Cada día, después de haber cortado mucha leña sin descansar un momento, a mediodía iba a almorzar junto al león de piedra. Antes de empezar a comer acostumbraba poner tsampa, mantequilla y queso delante del león, y le decía:

–Hermano león, sírvete comer un poco en mi compañía.

Y luego ponía un poco de tsampa dentro de la boca del león. Así todos los días, y durante mucho tiempo.

Un día, como de costumbre, repitió su ofrecimiento y su invitación al león, pero esta vez, para su infinita sorpresa, el león abrió la boca y dijo:

–Gracias te doy, mi buen hermano. Tienes un corazón bondadoso en extremo. Que aun siendo pobre y no teniendo mucha comida, todos los días me ofreces un poco de ella.

Al principio, el leñador se asustó mucho oyendo hablar al león, mas pronto se percató de que el león no abrigaba ninguna mala intención hacia él. Sintiéndose ya tranquilo, le dijo:

–Hermano león, a mí me parece que llevas una vida muy dura e incómoda, estando siempre ahí, sin moverte, a merced de la lluvia y del viento. Así que si te doy un poco de tsampa, no hago sino lo que debo. ¡Lástima que sea tan pobre, y no tenga otra cosa que ofrecerte!

–¡Ay! –exclamó el león–. A fe que eres persona de gran corazón. Mira, mañana por la mañana, antes de que salga el sol, ven con un saco y te daré algunas cosas.

–¡Gracias, gracias! –dijo emocionado el leñador.

Y, echándose a la espalda su carga de leña, se volvió a su casa. Al día siguiente, antes de clarear el día, subió a la montaña con el saquito de tsampa que solía llevar consigo. Cuando llegó ante el león, éste le dijo:

–¡Ya estás aquí, hermano! Ahora voy a abrir la boca, y tú mete la mano en mi garganta y saca todo cuanto puedas de ella; lo sacas y lo metes en el saco. Mas es muy de menester que no olvides una cosa: antes de que salga el sol deberás haber sacado la mano de mi boca, pues apenas sale el sol, se cierra.

–*¡Loss, loss!* –asintió el leñador respetuosamente.

Abrió luego la boca el león y el leñador introdujo la mano y sacó lo que dentro de la garganta del león había, y que no era sino monedas de oro. No tardó en llenar el saquito que había traído, y entonces dijo:

–Hermano león, te agradezco infinito lo que me has dado.

–¿Cómo? –dijo el león–. ¿Ya has llenado tu saco? ¿Tan pronto? Es menester que traigas un saco grande, donde quepan más monedas de oro.

El leñador levantó el saquito, y dijo al león:

–¡Mira, hermano león! Con esto tengo para vivir el resto de mi vida. Fíjate todo lo que hay, no me digas que no es bastante.

Para entonces ya había salido el sol, así que el leñador, como de costumbre, empezó a cortar leña, y cuando tuvo un buen montón, hizo un haz grande, lo cargó a las espaldas y se volvió a su casa.

A partir de ese día ya no volvió a subir a la montaña. Con todas aquellas monedas de oro, ya no necesitaba trabajar tan duro como hasta entonces. Con ellas compró caballos, yaks y ovejas, y se construyó una casa nueva; ahora tenía todo cuanto necesitaba de ropa, comida y utensilios. Se había convertido en un campesino «de establo lleno y granero colmado».

Todo ello, todos estos cambios, no dejaron de pasar desapercibidos a su rico vecino, el cual se dio a cavilar durante mucho tiempo.

«Este vecino mío», se decía, «siempre ha sido pobre, tanto, que no tenía ni un asno con mataduras, y ahora, de repente, se ha vuelto un ricachón. ¿Será un ladrón, o un bandido, sin yo saberlo? Sea como sea, he de ir a verle y averiguar qué es lo que ha pasado.»

Así que, fingiendo que sólo estaba dando una vuelta y que pasaba por casualidad, se llegó a la casa de su vecino, y entabló conversación con él. Le alegró los oídos con palabras melosas y calculadas, antes de preguntarle qué le había sucedido últimamente para haberse vuelto tan rico. Como el antes pobre era persona honesta, sincera, sin malicia alguna, le refirió al hacendado todo cuanto le había acaecido con el león de piedra. Oyó el relato el rico hacendado, y la avaricia le nubló el seso, y la ambición le puso en ascuas.

«¿Por qué no habré podido yo», se dijo entre sí, «tropezarme con una situación tan afortunada?»

Luego, con gran habilidad, sonsacó al leñador una serie de noticias: dónde estaba exactamente el león de piedra, cómo se hacía para cortar leña, cómo se podía hablar con el león, y demás. Cuando todo lo tuvo bien averiguado, se volvió a su casa.

A partir de entonces, empezó a subir todos los días a la montaña, para cortar leña, vestido con una rota y vieja pelliza. Llevaba un poco de tsampa y se sentaba a comer al lado del león de piedra. Hablaba con él y le ofrecía comida, tal y como le había contado el leñador. Así fueron pasando los días, mas el león permanecía en su pétreo estado, sin dar señales de vida.

–¿No será que ese leñador me ha engañado? –se decía el ricachón–. ¿O acaso es que el león duda de mí, y no cree que sea un verdadero leñador?

De suerte que, cegado por su ambición, prosiguió incansable con su farsa, en la esperanza de que un día el león le hablara.

Y así fue, pues al cabo de un tiempo, efectivamente, el león le habló:

–Hermano leñador, todos los días me ofreces comida, ya es hora de que me interese por las penas que te abruman.

Al oír al león, que por fin hablaba, el ricachón se llenó de contento y le respondió:

–¡Ay! ¡Ay! Esto es muy duro, muy duro. Imagino que ya sabes lo pobre que es mi familia.

–No te inquietes –le dijo el león–. Mañana temprano trae un saco y yo te daré algunas cosas de provecho.

–*¡Loss, loss!* –se apresuró a decir el ricachón, y se volvió a su casa.

Al día siguiente, muy temprano, subió con un enorme saco a lo alto de la montaña, donde estaba el león de piedra. Éste abrió la boca y le dijo lo mismo que antes había dicho al leñador: que sacara de su garganta todas las monedas de oro que quisiera. Y también como antes, le previno, y le advirtió muy seriamente, que antes de que saliera el sol debía sacar la mano de su boca, y que no lo olvidara de ninguna manera. El ricachón aseguró que no lo olvidaría, y sin perder un instante empezó luego a sacar el oro de la garganta del león. Lo hacía a puñados, a grandes puñados, que iba sacando para luego meter en el saco. Mas, como éste era tan grande, después de un buen rato de trasiego, aún no se había llenado.

–Ya basta –le advirtió el león–, el sol está a punto de salir.

–¡Sí, sí! –dijo el ricachón–. Espera un momento, que aún falta un poco para llenar el saco. Unos pocos puñados más, y habré acabado.

Pero justo en el momento en que tenía la mano metida dentro de la boca del león, despuntó el sol sobre las montañas del este y sus brillantes rayos iluminaron las cuatro direcciones. En ese preciso instante el león cerró su boca de piedra, con lo que la mano del ricachón quedó aprisionada en ella. De poco le valieron al hacendado sus gritos lastimeros y sus doloridas súplicas. Por más que lo intentó no pudo liberar su mano: una cegadora ambición lo había perdido.

Llegado el relato a este punto, Dechö Sangpo, sin darse cuenta exclamó:

–¡Se lo tuvo bien merecido!

En ese mismo punto, Océano de Prodigios, ¡plass! ¡plass!, escapó volando.

La mocita Sedren

Dechö Sangpo volvió al cementerio, y empezó a dar hachazos al árbol donde estaba subido Océano de Prodigios. Éste, entonces, se apresuró a bajar del árbol y se metió en el saco. Dechö Sangpo, luego de atarlo bien con una cuerda, se lo cargó a la espalda y emprendió de nuevo el camino acostumbrado. Y, como de costumbre, al poco rato, el cadáver habló:

–¿Qué te parece si te cuento una historia para que vayas más entretenido? Tú escucha, mientras yo te la cuento.

Hace mucho tiempo, en cierto lugar, vivía una pareja de ancianos que tenía dos hijos: una hija llamada Sedren («brillante lámpara»), y un hijo llamado Töndrub («éxito»). Sedren era una muchacha muy trabajadora y obediente, y sus padres la adoraban. Iban a menudo a un lugar, no muy lejano, donde había un templo consagrado al Gran Misericordioso, ante cuya imagen se prosternaban y hacían ofrendas, rogándole les concediera un buen yerno, digno de su querida hija.

Una noche, mientras sus hijos dormían, los ancianos empezaron a hablar de la futura boda de Sedren.

–Cuando nuestra Sedren se haga mayor –dijo la anciana madre– y se convierta en una hermosa muchacha, deberemos encontrarle un marido. ¿Qué hemos de hacer para que todo salga bien?

–Sedren, nuestra hija –respondió el anciano padre–, nos fue concedida en su día por el Gran Misericordioso, a quien se la habíamos pedido insistentemente. Deberá ser, pues, el Gran Misericordioso, quien decida con quién debe casarse.

Y eso fue lo que ambos determinaron hacer.

Quiso el destino que un ladrón, que rondaba la casa, alcanzara a oír aquellas palabras, y en seguida vio la ocasión de sacar provecho. Al amparo de las sombras de la noche, se llegó hasta el templo del Gran Misericordioso y se escondió detrás de la imagen.

Al día siguiente, muy de mañana, los dos ancianos fueron al templo y, tras hacer las postraciones y ofrendas requeridas para la ocasión, de hinojos ante el Gran Misericordioso, le dirigieron, juntas las manos, la siguiente súplica:

–Gran Misericordioso, de ti hemos recibido cuanto tenemos: felicidad, riquezas, un hijo y una hija, todo nos ha venido de tu generosa compasión. Ahora, nuestra amada hija se ha hecho ya mujer, y queremos suplicarte nos digas si debe, o no debe, contraer matrimonio. Y si debe contraerlo, ¿con quién? Bueno fuera que nos dieras una señal, o bien que nos lo indicaras mediante un sueño.

Entonces, el ladrón, desde su escondite detrás de la imagen, dijo:

–Conviene que vuestra hija se case. Mañana, esperad en vuestra casa, y el primero que llame a vuestra puerta, ése será el destinado a ser esposo de vuestra hija y yerno vuestro. Haced así y todo sucederá felizmente.

Los dos ancianos se maravillaron sobremanera y, casi sin salir de su asombro, luego dijeron:

–Venerable Gran Misericordioso–, haremos respetuosamente tal y como nos has indicado.

Y luego de tocar repetidas veces el suelo con la frente, en señal de reverente agradecimiento, se volvieron a su casa.

Al día siguiente, muy temprano, los ancianos se levantaron, y después de lavar y peinar a su hija, hicieron que se pusiera un vestido nuevo. Luego la engalanaron con toda clase de adornos: turquesas, corales, y otras muchas joyas. Hecho lo cual, esperaron la llegada de la persona que imaginaban designada por el Gran Misericordioso.

–¿Cómo será el elegido por el Gran Misericordioso? –se preguntaban, impacientes.

En esto apareció el ladrón. Venía cargado con un baúl lleno de fruta, y los ancianos le invitaron en seguida a entrar y le regalaron con un espléndido banquete. Acabado éste, le entregaron por esposa a Sedren, cuya belleza aparecía resaltada por los ricos adornos que llevaba. Además, los ancianos entregaron al novio una magnífica dote.

Sedren no se sentía nada satisfecha con aquella boda, pues no paraba de darle vueltas en su cabeza: «Mis padres son ya ancianos y mi hermano aún es pequeño, y luego está este hombre que acaba de llegar y del que nada sabemos». De modo que al principio se resistió a dejar su casa; mas sus padres la persuadieron con muchas y varias razones, la primera y principal de ellas, que era el Gran Misericordioso quien había elegido a aquel hombre para que fuera su esposo.

Al final, Sedren hubo de ceder y, volviendo la cabeza cada dos pasos, acabó marchándose con el ladrón, convertido ahora en su marido.

Caminaron y caminaron hasta llegar a un estrecho valle donde no se veía casa ni poblado por parte alguna. En ese momento se dijo el ladrón: «Tengo mujer e hijos, ¿cómo voy a presentarme con ella en mi casa? He de arreglarlo esta misma noche».

–Si llegamos a mi pueblo de esta manera –dijo el ladrón a Sedren–, a fe que no es modo apropiado de recibir a una novia. Así que tú espera aquí, mientras yo me adelanto y preparo la boda como conviene. Luego vendré a buscarte.

Diciendo esto, hizo a Sedren entrar en una gruta, cuya entrada luego cerró con piedras y gruesas ramas. Después se marchó corriendo, camino de su casa.

Sedren, al verse sola, sintió una inmensa aflicción y un gran temor se apoderó de ella. Mas, no pudiendo hacer nada, no tuvo más remedio que resignarse a esperar, sentada en el interior de la gruta.

Quiso el destino que en ese tiempo un joven príncipe había salido de caza. Acompañado de dos criados, tiraba de un tigre, en busca de alguna fiera salvaje, cuando en esto llegaron cerca de la gruta donde Sedren se hallaba.

Al ver el príncipe que la entrada de la gruta estaba tapada, quiso saber si algo se escondía en ella, y dio orden a sus criados de que retiraran las piedras y las ramas. Entraron y vieron en el interior a una mocita de esbelto talle y ricamente engalanada, de gran hermosura. Admirados sobremanera, le preguntaron quién era y qué le había sucedido, y Sedren entonces les refirió muy por menudo la extraña historia de su boda.

–Mi querida mocita –le dijo el príncipe–, si te quedas aquí, esperando, corres muy grande peligro; si lo deseas, puedes venir conmigo.

Sedren, que se había prendado del príncipe desde el momento que lo vio, no dudó en aceptar el ofrecimiento que se le hacía; mas, antes de partir, le dijo:

–Mas si me voy, mi señor, alguien debería quedarse dentro de la gruta; pues si no, ¿qué pasará cuando mi novio vuelva?

–De eso no tenéis por qué inquietaros –dijo el príncipe.

Y dicho y hecho, hizo entrar al tigre en la gruta, cuya boca mandó luego tapar de nuevo con las piedras y las ramas. Tras lo cual, se partieron todos hacia el palacio del príncipe.

Por su lado, el ladrón, cuando volvió a su casa, mintió a todos sus vecinos, diciéndoles:

–En el pasado nunca conseguí ganar dinero por mucho que me esforcé, pero esta vez voy a hacer un sacrificio a los dioses que me va a procurar mucha riqueza.

Cuando cayó la noche, se fue él solo, a hurto de todos, al lugar donde había dejado a Sedren. Se llegó hasta la entrada de la gruta y, apartando algunas piedras y ramas, practicó un agujero, por donde se coló en el interior. Ya dentro volvió a tapar la entrada, y luego llamó con voz queda:

–Mocita mía, ya sé que has sufrido mucho por mi culpa, anda, ven aquí.

No hubo acabado de decirlo, cuando el tigre, hambriento, se arrojó sobre él y lo devoró. De suerte que su plan de acabar con la vida de Sedren se volvió contra él, y así encontró un lamentable final.

Llegada a este punto la historia, Dechö Sangpo exclamó sin darse cuenta:

–¡Bien merecido lo tenía ese malvado ladrón!

Decirlo y, ¡plass! ¡plass!, salir volando Océano de Prodigios fue todo uno.

El ratón, el mono y el osezno

Una vez más, Dechö Sangpo, incansable y obstinado, volvió al cementerio del Bosque Frío y, tras apoderarse de Océano de Prodigios, lo cargó a la espalda y emprendió de nuevo el camino de regreso. Esta vez apretó bien los labios y tomó la firme determinación de no abrir la boca por nada del mundo. Mas, como de costumbre, Océano de Prodigios a poco de empezar el viaje, comenzó a contar una historia.

Hace muchísimo tiempo, en un remoto lugar vivía un siervo de la gleba llamado Drangse Chö. La avaricia de su señor, jefe de la tribu, era más violenta que la furia de un volcán. Las pechas y tributos se sucedían y acumulaban unos tras otros, de forma que los campesinos, al final, sólo eran dueños de su sombra y de las huellas de sus pasos. Como Drangse Chö no podía hacer frente a tantas pechas y tributos, se vio forzado a abandonar su casa y emigrar buscando en otras partes la forma de sobrevivir. Vendió entonces todo cuanto tenía y que podía ser vendido, y con el dinero que obtuvo compró un asno y dos piezas de pulu. Después, el corazón desgarrado por el dolor, pues abandonaba a su madre que se había desvivido por él durante tantos años, se partió de su lugar natal, del que nunca hubiera querido alejarse. Con su asno por compañero cruzó montes y valles, en busca de un lugar donde ganarse la vida.

Así se fue alejando cada vez más de su casa, cada vez más y más, hasta que un día tropezó con una gavilla de rapaces que había cazado un ratón. Le habían atado una cuerda al cuello y, luego de echarlo a un arroyo, estaban tirando de él para uno y otro lado. En esto oyó que uno de los chiquillos decía:

–Vamos a arrancarle la piel, sin matarlo, ¿qué os parece?

El ratón, muy asustado, no paraba de temblar.

Al ver aquello Drangse Chö, se acordó al punto de su señor, que tantas veces lo había vejado y oprimido: sintió un sabor acre en su corazón y de pronto una infinita compasión se elevó en su pecho.

–¡Eh! ¡Chiquillos! –gritó a los rapaces–. ¿Por qué maltratáis de esa manera a un ratoncillo? ¡Soltadlo ahora mismo!

–¡Pero qué dices! –replicaron los chicos–. Lo hemos cazado justamente para hacer con él lo que estamos haciendo.

–Sea –les dijo entonces Drangse Chö–. Pues entonces, os daré una pieza de pulu a cambio del ratón, ¿qué me decís?

Aceptaron los muchachos, muy contentos, el trato, y luego de coger la tela, al punto soltaron al ratón, que escapó corriendo.

Prosiguió Drangse Chö su andadura, y llegó a un punto donde el camino se bifurcaba. Allí encontró a una tropa de chiquillos que habían cazado un mono y le gritaban para que hiciera alguna cabriola, mas como el mono no entendía, le estaban hartando de zurriagazos con un *kogya* (instrumento de castigo, hecho con piel, con el que se golpea en el rostro) y el pobre mono chillaba mientras se retorcía de dolor. Ante aquella escena le volvió el recuerdo de cuando su señor le golpeaba con el kogya, y sintió una profunda lástima hacia el mono. Y, al igual que la vez anterior, rescató al mono, dando a los chiquillos la otra pieza de pulu. Cuando el mono se vio libre, escapó corriendo hacia el bosque.

Prosiguió Drangse Chö su camino y llegó a una encrucijada. Allí topó con un grupo de cazadores que habían capturado un osezno. También ellos, dándole de palos, trataban de hacer bailar al oso y, una vez más, Drangse Chö se acordó de sus pasados sufrimientos y, lleno de compasión, preguntó a los cazadores:

–¿Qué me decís, si os doy mi asno a cambio de ese osezno?

A lo que los cazadores, muy contentos, no dudaron en acceder. Les entregó el asno, y cogiendo al osezno, lo condujo al bosque donde lo dejó en libertad. De modo y manera que, a partir de ese momento, sólo tuvo por compañía a su propia sombra, y eso sólo durante el día, pues por la noche lo único que podía abrazar eran sus dos rodillas: se había convertido en un verdadero mendigo.

Un día, con intento de mendigar un poco de comida, se llegó a las puertas de un gobernador. Mas quiso el destino que en ese tiempo sucediera algo inesperado. El tesorero del gobernador acababa de robar un buen montón de sedas y rasos que se guardaban en el almacén, pero al llegar cerca de la puerta principal se topó inopinadamente con la mujer del gobernador. Astuto como era, al instante se le ocurrió una argucia. Arrojó delante de los siervos que allí estaban el hato de telas y empezó a gritar con voces desaforadas:

–Mirad, señora, mirad todos, ese pordiosero ha querido robar estas telas del almacén.

Entonces se lanzaron todos sobre Drangse Chö, lo ataron fuertemente y lo llevaron a presencia del gobernador. Este, sin dudar un instante, sentenció:

–Lo sucedido es algo de todo punto intolerable. Queda condenado al odre (*kodung*, castigo consistente en encerrar al reo en odre de piel de yak, que luego de coserse bien, se arrojaba a las aguas del río para ahogar al condenado) y que inmediatamente se le aplique el castigo.

Y así es como el pobre siervo acabó en las aguas del río.

Arrastrado por la corriente, el odre donde lo habían encerrado llegó muy lejos, río abajo, hasta que lo detuvo un árbol que había en la orilla.

«No he muerto en seguida en las aguas del río», se dijo, «mas poco importa, pues no tardaré en morir de hambre, y si no muero de hambre, no hay duda que acabaré asfixiado.»

En medio de tan tristes y dolorosos pensamientos, un ratón se acercó a la orilla en busca de comida y, royendo el odre, hizo en él un agujero. Y tan acertada y casualmente, que a través de él pudo Drangse Chö atisbar el exterior y ver al animalito. Éste, por su lado, reconoció en quien estaba dentro del odre a aquél que poco antes le había salvado la vida. Corrió entonces a la orilla y empezó a lanzar ratoniles chillidos, con los que atrajo al lugar en donde estaban al osezno y al mono.

Conviene saber que el ratón, el osezno y el mono, se habían jurado amistad eterna tras haber sido salvados por Drangse Chö, y habían también jurado buscar a su salvador para devolverle tan impagable favor. Ahora, los tres reunidos, podían cumplir su promesa: desgarraron el odre, y después de liberar a su bienhechor, lo colocaron sobre una tabla y le trajeron gran cantidad de frutas para que repusiera fuerzas.

Al cabo de un rato se hizo de noche, y el osezno divisó a lo lejos, en un prado, un objeto brillante. Se lo dijo al mono, que luego fue a mirar y descubrió un huevo de paloma, que en realidad era una «presea que concede todos los deseos». La recogió y fue a entregársela como presente a Drangse Chö, quien la aceptó con grandísimo contento. Luego, expresó ante la presea un deseo y, al punto, en medio del prado, apareció un majestuoso edificio de tres pisos, cuyos alrededores se llenaron de excelentes árboles frutales de todas clases; en su interior, con amplios y lujosos salones, se podía conseguir todo cuanto se deseaba y gozar de cuanto se apetecía. Entonces Drangse Chö se quedó a vivir en aquel palacio.

Pasó el tiempo y, un día, apareció un mercader que venía del pueblo de Drangse Chö. Se llamaba Repachen («el de la larga coleta»), y era un viejo conocido.

Cuando el mercader vio lo feliz y confortable que vivía su amigo, dijo entre sí: «Un pobre siervo vagabundo como éste, debería ganarse la vida mendigando, y hete aquí que se ha construido esta magnífica mansión. A fe que es extraño sobremanera, ¿cómo es posible que haya conseguido tanta riqueza?». Preguntó entonces a Drangse Chö cuál era la causa de su repentina fortuna, y su amigo le refirió muy por menudo todo cuanto le había sucedido hasta alcanzar aquella opulencia.

Oír el relato y despertársele al mercader una irrefrenable avaricia fue todo uno.

–¡Eh, amigo mío! –le dijo–. Es estupendo que hoy goces de tantas riquezas; en cambio yo, como podrás ver, padezco grandes privaciones, ¿no podrías prestarme un momento la «presea que concede todos los deseos» para que también yo pueda disfrutar un poquito?

Drangse Chö era una persona de muy buen corazón y, como tal, no podía rehusar de ninguna manera una petición como la que se le hacía, así que no dudó en prestar la presea a Repachen.

Tomó éste la presea, y aquella misma noche, postrándose ante ella, formuló el siguiente ruego:

–¡Haz que en seguida, sin tardanza, me haga rico!

Y así fue, pues la presea hizo llegar al mercader toda clase de riquezas y objetos de placer.

Al día siguiente, por la mañana temprano, cuando Drangse Chö se despertó, notó como si las finas sedas de su lecho se hubieran vuelto de piedra, y sintió que le dolía todo el cuerpo. Miró a su alrededor y no vio nada: ni mansión ni ninguna de cuantas cosas en ella había antes. Se encontraba tumbado sobre la antigua tabla de madera, y tan pobre y miserable como antes.

Pasó un tiempo y, un día, el ratón, el osezno y el mono, encontraron a su bienhechor que andaba mendigando.

–Pero ¿qué os ha pasado para hallaros en tan lamentable situación? –le preguntaron.

Y cuando Drangse Chö les hizo relación de cuanto le había sucedido, los tres dijeron a una voz:

–Ese Repachen no es una buena persona. ¿Cómo es posible devolver un poco de agua fría por una taza de caliente y sabroso té salado? Sin duda es uno de esos malvados que tienen la boca llena de palabras dulces, mas el corazón colmado de veneno. Iremos ahora mismo por esa presea y os la traeremos de vuelta.

Y dicho esto se partieron.

En cuanto a Repachen, gracias a la presea había acumulado muchísimas riquezas, y su casa tenía dos grandes patios, uno exterior y otro interior. Nadie sabía en cuál de las muchas habitaciones vivía, pues a nadie se le permitía entrar. Al ratón, sin embargo, no le fue difícil colarse en el interior, y así pudo descubrir que Repachen dormía en una alcoba cuyas paredes estaban pintadas de un brillante esmalte. Y también descubrió que la presea estaba guardada en el almacén, colgada de una flecha con cintas multicolores, encima del montón de grano. Al lado había un enorme gato atado con una cuerda.

Volvió el ratón junto a sus dos compañeros y les refirió lo que había encontrado.

–¡No hay nada que hacer! –exclamó el osezno, desanimado–. ¡Volvamos!

–¡No! –dijo el mono–. ¡Tengo una idea! Esta noche, tú –le dijo al ratón– irás a la alcoba de Repachen y, mientras duerme, le cortas la coleta a mordiscos. Así podremos hacernos con la presea.

Aquella noche el ratón hizo tal y como había dicho el mono. Fue hasta la alcoba de Repachen y royendo, royendo, cortó la coleta.

Al día siguiente por la mañana, cuando Repachen se despertó y vio su coleta tirada en el suelo, al mismo punto montó en grandísima cólera, y empezó a lanzar horribles juramentos.

–*¡Ápero!* («¡El cadáver de tu padre!») –gritó–. Un maldito ratón me ha cortado esta noche la coleta a mordiscos. He de tener mucho cuidado, pues si no, perderé el poco pelo que me queda en la cabeza. Esta noche ataré al gato junto a la cama.

Y así hizo efectivamente, pues aquella noche ató al gato junto a la cabecera de cama. Pues bien, cuando se quedó dormido y empezó a roncar, los tres amigos pusieron en marcha su plan. Mientras el osezno y el mono se quedaban vigilando junto a la puerta principal, el ratón se coló en el almacén. Allí en lo alto, sujeta a la flecha de cintas multicolores, estaba la presea, mas el ratón, por más que lo intentaba, no lograba alcanzarla. Volvió a informar a sus dos amigos, y entonces el osezno dijo:

–¡No hay nada que hacer! –de nuevo desanimado– ¡Volvamos!

–¡No! –dijo el mono–. Tengo otra idea. Tú –le dijo al ratón– ve otra vez al almacén, y escarba en el montón de grano hasta hacer un agujero; entonces la flecha caerá, no hay duda.

Hizo el ratón como decía el mono. Corrió de nuevo hasta el almacén, escarbó en el montón de grano, y la flecha acabó por caer y, con ella, la presea, que rodó por el suelo. Sin embargo, por causa de su pequeño tamaño, el ratón no conseguía agarrar la presea por mucho que lo intentaba y, al final, desesperado, volvió a informar a sus dos amigos.

–Ahora sí que no hay nada que hacer –insistió una vez más el osezno–; ¡vámonos!

–¡No! –se opuso de nuevo el mono–. Otra vez tengo una idea. Tú, amigo ratón, átate bien a la cola una cuerdecita y entra en el almacén. Agarra luego fuerte la presea con las cuatro patas y no te sueltes. Nosotros tiraremos de la cuerdecita y te sacaremos junto con la presea.

Y así fue como, finalmente, consiguieron recuperar la presea. En seguida emprendieron el camino de vuelta, exultantes por haber salido con su intento. El mono, que iba montado sobre el osezno, llevaba la presea en la boca, mientras el ratón dormía dentro de su oreja.

Llegaron en esto a un gran río que les cortaba el camino, y cuando empezaron a vadearlo, dijo para sí el osezno: «A fe que grande es mi fuerza, pues llevo a mis espaldas al mono, al ratón y a la presea».

–¿Tengo o no tengo más fuerza que nadie? –preguntó a sus compañeros, henchido de orgullo.

Mas, como el ratón iba dormido en la oreja del mono, y éste llevaba en la boca la presea, el uno porque no oyó la pregunta, y el otro por miedo a que se le cayera en el agua la presea, ninguno le respondió. De modo que el osezno se enojó muchísimo y gritó:

–¡Como no hacéis caso de lo que os pregunto, os tiraré al agua ahora mismo!

–¡No nos tires! –gritó el mono.

Y al abrir la boca, la presea cayó en el río y se perdió en las aguas.

Cuando llegaron a la otra orilla, el mono reprendió al osezno por su insensatez, mas la réplica del osezno fue decir:

–Ahora sí que no hay remedio. ¡Vámonos!

El ratón, angustiado, no dejaba de lanzar lastimeros chillidos mientras corría arriba y abajo a lo largo de la orilla.

Los animales del río acudieron al oírlo, y le preguntaron:

–Ratoncito, ¿por qué estás tan angustiado?

–¿Es que no lo sabéis? –les respondió–. Está a punto de llegar un monstruo que devora a todos los animales que viven en el río.

–¿Qué podemos hacer? –preguntaron ellos, aterrados.

–Sólo hay una solución –les respondió el ratón–: debéis levantar en la orilla un muro alto y resistente.

Entonces los animales empezaron a llevar a la orilla piedras del fondo del río para construir el muro, y el ratón les ayudaba todo lo que podía. Así hasta que, cuando el muro había alcanzado ya un codo de altura, salió del agua una rana muy grande con la presea en la boca.

–Esta es la piedra más pesada que he encontrado en el fondo –dijo la rana triunfalmente.

–¡Este ratón es listo como el solo! –exclamó entonces el mono.

Y, tomando en su boca la presea, se montó de nuevo en el osezno, con el ratón dentro de la oreja, y reanudaron su camino.

Justo llegaron a tiempo de entregar la presea a Drangse Chö cuando estaba a punto de perecer de inanición.

–¡Gracias, muchas gracias, amiguitos! –exclamó–. Sé que habéis penado mucho para devolverme la presea.

Y luego de formular el ruego a la presea, al instante, como la vez anterior, apareció en el prado un espléndido palacio, aún más grande y hermoso que el palacio de un rey. Alrededor, aparecieron también multitud de árboles llenos de magníficos frutos y melodiosos trinos se empezaron a oír por doquier. Excelentes cosechas se sucedieron a lo largo del año, sin invierno. Todos los placeres estaban al alcance de la mano, y aquello se convirtió en un lugar donde se podía conseguir todo aquello de cuanto uno había menester.

Por último, Drangse Chö formuló una súplica a la presea:

–Aún no tengo esposa, concédeme una que sea bella y de buenas prendas.

Decirlo y descender del palacio celestial una diosa fue todo uno. Su belleza era tal, que nadie podía cansarse de contemplarla.

En ese punto del relato, Dechö Sangpo exclamó:

–¡Ese sí que es agradecimiento, el de esos tres animalitos!

No había terminado de decirlo, cuando Océano de Prodigios, ¡plass! ¡plass!, se fue volando.

El príncipe del vestido de plumas

Como la vez anterior, Dechö Sangpo volvía de nuevo cargado con Océano de Prodigios cuando, a los pocos pasos, el cadáver empezó contar una historia:

Hace mucho tiempo, en cierto lugar, había tres hermanas, cuyos padres habían muerto años atrás. Se mantenían gracias a una vaca grande, que les daba leche, con la que elaboraban mantequilla y queso, que luego guardaban para vender. Dependían de ella para todo: comida, ropa, y demás. La vaca era, realmente, para las hermanas un verdadero y auténtico tesoro.

Un día, de improviso, la vaca desapareció, y la hermana mayor salió en busca de su «tesoro». Siguiendo sus huellas llegó a un estrecho valle muy verde. Había caminado largo trecho, estaba muy fatigada. Entonces se sentó, para descansar un poco, junto a la entrada de una gruta que había en la falda de la montaña. En ese momento, llegó volando un blanco pajarito que le dijo:

–¡Pío, pío! ¡Pío, pío! Si me das como limosna un poco de tsampa, te diré una cosa que te hará feliz; si me das como limosna un poco de mantequilla, te diré dos cosas que te harán feliz; si me das como limosna un poco de cecina, te diré tres cosas que te harán feliz; si permites que yo sea tu compañero de por vida, te diré todas las cosas que te pueden hacer feliz.

Al oír aquello, la muchacha, muy enojada, insultó al pajarillo:

–¿Quién podría casarse contigo, bicho emplumado?

Y diciendo esto, le lanzó una piedra, y el pajarillo blanco escapó volando. Siguió buscando todo el día, sin hallar a la vaca y, al final, la cabeza gacha y desconsolada, se volvió a su casa.

Al día siguiente, fue la hermana mediana quien salió en busca de la vaca. Y, como el día anterior su hermana, llegó al mismo lugar, y cuando se sentó junto a la boca de la gruta, para descansar y comer algo, en ese momento volvió a aparecer el blanco pajarillo y le dijo a la muchacha las mismas palabras de la víspera.

La muchacha, que jadeaba tras la larga e inútil caminata, sin haber conseguido encontrar a la vaca, estaba ya muy mohína, y ahora aquel molesto y estúpido pajarillo acabó por sacarla de sus casillas: agarró un palo que allí cerca había y se fue derecha hacia él. El pajarillo huyó volando, antes de que por poco no le arrancaran la cola de un casi certero golpe.

Al tercer día, le tocó a la hermana pequeña salir en busca de la vaca. Y al igual que sus hermanas, tras cruzar el verde valle, llegó a la gruta de la montaña frontera, y allí se dispuso a descansar mientras comía un poco de tsampa. No dejó de aparecer el blanco pajarillo, que volvió a decir a la muchacha lo mismo que antes había dicho a sus dos hermanas.

Pero esta vez, la mocita, al ver aquel bonito pajarillo, que además parecía entender a los humanos, primero le dio un poco de tsampa, luego un poco de mantequilla y, por último, un poco de cecina, con lo que satisfizo plenamente sus deseos. Entonces el pajarillo dijo:

–Mocita, ven a ver lo que hay en el interior de la gruta.

Siguió la mocita al pajarillo hasta el interior y primero se abrió una puerta roja. Pasaron dentro y hallaron una puerta de oro; una vez cruzada ésta, se encontraron ante una nueva puerta, esta vez hecha de caracolas blancas; tras ésta, apareció otra puerta de turquesas. Cuando ésta última se abrió y cruzaron el umbral, la mocita se vio en medio de una hermosa y amplia sala, toda ella llena de oro, gemas, corales y perlas. Ni sombra de humana criatura.

El pajarillo fue a posarse en lo alto del tesoro y, desde allí, hablando con la muchacha, dijo:

–Mocita, tu vaca hace tiempo que se la comieron los demonios, así que difícilmente la podrás encontrar. No tienes por qué marcharte, quédate aquí y serás la dueña de esta casa y de todo lo que ves. ¿Qué me dices?

La muchacha, considerando la hermosura de aquel pajarillo blanco, que además poseía tantas riquezas, consintió en quedarse y vivir con él. Todos los días acarreaba agua, aderezaba la comida, limpiaba la casa... Y así fueron pasando los días.

Uno de esos días se celebró una gran fiesta en el lugar. Reinaba una gran alegría y una gran animación, y la muchacha no dejó de acudir. Hubo carreras de caballos, competiciones de tiro con arco y no faltaron los contadores de historias y leyendas, y todo ello llenaba a la gente de admiración y entusiasmo. Entre todos, destacaba aquel joven que montaba un caballo azabache, y que semejaba un dios descendido de los cielos. Aquel apuesto joven, que acabó ganándose generales elogios de toda la concurrencia, no dejaba de mirar cada poco a la mocita, y ésta se decía: «De todos los hombres que han venido a esta fiesta, ese joven es el más apuesto; y parece que yo, la más bella y con mejores adornos de cuantas mujeres estoy viendo».

Y así se estuvo divirtiendo, feliz, todo el día. Al regresar a casa, en el camino se topó con una anciana, quien luego le preguntó:

–De todos los mozos y mozas que han ido hoy a la fiesta, ¿quién crees que era el más apuesto y quién la más hermosa?

–De los mozos –respondió la muchacha–, el más apuesto era el del caballo azabache; de las mozas, yo me veía la más hermosa.

–El del caballo azabache –dijo la anciana–, es tu esposo. Mañana, escóndete detrás de la puerta y mira. Espera a que se quite el vestido de plumas, y, cuando vaya al establo para llevarse el caballo azabache, tú, coge el vestido de plumas y quémalo en el fuego. De esa manera, ese joven que parece un dios, se convertirá en tu esposo para toda la vida.

Al día siguiente, la muchacha se escondió detrás de la puerta y miró a hurtadillas. Vio entonces que el pajarillo se quitaba el vestido de plumas, se revolcaba sobre el suelo y al instante se convertía en el apuesto joven de la víspera. Cuando se alejó llevando de la brida a su caballo, ella corrió a recoger el vestido de plumas y lo arrojó al fuego, donde se consumió.

Terminada la carrera de caballos, volvió el joven a casa y, al no ver su vestido de plumas, preguntó sumamente inquieto y asustado:

–Pero, ¿cómo has vuelto tan pronto? ¿Y dónde está mi vestido de plumas?

–Tu vestido de plumas –respondió la muchacha palmoteando, muy contenta–, lo he quemado.

–¡Ay! –gimió el joven–. ¡Estoy perdido! Si has quemado el vestido de plumas, ya no podremos seguir viviendo juntos.

–¿Por qué dices eso? –preguntó ella asustada– ¿Acaso no estás mucho más guapo sin ese vestido de plumas?

–¡Ay! –se lamentó él entre sollozos–. A mí tampoco me gusta ese vestido de plumas, pero has de saber que soy un príncipe al que persigue una demonia. Cuando me pongo este vestido de plumas, la demonia no puede hacerme daño alguno, mas si no lo llevo puesto, acabaré cayendo en su poder. Y ahora tú has quemado mi vestido de plumas: ¡es un terrible presagio, que no augura nada bueno!

Un profundo arrepentimiento se apoderó de la muchacha y, justo en ese momento en que, azorada y confusa, no sabía qué hacer, sopló de repente una ráfaga de viento negro y el príncipe del vestido de plumas desapareció arrebatado por la demonia.

La mocita, lamentando su gravísima torpeza, empezó a buscar como loca, desesperada, por montes y valles, sin dejar de gritar: «¡Príncipe del vestido de plumas! ¡Príncipe del vestido de plumas!».

Así anduvo buscando, noche y día, angustiada, mucho, mucho tiempo, sin encontrar a su príncipe.

Por fin un día, en un remoto barranco, oyó la voz de su amado. Caminó hasta el lugar de donde procedía la voz, y a poco, junto a un templo del Buda, halló al príncipe. Presentaba un aspecto lamentable, pero lo más extraño eran los zapatos que calzaba, que eran de hierro, y además llevaba a la espalda una carga de varios zapatos también de hierro.

–Ahora –dijo el príncipe– me encuentro en poder de la demonia, que me obliga a ir por agua cada poco. Y deberé hacerlo hasta que acabe de gastar todos estos zapatos de hierro que ves. Si verdaderamente me amas, vuelve y hazme un vestido con plumas de pájaros de cien clases diferentes. Si me lo traes, podré regresar contigo.

Al tiempo que acababa de decir esto, apareció la demonia y, rugiendo espantosamente, se lo llevó consigo.

Volvió ella a su casa, y en seguida empezó a buscar por todos lados para reunir plumas de cien diferentes clases. Cuando las hubo reunido, empezó a tejer un vestido con ellas. Trabajó día y noche, sin apenas descansar, hasta que lo tuvo terminado. Corrió luego en busca de su amado príncipe y, llegando al lugar de la vez anterior, lo halló bañado en sudor por causa del sobrehumano esfuerzo. Sin tardar, el príncipe dio una voltereta en dirección al vestido de plumas, y luego al instante se volvió en un pajarillo de brillantes plumas multicolores. A partir de ese momento la demonia ya no tuvo poder sobre él, ya no pudo hacerle daño, y de ese modo la muchacha y el príncipe pudieron vivir en paz y felicidad.

Llegado el cuento a este punto, Dechö Sangpo no pudo contenerse y exclamó:

–¡Seguro que la vieja del camino era la misma demonia, transformada!

Nada más decir esto, Océano de Prodigios, ¡plass! ¡plass!, se fue volando y se desvaneció como el arco iris.

Fábulas de sakya

Uno de los clásicos de la literatura tibetana es la obra titulada *Legs-bshad rinpoche* («Tesoro de dichos excelentes»). Comprende nueve capítulos, donde se recoge un total de cuatrocientas cincuenta y siete fábulas o proverbios, redactados en verso. Su versificación (estrofas de cuatro versos de siete sílabas) es poco común en la poesía tibetana.

El autor

El autor de la obra es Kun-dgav Rgyal-mtshan, más conocido como Sa-skya Pandita (1182-1251), cuarto de los llamados Cinco Patriarcas Sakya (Sa-skya gong-ma rnam-lnga), y primero de los llamados Dos Patriarcas Rojos (Sa-skya dmar-po rnam-gñis).

Nacido en Tsang (Tíbet central), era nieto del Gran Sakya, Sa-chen Kun-dgav Sñing po. Desde pequeño estudió con su tío, Grags-pa Rgyal-mtshan, los sutras y los textos del Mantra Secreto. A los veintitrés años comenzó sus estudios con grandes *panditas* de Cachemira, hasta obtener el título de pandita[63], el primero en la historia del Tíbet.

En 1244, respondiendo a la invitación de Godan, hijo del jan mongol Ogotai, viajó, acompañado por sus sobrinos vGro-mgon vPhags-pa y Phyag-na, hasta la corte del jan en Liangzhou, hoy Wuwei, en la provincia china de Gansu. Fue una visita histórica, pues en ella se establecieron las relaciones *mchod-yon* («bienhechor y lama»), que sentarán las bases para el futuro del Tíbet como vasallo del imperio Yuan.

Sa-skya Pandita fue un gran erudito, autor de muchas e importantes obras, entre las que se cuenta el «Tesoro de dichos excelentes».

Contenido

Las enseñanzas encerradas en las *Fábulas de Sakya,* se podrían estructurar en dos grandes apartados:

1) Un arte de gobierno, donde se preconiza el basado en la doctrina budista. Para Sa-skya Pandita, como no podía ser menos, la mejor forma de gobierno es el *chos-srid zung-vbrel* («unión de religión y estado»), de hecho, una hierocracia.
2) Una filosofía o arte de vivir, con unos principios éticos correspondientes a las enseñanzas del Buda adaptadas a la vida en sociedad: vida consagrada al estudio; modestia y prudencia, lejos de la soberbia y el engreimiento; reconocimiento de los propios errores y propósito firme de enmienda; actuar reflexivamente y nunca a la ligera; valentía y firmeza, lejos de la indecisión y de las frecuentes mudanzas...

A continuación presentamos una pequeña muestra del amplio repertorio de la obra.

El búho y el cuervo

Un día, en tiempos muy remotos, las aves celebraron una gran asamblea para elegir rey. Hubo algunas que propusieron: «Nosotras vemos muy bien de día, mas cuando llega la noche ya no podemos ver nada. Por eso hemos menester de alguien que nos proteja durante la noche. El búho es un ave majestuosa, y de grande habilidad, que además es capaz de ver cuando nosotras no podemos. También tiene dos cuernecillos en la cabeza. Nosotras estaríamos de acuerdo en que fuera elegido como nuestro rey».

Mas luego habló el cuervo, que se opuso alegando las siguientes razones: «El búho tiene las patas agrietadas, "patas de esclavo"; tiene "ojos grasientos", ¿por qué? Porque se comió la carne cocida por una madrastra, quien luego, muy enojada, le volcó el caldo en los ojos; sus gritos son horrorosos, pues solo sabe chillar "upa, upa" cuando se le pone otro pájaro delante; y en cuanto a los cuernecillos, son de mal agüero cuando los tiene un ave voladora. En cuanto a que sea, o no, nuestro rey, no digo nada».

Y, dicho esto, se fue volando. Entonces deliberaron las aves reunidas, y convinieron: «El cuervo ha hablado con gran sensatez».

Y luego, una detrás de otra, se fueron volando y dejaron al búho solo.

A partir de ese día, el búho y el cuervo, generación tras generación, han sido y siguen siendo enemigos jurados.

Dice el proverbio: «Fácil, cerrar la herida causada por una afilada espada; difícil, curar la herida causada por malévolas palabras».

El murciélago que quiso ser rey de los pájaros

En cierta ocasión, en tiempos muy remotos, se reunieron las aves voladoras para deliberar y elegir rey. En un principio estuvieron de acuerdo: «Que sea rey el primero que vea salir el sol».

En realidad, el murciélago y la paloma son los primeros que ven salir el sol, al mismo tiempo, y no uno antes que el otro. Mas el astuto murciélago le dijo a la paloma que fuera por un poco de tsampa, y la paloma, no sospechando el ardid, fue y no pudo ver la salida del sol, de suerte que el murciélago resultó vencedor.

Sin embargo, los pájaros no quisieron hacerlo su rey, y propusieron otra prueba: «Será nuestro rey aquel que vuele más alto».

El astuto murciélago de nuevo ideó una estratagema: se escondió entre las plumas de una de las alas del garuda, sin que éste se percatara. Remontaron, pues, el vuelo los pájaros, grandes y pequeños. Subieron volando alto, cada vez más alto. Mas, poco a poco, y uno a uno, el cansancio hacía presa de ellos y, agotados, volvían a tierra. Al final, sólo quedó el garuda, que al verse solo, exclamó:

–¡Soy yo el que ha subido más alto!

Y, diciendo esto, en un supremo esfuerzo extendió sus inmensas alas. En ese preciso momento salió volando de su escondite el murciélago y gritó:

–¡No! ¡Yo he llegado más arriba que tú!

Mas los pájaros, no reconocieron aquella engañosa victoria, y aún dijeron:

–Este bicho no tiene plumas, ni cuernecillos en la cabeza, y además es de un horrible color. Ni siquiera merece ser tenido por pájaro, ¡cuanto menos ser nuestro rey!

Con lo que el murciélago no sólo fracasó en su intento de ser rey, sino que aún consiguió que lo expulsaran de la gran familia de los pájaros.

De ahí el proverbio: «Rebosa sabiduría y conocimientos, que si llevas rotos sombrero y traje, de todos serás despreciado».

El zorro que llegó a ser rey

Érase un vez un zorro muy glotón que siempre andaba buscando comida, tanto dentro de las aldeas, como por los campos y los bosques. Un día, se coló en casa de un tintorero. Este tintorero recogía plantas que luego hervía en grandes calderos de bronce para fabricar sus tintes. El zorro, en un descuido, cayó dentro de un caldero de índigo. Tras muchos esfuerzos y mucho revolverse, al final consiguió salir de aquella inesperada prisión. Agotado, se fue a descasar sobre un montón de sal, donde después de revolcarse se quedó dormido. Al despertarse, vio que todo el pelo que cubría su cuerpo había quedado completamente teñido. Fue entonces a un río cercano para lavarse, y cuando salió del agua y el sol iluminó su piel, los brillantes reflejos lo hicieron parecer un auténtico zafiro.

Quiso el destino que en ese momento los animales estuvieran celebrando una asamblea para elegir rey. Cuando vieron llegar al zorro, algunos le preguntaron:

–¿Quién eres?

–Mi nombre es «Tesoro de los Animales», y también «Rey de los Animales».

Entonces se dijeron: «Viendo la belleza de su piel, y lo elegante de sus maneras, bien podría ser nuestro rey». Y así lo convinieron, tras corta deliberación, y fueron a pedir al zorro que se dignara ser rey de todos ellos. El zorro aceptó de buen grado. Luego los demás zorros lo acompañaron en un paseo por el bosque y se lo fueron presentando al resto de los animales. Estos, al ver aquella piel de un color tan brillante y raro, no pudieron menos de maravillarse, y no hubo ni uno que no lo aceptara como rey.

Cuando el zorro salía a pasear, acostumbraba hacerlo montado en un elefante. Detrás iba el león, que hacía las veces de *lonchen* («gran ministro»); seguía el tigre y, detrás, el resto de los animales, con los zorros en el último lugar.

La madre del zorro-rey vivía en otro valle, y un día el zorro-rey le escribió una carta de invitación, que luego entregó a un zorro para que se la llevara. Decía la misiva: «Tu hijo ahora es el rey de los animales, te ruego vengas a mi lado para gozar de gran felicidad».

Después de leer aquella misiva, preguntó la madre del zorro-rey al mensajero:

–Entonces, ¿quiénes son sus parientes?

–Sus parientes cercanos –respondió el mensajero– son el león, el tigre y el elefante; nosotros, sólo somos parientes lejanos.

Sobresaltada, la madre exclamó:

–¡Eso no me gusta nada! ¡No iré!

Volvióse, pues, el zorro mensajero con las manos vacías y, llegando al bosque, empezó a gritar por todas partes, en medio de los animales:

–¡Nuestro rey es un verdadero y auténtico zorro! ¡Vengo de ver a su madre, la he visto con mis propios ojos!

Al oír aquello, los zorros todos se reunieron y empezaron a alborotar y fueron a exigir al rey les dijera sin tardanza si aquello era verdad. Mas el rey de los animales permaneció mudo. Redoblaron en sus gritos los zorros:

–Si no hablas, ¡te rasparemos el tinte que llevas encima!

Fingiendo una gran tranquilidad, el zorro-rey subió con gran prosopopeya en el elefante, mas, al tiempo de responder, lo que salió de su boca fue un verdadero grito zorruno, con lo que el engaño quedó totalmente al descubierto. En ese punto el elefante, sumamente enojado, le gritó:

–¿Cómo has osado montar sobre mi lomo, zorro asqueroso?

Y diciendo esto, se sacudió violentamente y dio con el zorro en tierra. Y luego, sin más, lo aplastó con su gigantesca pata.

(Otra versión: Preguntan todos los animales al león: «¿Qué hacemos con él?» y el león responde: «Matarlo».)

Entonces los dioses salmodiaron:

> Nunca confundáis la recta religión con la herejía,
> Quien del Buda se finge y no lo es,
> busca su propia perdición,
> Y acaba, como el zorro, por todos aplastado.

El león que cargó con un elefante

En otro tiempo, había un zorro que siempre iba tras un león. Lo hacía por saciar el hambre con los despojos que aquél dejaba tras devorar a sus presas. Un día, el león mató a un elefante, y dijo al zorro:

–¡Eh, tú! Carga con este elefante; si no haces lo que te digo, no volverás jamás a comer carne.

Entonces el zorro dijo entre sí: «Es imposible, yo no puedo cargar con el cadáver de un elefante; mas, si no lo hago, ¿cómo voy a comer carne?».

Así que, hablando con mucho respeto, dijo al león:

–Señor león, puedo llevar el cadáver del elefante, pero hay dos cosas que no puedo hacer al mismo tiempo, por lo que os ruego, señor, tengáis a bien ayudarme.

–¿Qué dos cosas? –preguntó el león.

–En este mundo hay una norma que todos respetan y observan, a saber, que cuando un animal importante lleva a cuestas una pesada carga, otro animal debe ir detrás marcándole el ritmo con un canto de ánimo. Así que si yo cargo con el elefante alguien ha de venir detrás marcándome el ritmo, pues las dos cosas no puedo hacerlas a la vez.

Oyendo lo cual, dijo para sí el león: «¿Cómo puedo yo, que soy rey de los animales, ir detrás de este vulgar zorro, cantándo para marcarle el ritmo? Prefiero ser yo el que cargue con el elefante y que sea él el que me cante y anime».

Así que al final, el león caminó delante llevando el elefante a cuestas, mientras detrás le seguía el zorro, cantando, pero también aguantando la risa que casi le hacía reventar.

El estúpido, como hace las cosas sin saber,
Acaba siendo esclavo del más débil.
Ved, si no, al zorro: debía llevar un gran peso,
Que al final es el león el que lo carga.

Cuentos populares de Aku Tonpa[64]

Los de Aku Tonpa son cuentos populares, muy del gusto de los tibetanos, tanto campesinos como nómadas pastores de todas las regiones del Tíbet. El nombre del protagonista de estos cuentos se compone de *aku*, que significa «tío», y *tonpa*, «maestro». Semejante al Afanti de los turcos uigures del Turquestán chino, y al Pal-lha Kunsang, de los mongoles, es un personaje ingenioso, entrañable, convertido en modelo; de forma que muchas son las madres tibetanas que cuentan a sus hijos las divertidas historietas de Aku Tonpa, para que le imiten cuando sean mayores.

No hay nadie en el vasto Tíbet que no haya oído hablar de Aku Tonpa, y aún muchos son capaces de recitar de memoria decenas de sus cuentos. En todos éstos, Aku Tonpa aparece como un siervo pobre, sin familia, vagabundo; pero con un talento fuera de lo común, y una extraordinaria sabiduría. Es inteligente, ingenioso, valiente y de buen corazón, y al mismo tiempo rebosa sentido del humor.

Sus historias, siempre divertidas, son muy variadas, aunque por lo general en ellas se da trazas para castigar a personajes indignos: estúpidos reyes, despiadados propietarios, avarientos mercaderes, o incluso lamas hipócritas. Todo ello al tiempo que pone al servicio de los pobres y menesterosos su ingenio y su talento.

Sus cuentos, impregnados de ironía y humor, y con el telón de fondo de la cultura religiosa inherente al alma tibetana, encierran siempre una profunda sabiduría popular, de suerte que su lectura no sólo entretiene y divierte, sino que también trasmite valiosas enseñanzas morales.

El origen de estos cuentos se remonta a los siglos XIII-XIV. A partir de entonces, empezaron a correr de boca en boca, y se fueron adaptando a los gustos y costumbres de las diferentes tribus tibetanas de la Gran Meseta, al tiempo que se enriquecía su contenido y aparecían nuevos cuentos. Hoy en día pasan del centenar los registrados, y algunos de ellos se han convertido en clásicos de la literatura popular tibetana.

El buda que comía tsampa

Aku Tonpa tenía un vecino muy rico. En su casa había una montaña de sacos de tsampa, si bien como para él sus riquezas eran más preciosas que la propia vida, no prestaba a los pobres y necesitados ni una tacita de tsampa. Un día, Aku Tonpa se encontró con que se le había acabado su provisión de tsampa, y que ya no tenía nada que comer. Sabiendo que si iba a pedirle prestado a su vecino, no conseguiría nada, se le ocurrió una estratagema.

Al hacerse de noche, quemó en el patio de su casa una pila de yerba seca, de forma que el gran fuego que prendió iluminó las ventanas de su vecino, el ricachón. Éste, sorprendido y no sabiendo qué le había pasado a Aku Tonpa, fue corriendo a informarse.

–Aku Tonpa, ¿por qué has hecho ese fuego a estas horas? Es más de medianoche.

–Acabo de saber –le respondió Aku Tonpa, muy serio– que en Lhasa se está vendiendo muy cara la tsampa, así que estoy tostando dos sacos de cebada, para luego molerla y llevarla a vender. Será un negocio redondo.

Al oír aquello el ricachón, se dijo que también él podría aprovechar la ocasión para ganar un buen dinero:

–Aku Tonpa, ¿y si vamos juntos a Lhasa? Holgaría yo también hacer algo de negocio con mi tsampa.

Aku Tonpa aceptó más que gustoso, pues era justo lo que convenía a su plan.

Al día siguiente por la mañana, el ricachón cargó en un yak dos sacos bien repletos de tsampa. Aku Tonpa, por su lado, como no tenía tsampa, lo que hizo fue llenar con paja y ramas secas dos sacos, que luego cargó en su asno. Viajaron todo el día y, cuando cerró la noche, fueron a descansar a un viejo templo que había no lejos del camino.

El ricachón era un hombre gordo, y un día entero caminando lo había dejado rendido de cansancio, de modo que, apenas se hubo acostado, se quedó profundamente dormido y empezó a roncar. Aku Tonpa, después de descargar los sacos, para que los animales descansaran, también se había tumbado y fingido dormir. Pasada la medianoche, Aku Tonpa se levantó sin hacer ruido, vació sus dos sacos y dio la paja a los animales para que comieran; luego pasó la tsampa de los sacos del ricachón a sus propios sacos, colocó los sacos vacíos sobre las manos de la gran imagen del Buda que había en el fondo del templo y, por último, cogió un puñado de tsampa y la esparció por los bordes de la boca de la imagen. Acabado lo cual, se volvió junto al ricachón, que seguía roncando, y se acostó.

Al hacerse de día, el ricachón se despertó y, no viendo sus sacos donde los había dejado la víspera, empezó a buscarlos lleno de inquietud. Al final los encontró, vacíos, sobre las manos del Buda, y al verlos se quedó de una pieza.

–A mí se me imagina –dijo en esto Aku Tonpa– que aquí ha mucho que nadie ha venido a hacer ofrendas a este Buda, y debía de estar muerto de hambre, por eso se ha comido vuestra tsampa. Y si no, miradle la boca; ¿no veis que aún tiene restos de tsampa?

Miró atentamente el ricachón donde le decían y, efectivamente, vio tsampa en la comisura de los labios de la imagen, por lo que no pudo menos de creer lo que Aku Tonpa le decía. Por otra parte, el ricachón era un devoto seguidor del Buda y, aunque la pérdida de dos sacos de tsampa le hacía sentirse muy triste, ¿qué podía decir si era un Buda el que se la había comido? Así pues, retiró con mucho respeto los sacos de las manos de la imagen, y mohíno y desanimado, le dijo a Aku Tonpa:

–Ve a Lhasa tú solo. Yo me vuelvo a mi casa.

–Pues si os volvéis a vuestra casa –replicó Aku Tonpa, riendo–, yo solo no pienso ir a Lhasa.

Y, dicho esto, cargó en el burro los dos sacos de tsampa, y emprendió el camino de vuelta. Recordando lo que había hecho por la noche y viendo el talle de su vecino, no pudo contener una ligera risa.

–Aku Tonpa, –dijo el ricachón–, me maravillas. Al final no vas a Lhasa, no vas a poder hacer negocio y, sin embargo, mira lo contento que te muestras.

–¿Sabéis lo que estoy pensando? –dijo Aku Tonpa–. ¿Por qué el Buda se ha comido vuestra tsampa y no la mía? Para mí, que os ha castigado por lo tacaño que sois.

El ricachón, triste y compungido, no volvió a abrir la boca en todo el camino.

La olla de oro

Había una vez un ricachón sumamente avaro. En su casa tenía un montón de ollas de cobre, que nunca prestaba a nadie que las necesitara, por miedo a que se desgastaran. Un día, fue a su casa Aku Tonpa y, después de hacerle algunos presentes, le pidió que le prestara una olla. No le resultó fácil, mas al cabo de muchos ruegos y promesas, acompañados de palabras halagadoras, al final consiguió que le prestara una olla grande durante dos días. Cumplido el plazo, fue el ricachón a recoger su olla y, para su gran sorpresa, Aku Tonpa le devolvió la olla grande que le había prestado con otra pequeña dentro. No entendiendo qué podía haber sucedido, el ricachón preguntó a Aku Tonpa:

–¿De dónde ha salido esta ollita?

–Vuestra olla de cobre –le respondió Aku Tonpa, muy serio– ha parido una hija, y como la olla es vuestra, su hija os pertenece.

El ricachón se puso muy contento al oírlo y, apretando contra su pecho a la madre y a la hija, se volvió a su casa.

Al día siguiente, Aku Tonpa fue de nuevo a casa del ricachón para pedirle una olla prestada. Esta vez, el ricachón no se hizo de rogar, y todo generosidad, se la entregó en seguida. Al cabo de unos días vino el rico por su olla y, como la vez anterior, Aku Tonpa le devolvió dos: la grande y otra pequeña. El ricachón no acababa de entender lo que estaba pasando y tornó a preguntar a Aku Tonpa:

–Pero, ¿por qué paren las ollas que te presto?

Aku Tonpa fingió cavilar largo rato, y al final dijo:

–Tampoco yo acabo de entender el porqué, mas ¿sabéis lo que imagino? Que vos sois un hombre afortunado, y que también yo, aunque pobre, soy una persona afortunada, y cuando dos afortunados se encuentran, pues ocurren cosas tan extraordinarias como que las ollas tengan hijos.

Oyendo aquellas razones, el ricachón rompió a reír, juzgando que lo que decía Aku Tonpa era algo muy puesto en razón. Luego le dijo:

–A partir de ahora, Aku Tonpa, cuando de algo hayas menester, sólo has de pedírmelo, que estando en mi mano, no te ha de faltar.

–De aquí a unos días –dijo Aku Tonpa– habré menester de una olla, pero esta vez más grande.

El ricachón, muy contento, le dijo que cuando quisiera, podría ir por ella.

De vuelta a su casa, el ricachón contó a su mujer toda la historia de las ollas y ella, como era tan astuta como avariciosa, no tardó en decir a su marido:

–Lástima que estas ollas no sean de oro. Si tuviéramos una, se la podías prestar a Aku Tonpa no una, sino muchas veces, y así, si cada vez paría una pequeña, en poco tiempo nos podríamos hacer inmensamente ricos.

Al cabo de unos días, cuando Aku Tonpa fue por una olla más grande, tal y como había dicho, el ricachón le prestó una olla de oro muy grande, que había mandado hacer a toda prisa.

Aku Tonpa tomó la olla de oro y se volvió a su casa. Luego empuñó un martillo y a golpes destrozó la olla y la hizo pedacitos, que después repartió entre los pobres que no tenían dinero para comprarse una olla.

Llegó el día en que Aku Tonpa debía devolver la olla, y el ricachón, ardiendo de impaciencia, fue a su casa a recogerla. Nada más entrar, halló a Aku Tonpa sentado en el suelo, con aire abatido.

–¿Dónde está mi olla? –preguntó el rico casi gritando.

–Habéis tenido muy mala suerte –respondió Aku Tonpa, compungido, vuestra olla ha muerto, y se ha hecho pedazos; así que como ya no servía para nada, la he repartido entre los pobres.

–¿Cómo es posible que una olla muera? –dijo el ricachón muy enojado y nada convencido.

A lo que Aku Tonpa replicó:

–Pero, ¿acaso no sabéis algo tan meridiano, como que todo aquello que puede parir hijos, es algo que nace y que muere? Vuestras ollas son capaces de parir, luego por fuerza algún día han de morir.

Ahora fue el ricachón el que casi se muere del grandísimo enojo que le tomó. Mas no pudiendo ya hacer nada, hubo de volverse a su casa, triste y cabizbajo.

Un viaje al paraíso

Aku Tonpa era un excelente cazador. No sólo disparaba muy certeramente, sino que también conocía muy bien las costumbres de los animales, tanto de las aves voladoras, como de los que corren por bosques y praderas. Por ello cobraba muchas más piezas que cualquier otro cazador. Supo de ello el rey, que era un gran aficionado a la caza, y despachó gentes para que fueran a buscar a Aku Tonpa y le invitaran a ser montero mayor del rey.

Un día, salieron ambos, el rey y Aku Tonpa, de caza. Montaba el rey un brioso corcel, mientras que a Aku Tonpa le habían dado por montura un escuálido rocín. Aku Tonpa, muy enojado, determinó de dar al rey una lección por su desconsiderado trato. Era estío, estación de bruscos cambios de tiempo, y así fue, pues que, de pronto, se oyó a lo lejos el rugido del trueno, y a poco comenzó a soplar un viento furioso y el cielo se cubrió de grandes nubarrones negros. Estaba a punto de descargar una gran tormenta. Al darse cuenta el rey, al momento picó espuelas, y el caballo que montaba partió como una flecha en dirección al palacio. Aku Tonpa se quedó solo, en medio del descampado. Por mucho que espoleó a su rocín, no consiguió hacerlo galopar. Avanzaban despacio, y se veía claramente que estaba a punto de descargar una lluvia torrencial. Cuando Aku Tonpa se hallaba ya a pique de reventar de inquietud, tuvo de pronto una idea. Se quitó las ropas y, doblándolas bien, las colocó debajo de la silla; luego ató el caballo a un árbol grande y frondoso que allí cerca había y esperó a que pasara la tormenta.

Cesó la lluvia y salió el sol. Entonces Aku Tonpa se vistió la ropa, seca, y, montando el viejo rocín, cabalgó tranquilamente hasta palacio.

Al ver el rey que las ropas de Aku Tonpa estaban secas, se quedó muy sorprendido.

–¿Cómo es posible que no te hayas empapado? –le preguntó–. Yo he venido a galope tendido y no he podido evitar que a medio camino me alcanzara el chaparrón.

–Todo se lo debo al caballo que me habéis regalado, ¡oh gran rey! –respondió Aku Tonpa–, y por ello os doy infinitas gracias. Sabed que este caballo me ha llevado a un lugar divino, donde he podido resguardarme de la tormenta. Es un lugar maravilloso, todo lleno de flores multicolores y de árboles con frutas de muchas clases. Un verdadero paraíso.

Al oírlo, el rey sintió una gran envidia, y le vino el ardiente deseo de conocer aquel lugar; entonces se le ocurrió una idea para hacer realidad aquel su deseo.

Dos días después volvieron a salir de caza, mas, esta vez, el rey propuso a Aku Tonpa cambiar los caballos. Tras un momento de fingida vacilación, Aku Tonpa consintió en ello.

A primeras horas de la tarde, el cielo volvió a oscurecerse, y se oyeron truenos, cada vez más cerca. De nuevo amenazaba una furiosa tormenta. Esta vez, fue Aku Tonpa el que galopó velozmente de vuelta al palacio, mientras que atrás quedaba el rey, montado en el rocín.

Era ya casi de noche, cuando apareció el rey en las puertas de palacio. Venía completamente empapado, cual pollo en caldero de sopa. Corrió a su encuentro Aku Tonpa, y le preguntó con simulada sorpresa:

–¡Por el Buda, mi noble y poderoso señor! ¿Por qué no habéis ido al lugar divino para resguardaros de la lluvia?

–¡Aku Tonpa! –gritó el rey, muy enojado–. ¡Eres un embustero; me has engañado! Este caballo es un desastre; le he dado de latigazos hasta romper la fusta, y no se ponía ni al trote.

Aku Tonpa, fingiendo gran desconsuelo, lanzó un largo suspiro y luego dijo:

–Pero, ¿cómo es posible? Deber ser el fruto de vuestro karma, no hay ninguna otra explicación.

El rey se quedó mudo al oír aquello, y ya no supo qué decir.

El sembrador de oro

En cierta ocasión, en la región donde vivía Aku Tonpa, sobrevino una terrible y pertinaz sequía. Aquel año no llovió, y las mieses se agostaron. Los campesinos acudieron a Aku Tonpa y le dijeron:

–Ya ves que este año no ha llovido y no tenemos nada que llevarnos a la boca; sin embargo, los recaudadores han venido a reclamarnos los tributos y las pechas, como todos los años, sin rebajarlos un ápice. ¡Vamos a perecer todos de hambre! ¿No se te ocurre algo que nos permita salir adelante?

Aku Tonpa permaneció un momento pensativo, y luego dijo:

–Se me ha ocurrido un remedio. Mas todos debéis echar una mano.

–¡Di lo que sea! –dijeron ellos–. Haremos lo que tú mandes.

–Sólo tenéis que reunir entre todos cuatro sang de oro.

–¿Para qué quieres ese oro? –le preguntaron, un tanto sorprendidos.

–Cuando llegue el momento lo entenderéis –les respondió.

Con esto, los campesinos fueron a reunir los cuatro sang de oro, pidiéndolos prestados.

Cuando los hubieron reunido fueron a llevárselos a Aku Tonpa, quien, sopesando la bolsita y dándole vueltas en su mano, les dijo:

–No tardaréis en ver los altos intereses que nos van a proporcionar estos cuatro sang.

No se les alcanzaba a los campesinos cómo aquellos cuatro sang podían producir altos intereses, mas confiaban plenamente en Aku Tonpa, y así, se volvieron a sus casas muy contentos.

Al día siguiente, muy de mañana, Aku Tonpa salió al campo y enterró dos sang en la arena que había junto al camino. Luego, fingiendo que buscaba oro, empezó a cavar y a cribar la arena.

Justo en ese momento, pasó el rey por el camino, montado en su caballo, y acompañado de numeroso séquito. Intrigado al ver a Aku Tonpa cribando la arena, le gritó:

–¡Eh, tú, estúpido! ¿Qué estás haciendo?

–Estoy recogiendo oro, mi señor –le respondió.

–¿Recogiendo oro? –dijo el rey extrañado–. ¿Cómo puede haber oro en ese arenal?

–Este humilde siervo vuestro –respondió Aku Tonpa– conoce un arte muy especial: el arte de sembrar oro en la arena. Hoy siembro y mañana recojo; siembro uno y recojo dos.

–¿Cuánto oro sembraste ayer? –preguntó el rey.

–Este humilde siervo vuestro es pobre –respondió Aku Tonpa–; sólo pude sembrar un sang.

–Y ¿cuánto has recogido?

–En estos momentos estaba cribando –dijo Aku Tonpa–, aún no he encontrado nada.

Sintió curiosidad el rey y, apeándose del caballo, se quedó a un lado mirando cómo cribaba Aku Tonpa, por ver si era capaz de sacar oro de entre la arena. Y, efectivamente, al cabo de poco tiempo, en el cedazo apareció una pepita de oro.

Violo el rey, la tomó en su mano, y descubrió que era verdaderamente una pepita de oro. ¡Aquello era la cosa más maravillosa que nunca se había visto! Mandó al punto que se pesara la pepita, y resultó que su peso era de dos sang.

El rey, hombre de gran avaricia, sacó entonces de su bolsillo un sang de oro, y se lo entregó a Aku Tonpa diciendo:

–¡Siémbrame también a mí un sang de oro!

–Obedezco humildemente, ¡oh noble y poderoso rey! –dijo Aku Tonpa al tiempo de recibir la semilla de oro que se le entregaba.

Montó luego el rey a caballo y se volvió a su palacio, escoltado por su numeroso séquito.

Transcurridos dos días, Aku Tonpa se presentó en palacio para hacer entrega al rey del oro cosechado.

Al ver el rey aquellos dos sang de reluciente oro, no pudo menos de entornar los ojos en una satisfecha sonrisa.

–No me lo des ahora –dijo–. Llévatelo y vuelve a plantarlo, y así pasado mañana tendré cuatro sang de oro.

Ese día, efectivamente, Aku Tonpa se llegó a presencia del rey con los cuatro sang de oro.

Recibió el rey el oro, y luego dijo:

–Aku Tonpa, vuelve a sembrarme oro otra vez. Esta será la más importante.

–Magnífico señor, dijo Aku Tonpa ¿cuánto oro queréis que os siembre esta vez? Esta será la última.

–Pues si esta vez es la última –dijo el rey–, plantaremos un poco más de oro. Sacaré la mitad del oro que hay en el tesoro real, y te lo daré para que lo siembres.

–De acuerdo –dijo Aku Tonpa–, este humilde siervo vuestro está presto a serviros con todas sus fuerzas y medios.

Poco después salía Aku Tonpa de palacio cargado con un gran talego lleno de oro, que le había sido entregado por el tesorero del rey. Pero... no fue, por supuesto, a plantarlo, sino que lo repartió entre los pobres campesinos, hambrientos por causa de la sequía.

Hasta pasados cuatro días Aku Tonpa no fue a presentarse ante el rey. Viéndolo éste llegar con las manos vacías, se le ensombreció el semblante, y se apresuró a preguntar:

–¿Cómo es que no traes el oro? ¿Acaso ha sucedido algo?

–El oro se ha secado, ha muerto –respondió Aku Tonpa.

–¡Qué estupidez! –exclamó el rey, entre extrañado y enojado–. ¿Cómo es posible que el oro se seque y muera?

–Mi noble y poderoso señor –dijo a esto Aku Tonpa– ¿Acaso es que sólo creéis que el oro puede crecer, mas no que puede morir agostado por la sequía? Si se puede sembrar, es igual que una planta; cuando el tiempo es bueno, vientos suaves y lluvias propicias, se obtienen buenas cosechas; mas si hay sequía o inundaciones, no se cosecha ni una espiga.

Ante estas razones, el rey se quedó con la boca abierta, y tan furioso, que durante mucho rato no pudo pronunciar palabra. Mientras, Aku Tonpa salió de palacio a grandes zancadas, la cabeza bien alta.

Segunda parte

Leyendas y cuentos escenificados: los grandes temas del teatro tibetano

El teatro tibetano, en sus manifestaciones profanas, se denomina en su propia lengua *ache lhamo* («diosas hermanas»).Por las pinturas murales de algunos monasterios, sabemos de su existencia hace mil trescientos años. Según la leyenda, fue el gran maestro Padmasambhava (Guru Rinpoche) quien le dio su forma inicial a partir de las primitivas danzas samánicas del Bon. Las más antiguas de éstas eran las *kher-vkhrab* (en las que actuaba una sola persona) y las *vbrong-rtsed* (danzas de los *vbrong*, yaks salvajes).

Sin embargo, a quien se debe la forma actual del teatro tibetano fue a otro gran maestro, de la escuela budista kagyüpa, llamado Tangtung Gyelpó (Thang-stong rgyal-po, 1365-1455). Fue un gran constructor, si no el primero, de puentes, y para recaudar fondos con que financiar su construcción creó compañías de teatro que recorrían el país.

En el siglo XVII, el V Dalai Lama separó formalmente el teatro de las danzas religiosas (*cham*) que se celebran en los monasterios, y fundó compañías apoyadas por el gobierno, que representaban el contenido de cuentos populares y de leyendas budistas.

Hoy día se conservan más de diez obras, de las que hemos seleccionado seis para reproducir, resumido, su contenido. Aunque todas se desarrollan en una atmósfera profundamente religiosa, y están impregnadas de elementos mágicos, algunas, sin embargo, reflejan de forma directa y vigorosa, la vida real de la sociedad tibetana. Es el caso, particularmente, de *La kandroma Cien Mil Rayos de Luz* y de *Resplandor del Loto*. Otras tratan de acontecimientos o de tradiciones históricas, y otras, como antes hemos señalado, recogen cuentos populares o leyendas budistas.

Se distinguen dos escuelas de teatro tibetano. La más antigua es la conocida como *vbag-dkar* («máscaras blancas»), en la que los actores llevan máscaras de ese color, como también son blancas las túnicas que visten; en la mano derecha sujetan un *mdav-dar* («flecha con cintas de colores»).

En cuanto a la forma de representación del teatro tibetano, se basa en la danza, a la que acompaña la recitación o el canto. Éste obedece a una serie de melodías fijas (más de veinte), y sigue el ritmo marcado por tambores y platillos.

La representación se desarrolla en tres partes: un preludio (*vdon*), la representación en sí (*gzhung*) y un epílogo (*bkra-shis bcad-pa*). La primera viene a ser la ceremonia de salida al escenario, y la última, la de felicitaciones y saludos.

Una de las características más destacadas del teatro tibetano es el uso generalizado de máscaras, cuyos colores están estrictamente regulados: rojo oscuro para los reyes, rojo claro para los grandes ministros, amarillo para los *trükus* o bodhisattvas, azul para los cazadores, verde para las mujeres, blanco para los hombres, negro para los personajes negativos, y blanco y negro para los traidores. Los dioses y reyes llevan ricos adornos, y los malos siempre el rostro pintado de negro.

Actualmente, en el Tíbet actúan numerosas compañías de teatro, algunas grandes y muchas pequeñas y de carácter local. El repertorio de estas últimas presenta características a veces muy peculiares.

La gran fiesta del Shoton, que se celebra en verano en Lhasa, reúne a las mejores compañías, y es una excelente ocasión para asistir a sus representaciones. Cada una se prolonga durante varias horas (antes incluso duraban hasta tres días), y muchas se celebran al aire libre, en el parque de Norbulingka, en un ambiente que recuerda el de las pastorales vascas.

Norsang, rey del dharma

Hace muchísimos años había dos reinos, vecinos uno del otro, uno al sur y el otro al norte. Llamábase el del sur Rigdenpa, y Ngadenpa el que estaba al norte. Al principio, los dos reinos eran parejos en población y riqueza, y los habitantes de ambos países vivían felices y tranquilos. Mas, un día, subió al trono en el reino del sur un nuevo monarca llamado Shagpa shönnu, que resultó ser un tirano, ambicioso y cruel. Su gobierno trajo la desgracia al reino, que empezó a decaer, y sus habitantes emigraron en gran número al norte. Dándose cuenta el rey de que aquella situación no podía prolongarse, se hallaba hondamente preocupado. Un día, reunió el rey a sus *lonpos* («ministros») y les preguntó cuál pensaban era la causa de aquella decadencia del reino. Algunos lonpos aludieron a las virtudes del rey y del príncipe del vecino reino del norte, que habían sabido ganarse el corazón de sus súbditos. Otros, en cambio, achacaron la decadencia del reino a los muchos defectos de que el rey había dado muestra en el pasado, lo que había llevado a la desafección de sus súbditos y sobre todo provocado la cólera del cielo; por lo que aconsejaron al rey que mudara su forma de gobernar por otra más benevolente y virtuosa. Todas estas razones no sólo no convencieron al rey, sino que, por el contrario, provocaron su cólera. Momento que aprovecho un lonpo perverso para decirle:

–La decadencia del reino, ¡oh mi rey!, no se debe sino a una sola causa: los nagas de nuestro reino, con su rey a la cabeza, se han trasladado al norte y ahora moran en el Lago de los Lotos. Por tanto, el único remedio a esta situación es invitar a algunos sabios samanes (*sngags-pa*) para que vengan, desplieguen sus artes mágicas y hagan retornar a los nagas. Si lo conseguimos, no hay duda que el reino volverá a ser fuerte y próspero.

Oyendo tales razones, el rey, sumamente contento, no tardó en despachar gentes a las montañas para que buscaran, día y noche, sin darse reposo, a los samanes conocedores de las artes mágicas que obligan a volver a los nagas. Reunidos estos samanes, informaron al rey de que el más poderoso de todos ellos era un gran samán, príncipe de los samanes, llamado Serpiente Negra. Invitado por el rey, Serpiente Negra acudió, acompañado de gran número de discípulos. Llevaba consigo todos cuantos instrumentos y objetos acostumbraba usar en sus rituales, encantamientos y conjuros. Enterado de su misión, se partió en secreto hacia el norte, con intención de llegarse al Lago de los Lotos, y celebrar los rituales de captura de los nagas.

A todo esto, el rey de los nagas, informado del inminente peligro, fue a solicitar ayuda a un cazador llamado Páng-leb Dsinpá que vivía en las orillas: tomando la forma de un niño, salió del fondo del lago, y fue a ver al cazador.

–Mañana –le dijo–, día quince del cuarto mes, por la noche, llegará, enviado por el rey de Rigdenpa, un gran samán con la misión de capturar a los nagas de este lago. Te ruego nos ayudes a rechazar a ese samán.

–Durante generaciones –dijo el cazador– mi familia ha vivido de la caza y de la pesca en este lago, y siempre ha gozado de la protección de los nagas. Si, pues, los nagas se encuentran en un aprieto, mañana al anochecer no dejaré de venir para ayudar en la medida de mis fuerzas.

Dicho esto, se volvió a su casa y afiló su cuchillo, aprestándose para ayudar en el inminente combate.

La noche del día quince del cuarto mes, la luna alta ya en el firmamento, el samán del reino del sur llegó a orillas del lago con su séquito de discípulos.

Primero, clavó alrededor del lago ocho pilares de hierro, a los que luego sujetó una alambrada que rodeaba el lago por completo. Después, arrojó a las aguas toda clase de sustancias venenosas y de líquidos pestilentes, y empezó a murmurar una larga serie de conjuros. Al poco, las aguas comenzaron a hervir como el agua de una olla puesta al fuego, y un hedor insoportable se extendió por todas partes. Los nagas, no pudiendo resistir dentro del lago, salieron a la superficie, uno tras otro, y comenzaron a luchar denodadamente con el samán. Sin embargo, pronto los nagas empezaron a flaquear y, justo en ese momento, llegó el cazador, que se lanzó sobre el samán. Pelearon ferozmente, hasta que el cazador hizo presa en su adversario y, teniéndole bien sujeto por los hombros, de forma que ya no podía moverse, le dio un recio golpe en la cabeza, que lo dejó enteramente aturdido. Le ordenó entonces que luego al instante cesara de sus artes mágicas, y entonces el samán y sus discípulos desmontaron la alambrada y los pivotes de hierro y dejaron que los nagas retornaran al fondo del lago. Finalmente, el cazador, tras degollar al samán, dispersó a sus discípulos que huyeron despavoridos. Sólo entonces las aguas del lago volvieron a la tranquilidad de su anterior estado.

En prueba de gratitud, el rey de los nagas entregó al cazador una presea. Tomó el cazador la presea y se volvió a su casa, ignorante de su uso y utilidad. Un día, se la mostró a sus vecinos, un matrimonio de ancianos brahmanes y, como quiera que tampoco ellos habían visto antes nada semejante, le aconsejaron que fuera a preguntar a un anacoreta (*drang-srong*) que, entregado a la meditación, vivía en una gruta del la montaña Keu.

El anacoreta, de nombre Lodro Rabsel, era un anciano de gran virtud y perfección, que llevaba muchos años viviendo en la gruta sin curarse de mundanos negocios. Cuando llegó el cazador ante él y le mostró la presea, le preguntó, muy sorprendido:

–¿Cómo ha llegado a tu poder una presea semejante?

Entonces el cazador le relató muy por menudo toda la historia, de cómo había ayudado a los nagas y cómo éstos le habían mostrado su agradecimiento regalándole la presea.

–Esa que tienes en tu mano –le dijo el anacoreta– es una «presea que concede todos los deseos». Con ella podrás en seguida obtener enormes riquezas, y convertirte en el hombre más rico del reino, y así, el resto de tu vida no te será menester preocuparte ni de la comida ni del vestido.

Oyendo aquellas palabras, el cazador se llenó de contento, y luego preguntó al anacoreta:

–Venerable, quisiera haceros una pregunta: ¿cómo habéis podido alcanzar una edad tan avanzada?

–He llegado a esta edad –le respondió el anacoreta– porque a menudo voy a bañarme al Lago de los Dioses.

Y así era, pues en la parte posterior de la montaña donde vivía el anacoreta había un lago sagrado, de aguas claras como un espejo; tan limpias y claras que los infinitos mundos se reflejaban en su fondo. Sus orillas estaban llenas de flores que nunca se marchitaban, y prados siempre verdes. En los árboles, los pájaros de todas clases revoloteaban y cantaban deliciosamente, y a las orillas del lago iban sin cesar ciervos y corzos.

Quiso el cazador que el anacoreta le mostrara el lago, a lo que el anciano accedió. Cuando llegaron a un bosquecillo próximo a la ribera, el cazador quedó embobecido al divisar en medio de las aguas a siete diosas que allí se estaban solazando mientras se bañaban. ¡Qué superior belleza la de aquellos seres celestiales! Era como si en plena noche, en medio de aquel escondido valle, hubiesen surgido en el cielo siete brillantes lunas. La blanca piel de las diosas reflejaba deslumbrante las aguas del lago. En medio de ellas volaban perlas de agua y salpicaba la blanca espuma de las ondas. Sus risas espontáneas, no contenidas, rompían el silencio del lugar.

Al contemplar el cazador aquella escena, que hacía perder el sentido, preguntó al anacoreta:

–¿De dónde han salido esas muchachas tan bellas?

–Esas muchachas, como tú las llamas, son hijas de trisá (gandarvas) y habitan en el paraíso. Han descendido al mundo de los hombres, sólo para bañarse en las limpias aguas de este lago sagrado. Aquella que ves allí es Yintró Lhamo, hija del rey de los trisá.

Oído lo cual, el cazador ya no quiso volver a casa. Se quedó mirando hacia el lago, embelesado; así, hasta que despuntó la aurora por el oriente. Entonces, las muchachas, terminado su baño, vistieron sus túnicas de gasa y subieron volando, como siete grullas blancas, hacia el palacio celestial de los trisá. Sólo entonces recobró sus plenos sentidos el cazador, como si saliera de un profundo sueño. Caminando tras el anacoreta, retornó a la gruta. Mientras caminaban, suplicó al anacoreta le dijera la manera de conseguir que Yintró Lhamo se convirtiera en su esposa. El anacoreta se echó a reír y dijo:

–Eso, amigo cazador, no es tarea fácil. Ella es una diosa capaz de elevarse volando en pleno día; ¿podrías tú, acaso, impedirle que se alejara de tu lado?

–¿Habéis olvidado que tengo en mi poder la «presea que concede todos los deseos»? ¿Es que no puedo, con el favor de la presea, impedir que se vaya y hacer que se quede conmigo?

El anacoreta movió la cabeza a uno y otro lado, y dijo:

–¡Imposible! La presea es algo muy poderoso, mas sólo puede conceder riquezas. ¡Nunca podría retener a una diosa!

Como el cazador porfiara en sus súplicas, al final el anacoreta no pudo menos de decirle:

–Según tengo oído, en el Lago de los Lotos, el rey de los nagas tiene entre sus muchos tesoros un lazo mágico. Si logras hacerte con él, podrás retener a la diosa que amas.

–Casualmente, el Lago de los Lotos es mi país, dijo el cazador. De allí vengo tras haber ayudado, no ha mucho, al rey de los nagas. Volveré y trataré con él.

Dicho esto, y sin siquiera volver la cabeza, se fue corriendo en dirección al Lago de los Lotos.

Habiendo llegado al borde del lago, sacó la «presea que concede todos los deseos» y llamó al rey de los nagas. Oyendo que alguien le llamaba, el rey de los nagas salió del agua para mirar, y vio que no era otro sino su salvador, el cazador.

–¿Qué deseas de mí, valiente guerrero?

–La presea que me regalaste, para un cazador como yo, no es de provecho alguno. He venido a devolvértela.

–¿Por qué no te es de provecho alguno? –preguntó el rey de los nagas, sorprendido.

–Lo que yo ambiciono no son riquezas –respondió el cazador–. Si aún recordáis el favor que no ha mucho os hice, os suplico me prestéis el lazo mágico. Sólo lo usaré una vez, y os quedaré eternamente agradecido.

–Puedo prestarte el lazo –dijo el rey de los nagas–, mas antes has de pronunciar un solemne juramento. Primero, que no atarás a hijos de la familia de los nagas; segundo, que no atarás a padre alguno de los dioses; tercero, que no atarás a ningún trisá.

–Consiento con las dos primeras condiciones –dijo el cazador, con recia voz y un punto de contenido enojo–, mas no con la tercera. Si no es para usarlo con una trisá, no me será de ninguna utilidad que me lo prestéis.

Viendo el enojo del cazador, el rey de los nagas se apresuró a decirle que se lo prestaría sin esa condición y acto seguido, se fue rápidamente a su palacio subterráneo. Una vez allí, cogió el lazo mágico, una pequeña cuerda que despedía luces de los cinco colores, y se lo entregó al cazador. No bien lo tuvo éste en sus manos, corrió a las montañas de Keu, hasta la gruta del anacoreta, para que éste le enseñara cómo usar aquel lazo mágico.

Al ver el anacoreta el lazo en manos del cazador, temió que este no organizara algún alboroto, y no le dio permiso para acercarse al lago.

Sin embargo, el primer día que el anacoreta fue a las orillas del lago, el cazador le siguió furtivamente, y esperó acontecimientos escondido entre la maleza. Así se estuvo, hasta que, cerrada ya la noche, la brillante luna en medio del cielo y el viento en silenciosa calma, vio bajar a las siete diosas, que volvían al lago para bañarse. Conteniendo la respiración, el lazo en la mano, esperó a que se vistieran y, cuando empezaron a remontar el vuelo, lanzó el lazo, con todas las fuerzas de su brazo y de su alma, apuntando a la más bella de todas, a Yintró Lhamo. Las diosas, que volaban contentas y despreocupadas, se vieron de pronto sorprendidas cuando un lazo atrapó a su hermana mayor. Asustadas, volaron raudas hacia lo alto, sin comprender qué podía haber pasado. Se quedaron arriba, en lo alto del cielo, dando vueltas, planeando, mientras observaban lo que abajo estaba sucediendo.

Al ver el cazador que el lazo, efectivamente, había sujetado a la diosa, loco de contento, corrió hacia el lugar donde se hallaba atrapada. Y también el anacoreta, que desde lejos había visto toda la escena, fue hacia el lugar.

Agarró el cazador firmemente, con las dos manos, un extremo del lazo, y tiró despacito hacia su pecho. Yintró Lhamo, impotente, no tuvo más remedio que, cubierta de vergüenza, moverse hacia aquel lado.

–Diosa celestial –dijo el cazador–, bellísima diosa, al final habéis caído al mundo de los hombres, y se ha colmado el deseo que me consumía. ¡Venid conmigo para juntos dar las gracias a los budas por habernos protegido!

–Valiente guerrero –dijo la diosa con tono de súplica–, poderoso cazador, ¡te ruego me dejes en libertad! Puedo entregarte cuantas riquezas quieras, cualquier tesoro que ambiciones, mas ¡déjame libre!

Levantó la cabeza el cazador y, rompiendo a reír, dijo:

–Lo primero, no quiero riquezas; lo segundo, no ambiciono tesoro alguno. Por vos, mi diosa, he renunciado a la «presea que concede todos los deseos». Hoy es un día propicio, y debemos ir los dos a postrarnos ante el Buda para darle gracias.

Dicho esto, muy despacito apretó un poco más el lazo.

Las otras seis diosas, que seguían dando vueltas en las alturas mientras contemplaban la escena, empezaron a gritar llamando a su hermana mayor.

–¡Hermanitas! –les gritó a su vez Yintró Lhamo–. El destino ha dispuesto que yo sufra esta gran desgracia. Volad rápido junto a nuestros padres y decidles que envíen muchas perlas y alhajas para rescatarme.

Y al tiempo de decir esto levantó la cabeza mostrando su rostro arrasado de lágrimas. También el cazador alzó la cabeza y les habló:

–¡Mocitas mías! Corred, volad hasta vuestros padres y decidles que he atrapado con el lazo mágico a vuestra hermana, y que por muchas perlas y alhajas que me traigáis no pienso dejarla en libertad. Pero que si le traéis el ajuar de novia, ¡a fe que no he de rehusar!

Las seis hermanas todavía siguieron un buen rato girando y planeando en el cielo, sin dejar de lanzar largos suspiros, hasta que al final se fueron volando camino de la morada de los trisá.

El cazador apretó un poco más el lazo, de forma que a Yintró Lhamo ya le resultaba dificultoso el respirar. Justo en ese tiempo llegó junto a ellos el anacoreta. Dijo al cazador que aflojara el lazo y luego, quitando a Yintró Lhamo el collar que llevaba en el cuello, se lo entregó al cazador.

–Este collar de perlas –le dijo– es el talismán que le permite volar; tómalo y guárdalo. Y ahora ya la puedes soltar, que sin el collar no puede escapar volando. Y hazlo pronto, pues si no la sueltas, ¡su vida corre un serio peligro!

El cazador tomó en sus manos el collar y luego soltó el lazo. En ese momento Yintró Lhamo presentaba un aspecto lamentable, cual flor ajada, y daba señales claras de desfallecimiento. Mas como el cazador no parecía dispuesto a darle respiro alguno, Yintró Lhamo suplicó al anacoreta, una y otra vez, que hiciera algo para ayudarla. Entonces el anacoreta, tras un buen momento de reflexión, se volvió hacia el cazador y le dijo:

–Valiente cazador, esta diosa, Yintró Lhamo, es hija de trisá, no puede casarse con un cazador. El príncipe Norsang, hijo de nuestro rey Norchen y encarnación de un Buda, es compasivo y virtuoso, valiente y sabio. Si le ofreces a Yintró Lhamo, a no dudar que ello reportará gran provecho a nuestro país y una inmensa dicha. ¡Medita bien en lo que te acabo de decir!

Al cazador le pareció muy acertada la recomendación del anacoreta y, como tampoco se le ocultaba la firme determinación de Yintró Lhamo de no ser su esposa, no tardó mucho es consentir de buen grado en entregar a Yintró Lhamo al príncipe Norsang.

Cuando el cazador y Yintró Lhamo se pusieron en camino hacia el palacio del rey, el anacoreta los acompaño un trecho. Luego ambos, tras despedirse de él con mucho respeto, se apresuraron a llegar cuanto antes al palacio.

La puerta del palacio se hallaba custodiada por una guardia bien formada. Acercóse el cazador al jefe de la guardia y le dijo que deseaba ser recibido por el príncipe Norsang. Fue a informar el jefe al *lonchen* («gran visir»), y éste se presentó ante el príncipe, y le dijo:

–Fuera, un cazador, al que acompaña una bellísima doncella, espera ser recibido por el príncipe.

–¡Ajá! –exclamó el príncipe–. Así que realmente han venido. Habéis de saber que anoche soñé que tenía en la mano un ramo de flores. Sin duda se refería a ellos. ¡Id en seguida a dar orden de que les acompañen a mi presencia!

Entraron, pues, en palacio el cazador y Yintró Lhamo y, tras cruzar un gran patio, llegaron a una sala, ricamente decorada, donde les recibió el príncipe Norsang. Refirió el cazador al príncipe quién era aquella bellísima doncella, así como su propia condición y forma en que la había conocido, y por último que, siguiendo las recomendaciones del anacoreta de la montaña de Keu, venía a ofrecer al príncipe a la hija del rey de los trisá.

Llenóse de contento el corazón del príncipe viendo a aquel leal cazador, que tanto había penado para ofrecerle aquella beldad tan fuera de lo común. Sentóse luego el príncipe en su trono de oro, e invitó a sentarse a la diosa a su lado, en un trono de turquesa, y al cazador sobre un cojín de piel de tigre. Después dispuso un gran festín en palacio, al que asistieron todos sus lonpos y todos los principales del reino, para celebrar aquel feliz acontecimiento. En ese tiempo aparecieron en el cielo nubes multicolores de buen augurio, y empezó a sonar una música verdaderamente celestial, mientras comenzaba a caer una auténtica lluvia de flores. No se puede describir lo dichoso que se sintió en ese momento el príncipe, quien luego proclamó que tomaba por esposa a Yintró Lhamo, convertida así en princesa y luego en reina del país. Tampoco olvidó al cazador, a quien colmó de presentes antes de que se volviera a su casa. Después convocó a todos sus lonpos, a todos los nobles y plebeyos del reino, y en una majestuosa ceremonia se celebraron los esponsales entre el príncipe Norsang y Yintró Lhamo, hija del rey de los trisá.

Desde el momento en que el príncipe Norsang tomó por esposa a Yintró Lhamo, olvidó por completo a sus otras quinientas esposas y concubinas. Siempre estaba con Yintró Lhamo, como el cuerpo con su sombra. Solía decir: «Ver a Yintró Lhamo y desaparecer tristezas y cuidados es todo uno». Ella, por su parte, también sentía un profundo amor hacia el príncipe, y llevaba una vida muy feliz entre los hombres.

Sin embargo... Su mutuo e intenso amor provocó los celos de las otras esposas y concubinas. Primero trataron de sembrar la duda en el príncipe diciendo que los orígenes de Yintró Lhamo no estaban nada claros, que todo podía ser un mero invento del cazador. Mas el príncipe hizo oídos sordos a tales palabras. Después sembraron dentro y fuera de palacio el rumor de que Yintró Lhamo no era tan bella como se decía y que era mala y cruel. Mas nadie lo creyó, pues todos habían visto su hermosura y muchos había recibido de ella abundantes dádivas y limosnas. Al final, viendo que no conseguían su propósito, se reunieron todas para deliberar y una de ellas, llamada Tondrub Palmo, propuso:

–¿Por qué no vamos a ver a Ha-ri el Negro y le pedimos su ayuda?

El tal Ha-ri el Negro era un yogui experto en conjuros y artes mágicas, que por entonces oficiaba como maestro de ofrendas del viejo rey. Persona de mala condición, gustaba de hacer toda clase de daño y no estaba tranquilo si no era provocando alguna desgracia o alboroto; de suerte que cuando fueron a verle algunas concubinas del príncipe con regalos y dinero, y solicitaron sus servicios contra Yintró Lhamo, no dudó ni un instante en acceder a su requerimiento: prometió que hallaría medio de causar la muerte de Yintró Lhamo, para que las concubinas pudieran recobrar la atención y aun el favor del príncipe.

A partir de ese día, el viejo rey Norchen tuvo sueños repetidos, pesadillas, que noche tras noche le angustiaban hasta hacerle despertar aterrado. Sobre todo una noche, cuando soñó con un rebaño de ovejas, y que de pronto aparecía una manada de feroces lobos. Los lobos, más numerosos que las ovejas, acabaron a mordiscos, una a una, con todas ellas, y al final se llevaron en la boca varias cabezas... En ese punto el viejo rey se despertó muy asustado: su cuerpo estaba empapado por un sudor helado. Esa misma mañana convocó urgentemente a todos los lonpos para que interpretaran aquel sueño. Convinieron todos en que aquel era un mal presagio, mas nadie sabía interpretarlo.

Entonces Ha-ri el Negro se adelantó y dijo:

–¡Gran rey! Se trata sin duda de un mal augurio, que de ninguna manera se debe pasar por alto. Echaré las suertes y trataré de averiguar cuál es el designio de los dioses, qué quieren los dioses de nosotros.

Aparejó luego un tapete de lana blanca, sobre el cual esparció harina y vino, y agua lustral; después cogió en la diestra mano una campanilla y en la siniestra un damaru de cráneo humano y, mientras hacía sonar los instrumentos, recitó unos encantamientos rituales. Terminado el ritual, dijo:

–En las inhóspitas planicies del norte habitan unos pueblos salvajes que en estos momentos se están preparando para levantarse en rebelión. Si no se organiza en seguida un ejército de avezados guerreros que vaya a someterlos, el año próximo verá la ruina total de nuestro reino.

Oyó aquello el viejo rey y, no dudando de su verdad, empalideció de terror.

–¿Quién de vosotros –preguntó luego a sus lonpos– puede levantar un ejército de expertos guerreros y marchar en expedición de castigo a las lejanas tierras del norte para defender el reino?

Tres veces repitió la pregunta, mas los lonpos, mirándose entre sí a hurtadillas, no respondieron palabra.

El rey entonces lanzó un largo suspiro y rompió a llorar amargamente.

Momento que aprovechó Hari el Negro para decir:

–Gran rey, ¿por qué habéis de preocuparos? Enviad a vuestro hijo, el príncipe Norsang, que cuando los rebeldes sepan la noticia, a fe que se rendirán sin presentar batalla.

Y así fue como el viejo rey ordenó a su hijo que partiera al frente de un ejército escogido. Dijo el príncipe a su padre:

–Padre mío –dijo el príncipe–, acato la orden y asumo la misión de comandar un ejército contra las tribus rebeldes del norte. Y ello por tres razones. Primero, por salvaguardar a nuestro reino; segundo, porque vuestra voluntad, padre, es para mi una orden inexcusable; tercero, porque así podré ganar fama y prestigio. Sólo os pido me concedáis una condición, que mi esposa Yintró Lhamo me acompañe en la campaña, pues será para mí de gran ayuda en todos los sentidos.

Así habló el príncipe, mas en seguida intervino Ha-ri el Negro, que se apresuró a decir:

–Gran rey, no debéis permitir que Yintró Lhamo acompañe al príncipe en su campaña, pues si lo hace, pondrá en peligro al reino y al mismo príncipe, y aun éste llegará a correr serio peligro de muerte.

Dio crédito el viejo rey a las palabras del yogui, y no consintió que Yintró Lhamo acompañara al príncipe Norsang durante su camapaña.

Fue entonces el príncipe a ver a su madre y le dijo:

–Este collar que os entrego, oh madre, es para Yintró Lhamo como un par de alas. Si lo tiene, puede subir al cielo volando. Por eso, de no ser en caso de gravísimo peligro, no debéis permitir de ninguna manera que lo use para retornar a su morada celestial.

A todo esto, Yintró Lhamo, en un rincón, lloraba a lágrima viva. La madre del príncipe dio seguridades a su hijo y consoló y dio ánimos a su nuera.

Los días que siguieron fueron de gran dolor para los dos, pensando en el momento de la inminente separación. No querían permanecer separados ni un instante, mas las órdenes del rey eran como una roca que rueda montaña abajo, o la corriente de un gran río: imposible detenerlas y hacerlas volver atrás. Y así fue como, inexorablemente llegó, el día de la partida.

Lonpos, nobles y pueblo llano ofrecieron respetuosamente a Norsang la primera copa de vino, deseándole un pronto regreso triunfal; luego fueron las quinientas esposas y concubinas quienes ofrecieron la segunda copa, deseándole victoria y éxito; la tercera copa se la ofreció Yintró Lhamo, cuyas lágrimas decían infinitamente más que mil palabras y gestos de amor.

Y así fue como el heroico príncipe Norsang partió al frente de su aguerrida tropa, para, arrostrando peligros sin cuento y desafiando tempestades de nieve y rigurosas heladas, alcanzar las desoladas planicies del norte.

La marcha de Norsang dejó el camino expedito para que Ha-ri el Negro pudiera desplegar todas sus diabólicas artes. El viejo rey Norchen volvió a tener repetidas pesadillas. Soñaba que Norsang cabalgaba hacia el norte, cuando de repente aparecían multitud de guerreros que rodeaban el palacio, se apoderaban de él, lo ataban y se lo llevaban, y que sufría un espantoso final... en ese momento se despertaba, y notaba que el miedo había cubierto su cuerpo de frío sudor. Al final, llamó a Ha-ri el Negro para que echara las suertes e interpretara el sueño. El yogui, como la vez anterior, con grandísimo aparato, dispuso las ofrendas, se arrodilló y prosternó tocando el suelo con la frente, murmuró una serie de fórmulas extrañas y elevó una plegaria. Finalmente proclamó:

–¡Esta vez el augurio es harto peor que la vez anterior!

Oyendo aquello, el rey Norchen se sobresaltó, mas dijo al yogui que prosiguiera.

–Las suertes anuncian claramente que una gran desgracia se cierne sobre el reino. Lo menos, que el rey perecerá; lo más, que el reino será destruido y el pueblo sufrirá indecibles males.

Entonces el rey rogó al yogui que buscara la manera de conjurar aquella desgracia. Primero, Ha-ri el Negro, con mucha intención, se resistió, alegando la dificultad que entrañaba lo que se le pedía, mas finalmente accedió, aunque señalando el gran esfuerzo que suponía aquella misión.

–Conjurar tamaña calamidad –dijo–, no será tarea fácil. Pues se requiere aderezar una gran ofrenda que satisfaga a los dioses. Esta ofrenda deberá incluir cien sacos de tsampa, treinta sacos de cebada, diez corderos, diez pellejos de mantequilla, así como telas estampadas, banderas y banderolas de plegaria, pieles de yak, arcos y flechas, y trípodes de bronce; y además de todo eso, es menester ofrecer a los dioses el corazón palpitante de una semidiosa.

–Todo eso que has dicho –habló el rey– se puede preparar en breve espacio; todo, menos el corazón de la semidiosa. ¿Dónde podría encontrar semejante corazón?

–Lo que está en juego –dijo a esto el yogui–, es la preciosa vida del rey, y también la suerte de todo el reino. La princesa Yintró Lhamo, ¿no es acaso hija de trisá? Si no es una semidiosa, ¿qué es entonces? Pensad, oh rey, que si se le arranca el corazón y se ofrece a los dioses, luego desaparecerá el peligro, lo infausto se volverá fausto, y la desgracia felicidad.

–¡Ay! –exclamó el rey–. Eso no puede ser. Yintró Lhamo es la esposa favorita de mi hijo Norsang. Si al volver de la campaña del norte, se encontrara con que hemos sacrificado a Yintró Lhamo, no quiero ni imaginar lo que podría suceder. ¿Acaso no hay nada que se pueda sacrificar a los dioses en lugar del corazón de una semidiosa? ¡Medítalo bien, te lo ruego!

El rostro del yogui se ensombreció aún más, y luego pronunció palabras tan terribles y que pusieron tal espanto en el rey, que éste al final dio encargo al yogui y a las quinientas esposas de que procedieran a sacrificar a Yintró Lhamo.

Eso era lo que ellos deseaban desde hacía tiempo, de suerte que, sin tardar ni un instante, Ha-ri el Negro al frente de una tropa y de las quinientas esposas fue a rodear la casa donde vivía Yintró Lhamo. Ignorante de todo lo sucedido hasta entonces, Yintró Lhamo, a oír el alboroto, pidió a la reina que subiera con ella a la azotea para averiguar lo que pasaba. Entonces vieron a aquella multitud y oyeron que gritaban: «Ya se ha tendido la red en la montaña, ¿a dónde podrá escapar ahora el aguilucho? Ya se ha colocado la trampa en la pradera, ¿a dónde podrá escapar ahora el cervatillo? El palacio está rodeado, ¿a dónde podrá escapar Yintró Lhamo?».

Oyendo aquello, la reina y Yintró Lhamo se quedaron atónitas. Luego la reina trató de persuadir al yogui y a las esposas y concubinas que no debían cometer tamaña maldad, mas todas al unísono gritaron que por orden del rey venían a arrancarle el corazón a Yintró Lhamo. Ésta, despavorida, no sabía qué hacer.

–Mi hijo Norsang –dijo entonces la reina–, antes de partir, me entregó este tu collar de perlas, y me dijo que sólo si estaba en serio peligro tu vida te lo devolviera. Veo que ese momento ha llegado.

Tomó Yintró Lhamo el collar en sus manos y después de dividirlo en dos, le entregó a la reina una de las mitades:

–Cuando vuelva el príncipe Norsang –dijo Yintró Lhamo–, no hay duda que ha de sentir un grandísimo dolor. Dadle entonces esta mitad del collar, y así cuando contemple estas perlas, será como si me contemplara a mí.

Luego se puso en el cuello la otra mitad del collar y, provista ya de sus mágicos poderes, se elevó en el espacio. Antes de alejarse estuvo girando sobre el tejado del palacio, al tiempo que decía: «Ya se ha tendido la red en la montaña, el aguilucho ya no se quiere quedar, volará a la cumbre y desde allí, sacudiendo sus plumas, contemplará el espacio infinito. Ya se ha colocado la trampa en la pradera, el cervatillo ya no se quiere quedar, correrá hasta las montañas nevadas, donde podrá comer a saciedad tiernas y jugosas yerbas. ¡No permitiré, malvados, que salgáis adelante con vuestro intento!».

Dicho lo cual, se elevó en amplios círculos y, sin volver la cabeza, se alejó volando hacia el oeste. El yogui y las esposas, embobecidos, vieron cómo Yintró Lhamo se perdía en el horizonte. Y cuando hubo desaparecido aún seguían mirando, los ojos fijos. La tropa, desconcertada, se había apiñado sin saber qué hacer.

En cuanto a Yintró Lhamo, hondamente enamorada de Norsang, no quería verdaderamente alejarse de él de aquella inopinada y extraña manera. Así que de momento voló hasta el lago de la montaña Keu y fue a ver al venerable anacoreta. Tras referirle, con todo detalle, lo sucedido desde el día en que el cazador y ella se habían ido de su lado, le dijo:

–No hay duda que el príncipe Norsang me buscará por todas partes, de suerte que si acaso un día viene a preguntaros, entregadle este anillo de jade, e indicadle de forma muy precisa cuál es el camino que conduce a mi país, el país de los trisá. Esto que os pido es de una gran importancia, os ruego no lo olvidéis.

Acabando de hablar, se volvió volando a su paraíso.

Por su lado, el príncipe Norsang, al frente del ejército, había marchado hacia las frías e inhóspitas tierras del norte. Una dura marcha, enfrentándose a tormentas de arena y tempestades de nieve. Sufrieron penalidades sin cuento, mas Norsang sólo pensaba en la misión que se le había confiado por el bienestar de sus gentes, y que, una vez cumplida, podría volver a reunirse con sus seres queridos. Este pensamiento fue el que le ayudó a sobrellevar tantas penalidades. Finalmente llegaron al reino de los bárbaros del norte, y plantaron las tiendas al pie de las murallas de la ciudad. Norsang y sus generales examinaron el terreno y se prepararon para el asalto. Mas el rey de los bárbaros, sorprendido al ver ante sus puertas tan numeroso ejército, sin tardar determinó recibir amistosamente a Norsang. Viendo luego éste la inutilidad de aquella expedición, y que no había lugar para el combate, al poco tiempo dio a su ejército órdenes de regresar.

Si viniendo no había sentido lo largo de la marcha, ahora al retornar no veía el momento de llegar a su tierra. Parecíale que los caballos avanzaban con excesiva lentitud; cruzaban unos montes, y aparecían otros nuevos que había que cruzar; un río, y otro río que atravesar. No daban apenas reposo a los caballos, los bosques que cruzaban pronto quedaban atrás, mas su impaciencia crecía con los días. ¡Qué no hubiera dado Norsang por poder volverse en flecha, en pájaro, que volara raudo hasta el palacio donde estaba su ser más querido! Así, un día y otro día, hasta que no pudiendo resistir más aquella soledad, aquella monotonía de la marcha, ordenó al grueso del ejército que prosiguiera despacio, mientras él, al frente de unos pocos jinetes, se adelantaba al galope, a marchas forzadas.

Cuando Norsang y sus jinetes llegaron a lo alto del Monte del Tigre, vieron venir volando hacia ellos un cuervo, que luego graznó tres veces mientras daba vuelta sobre sus cabezas.

«¡Malo!», dijo Norsang para sí. «Este cuervo es sin duda una manifestación del dios de la montaña. Mucho me temo no haya ocurrido una desgracia en palacio.»

Desmontó luego al punto y, puesto de hinojos, saludó reverente al cuervo.

–Pájaro mágico y prodigioso –le dijo–, te ruego escuches lo que te voy a pedir: ¿Es que acaso ha sucedido alguna desgracia en mi palacio? ¿Acaso mi padre, el rey, ha caído enfermo? Si goza de buena salud, te ruego des tres vueltas volando de izquierda a derecha; si sufre de algún mal, te ruego des tres vueltas de derecha a izquierda[65].

El cuervo entonces dio tres vueltas de izquierda a derecha, y así supo Norsang que su padre no estaba enfermo. Después tornó a hacer al cuervo una profunda reverencia y le pidió noticias sobre la salud de su madre. Y el cuervo volvió a dar tres vueltas de izquierda a derecha. Su padre y su madre gozaban, pues, de buena salud; y entonces, de pronto, una terrible sospecha oprimió su corazón. «¿No será mi amada Yintró Lhamo quien ha sufrido una desgracia?», se preguntó presa de infinita angustia. Entonces se apresuró a renovar sus reverencias hacia el cuervo y le dirigió, con tenue y temblorosa voz, la siguiente pregunta:

–Mi amada Yintró Lhamo ¿se encuentra bien?

Espantado vio cómo el cuervo volando de derecha a izquierda daba tres vueltas. A su amada, pues, le había sucedido una desgracia. Su inquietud se convirtió en una hoguera que lo abrasaba. Escribió en seguida una carta, la ató a una pata de cuervo y le rogó:

–Vuela raudo, cuervo prodigioso, y lleva esta carta a palacio.

El viejo rey se hallaba paseando por el jardín del palacio cuando, en esto, vio llegar volando a un cuervo que dejó caer una carta a sus pies. Se dio prisa a recogerla, la abrió y vio que era una carta de su hijo. Supo por ella que Norsang se encontraba en el Monte del Tigre, no lejos ya de la ciudad, lo que le llenó de contento. Pronto acudieron a su lado la reina y las esposas del príncipe, conocedoras de que se había recibido una carta suya. En medio del regocijo general recordó de pronto el viejo rey lo sucedido con Yintró Lhamo, y se apresuró a decir a todos:

–Cuando llegue el príncipe, que todo el mundo salga a recibirle, y si pregunta por Yintró Lhamo, diremos que ha ido al palacio de los trisá a visitar a sus padres. Que nadie diga otra cosa, pues quien se atreva a revelarle lo sucedido, ¡se las tendrá que ver conmigo!

Cuando Norsang llegaba ya cerca, la reina al frente de las esposas y concubinas salió hasta el collado próximo a la ciudad para recibir a su hijo. Viendo el príncipe a su madre, pero no a Yintró Lhamo, preguntó en seguida la causa. Su madre, harto embarazada, no supo qué decir, y sus ojos se arrasaron de lágrimas. No así las esposas y concubinas, quienes, cual alborotado gallinero, quitándose unas a otras la palabra, le fueron diciendo a Norsang que su esposa predilecta, harta de esperarle y aburrida, sin poder soportar ya la vida en palacio, se había ido al palacio celestial a visitar a sus padres. Como quiera que su madre no había abierto la boca, y daba muestras de confusión, el príncipe vació muy a regañadientes la copa de bienvenida que le ofrecían, mientras sus sospechas crecían por momentos.

El rey Norchen recibió a su hijo, como héroe, en la puerta del palacio, al frente de todos los cortesanos, civiles y militares. Norsang saludó a su padre según el protocolo acostumbrado, y en seguida le preguntó por su amada Yintró Lhamo. El rey, fríamente, le respondió que había ido a visitar a sus padres al palacio de los trisá.

–¿Cuándo regresará? –le preguntó el príncipe.

–¡Mejor que la olvidaras! –exclamó el rey–. Si no regresa, ¿por qué te ha de importar? Te he buscado hasta quinientas esposas y concubinas, y me darías gran satisfacción si aún te acordaras de ellas.

–Ya podríais buscarme otras quinientas, que todas juntas no valdrían lo que Yintró Lhamo.

–Si no encuentras bellas a tus quinientas esposas y concubinas, puedo despachar gentes que recorran los dieciséis países del mundo en busca de grandes beldades.

–Aunque esas beldades que me encuentres sean bellas como una flor, como un jade, como un pavo real, yo seguiré queriendo a mi amada Yintró Lhamo. De modo que iré a buscarla, y la he de encontrar, aunque sea en el fin del mundo, o en lo más alto del cielo o en lo más profundo de la tierra. Así que sabed desde este momento, mi noble padre, que cuando la encuentre la traeré de vuelta conmigo.

Viendo la obstinación de su hijo, determinado a llevar adelante su propósito, dijo el rey, el rostro ensombrecido:

–De modo que quinientas esposas y concubinas no valen lo que Yintró Lhamo, ni tampoco lo vale ninguna beldad del mundo, ni los mil montes y ríos que se extienden por nuestro país. Pues bien, escucha lo que te voy a decir: si quieres ir a buscarla, ¡sea! ¡Apártate ahora mismo de mi vista! ¡No quiero volver a verte nunca más!

Norsang, también el rostro ceñudo, se despojó de su yelmo y de su cota de malla, arrojó su espada, y dio señal de querer partirse. Y así hiciera de no ser por su madre, quien con sus súplicas y llanto consiguió arrastrarle hasta palacio, y persuadirle de que no actuara con precipitación. Así estuvo descansando tres día en palacio, y al tercero la reina le refirió por menudo todo cuanto había sucedido y le entregó el medio collar que le había dado Yintró Lhamo al marcharse.

Transcurrieron otros tres días. Era el quince del cuarto mes. Cuando la luna se levantó por las montañas del este, el príncipe salió sigilosamente de palacio y partió solo, en busca de su amada. Siguiendo ríos y cruzando montes, en medio de una espesa niebla, decía entre sí: «¡Yintró Lhamo! ¡Yintró Lhamo! ¡Amada mía! ¿Dónde te podría encontrar?».

Y mientras así pensaba, un recuerdo le vino de pronto: «A Yintró Lhamo la trajo un cazador siguiendo las instrucciones de un anacoreta. Ese anacoreta vive en la montaña Keu, y sabe que ella y yo estamos unidos por nuestros karmas. Sin duda conoce el modo de llegar hasta ella. ¡Iré a verle!».

Y luego, sin más, se puso en camino de la montaña Keu.

Allí el anacoreta, cumpliendo el encargo de Yintró Lhamo, le entregó el anillo de jade y le indicó con toda precisión la ruta que debía seguir para llegar al país de los trisá.

Norsang, después de fijar bien en su dedo el bello anillo y en su memoria la ruta que le había indicado el anacoreta, se puso en camino y avanzó a grandes pasos.

Pronto llegó a las orillas del lago sagrado donde en un tiempo solía bañarse Yintró Lhamo. También Norsang se bañó en sus aguas, y aquel baño acreció su valor y determinación y su ánimo salió fortalecido. Prosiguió la marcha. Un día y otro día, una noche tras otra, y así, de repente, se encontró en un profundo valle. Allí no llegaba la luz del sol, y el aire estaba lleno de mosquitos tan grandes como gorriones. Empezaron a acribillarle a picotazos y en ese duro trance, recordando los consejos del anacoreta, luego al punto levantó el anillo en la mano y lo agitó, tres veces en el lado izquierdo y otras tantas en el derecho. Los mosquitos retrocedieron y dejaron libre el camino.

Siguió adelante Norsang, cruzando monte tras monte, colina tras colina, hasta que de pronto vio a lo lejos un chorten blanco. Se acercó a él, dio vueltas por la derecha a su alrededor varias veces y, luego de inclinarse en una profunda reverencia, se alejó prosiguiendo su marcha.

Las estrellas dieron paso a la luna, y esta se lo dio al sol. Acercóse el príncipe a una montaña, y en esto descubrió un gran bloque de cristal de forma cúbica, que despedía una brillante y cegadora luz. Sobre el cristal había una kata. La recogió y se la colocó alrededor del cuello. Luego siguió camino adelante. Un camino a veces ancho, a veces estrecho; empinado en ocasiones, y en otras fácil por lo llano. Y así llegó junto a una gran roca verde, que semejaba un yak acostado. Al lado de ella encontró un sello de oro. Recordó lo que le había dicho el anacoreta y tomando el sello golpeó con el varias veces los cuernos de aquel yak de piedra. Al punto, de su pétrea boca brotó agua como de un manantial. Bebió Norsang de aquella agua cristalina y en seguida, olvidando el hambre que sentía, prosiguió su camino.

Cruzó arroyos, atravesó ríos, y llegó ante un oscurísimo bosque. En él resonaban los rugidos del tigre y los chillidos de los grandes monos, rugidos también de leones y aullidos de los chacales. Todo lo cual ponía gran espanto en quien lo oía. Pero Norsang levantó el anillo, y al instante todas aquellas fieras se apaciguaron, y echándose, sumisas, a un lado, le abrieron un cómodo camino, por el que pudo atravesar felizmente aquel bosque y proseguir con su andadura.

Nadie sabe cuántos días y cuántas noches siguió caminando el príncipe, hasta que un día llegó a un maravilloso jardín. Flores de cientos de clases diferentes, de espléndidos colores, inundaban el aire con su embriagadora fragancia. Mas poco pudo gozar el príncipe del lugar, pues de pronto, al avanzar, apareció ante él una encrucijada y quedó perplejo: ¿Qué camino debería tomar para llegar al palacio de los trisá? En medio de aquellas dudas, alzó al cielo el anillo, lo agitó y al punto vio volar sobre su cabeza una abeja-turquesa: ¡wong! ¡wong! ¡wong! Claro estaba, imaginó, que había venido para guiarle indicándole el camino. Y Norsang voló tras ella, voló y voló, unas veces volaban muy de prisa, otras despacio, ora muy alto, ora a ras del suelo. Y así, volando y volando, llegaron a lo alto de un precipicio. Al pie de la montaña se veían turbulentas y cenagosas aguas, y por toda la ladera reptaban miles de venenosas serpientes.

El príncipe no se atrevía a moverse, ni un solo paso. De pronto, llegó corriendo un cervatillo y Norsang supo que de nuevo había encontrado un guía. Siguió al cervatillo en su carrera, y así logró bajar la montaña y salir del valle; luego recorrieron juntos llanos y praderas.

Caminando, trotando, prosiguieron su camino hacia el palacio de los trisá, y subieron, treparon, hasta alcanzar la cumbre de una altísima montaña que llegaba a tocar el cielo. Erguido sobre la cumbre, la mano como visera, miró el príncipe en derredor y de pronto lanzó una exclamación de sorpresa. Aquel lugar que veía a lo lejos, lleno de edificios y que parecía desbordar de animación, ¿no sería acaso el país de los trisá? El corazón saltó en su pecho, las lágrimas brotaron de sus ojos, y una ola de fuego inundó su rostro. Todas las fatigas, peligros y penalidades sufridas desaparecieron de su mente en un instante, pues al final había alcanzado su destino.

Caminó hacia allí, y al acercarse se encontró con un pozo del que estaban sacando agua tres mocitas. Las llamó con voz queda con ánimo de preguntarlas. Para su sorpresa, ellas, al ver a un desconocido se asustaron: dejaron caer sus cubos y, dándose vuelta, apretaron a correr, y sólo se detuvieron cuando estuvieron ya lejos. Entonces se volvieron y miraron a Norsang. La más bella de todas preguntó:

–¡Hombre bárbaro! ¿De dónde vienes? ¿Qué negocio te ha traído a nuestro país?

–Vengo de un lugar muy, muy lejano –respondió el príncipe con una sonrisa–. Y he venido a buscar a la mujer que amo. ¿Cómo se llama este país vuestro? ¿Por qué venís por agua a este pozo?

–Nuestro país –respondió la bella–, es el palacio celestial de los trisá. Aquí nunca antes había venido extraño alguno. Y venimos por agua para el baño de nuestra hermana, Yintró Lhamo, que ha retornado del mundo de los hombres y debe limpiarse de toda la suciedad que se le ha pegado.

Infinito fue el contento que sintió el príncipe cuando oyó aquellas palabras. Tomó luego los cubos de junto al pozo y se los llevó a las muchachas. Antes de entregárselos, a hurto de todas puso dentro de uno de ellos el anillo. Luego les dijo:

–Para limpiarse bien de la suciedad del mundo de los hombres, es menester usar todo el agua y vaciar los cubos, y verter el agua echándola sobre la cabeza, para que caiga sobre el cuerpo. Sólo así se puede hacer desaparecer por completo esa suciedad.

Cogieron las muchachas, no sin cierto temor, los cubos que les tendía el príncipe, y corrieron como flechas.

–Hemos encontrado a un joven forastero junto al pozo –dijeron a Yintró Lhamo.

Mas ella, imaginando que bromeaban, no hizo caso de sus palabras.

Al tiempo de bañarse, levantó un cubo, y cuando lo volcó sobre su cabeza, de pronto vio que con el agua caía una anillo. Lo recogió y, al mirarlo detenidamente, se percató de que era precisamente su anillo, el que había dejado al anacoreta para que se lo entregara a Norsang. Sólo entonces dio crédito a sus hermanas, y en su pecho se mezclaron toda clase de sentimientos: alegría, dolor, inquietud, emoción. Tan intensos fueron éstos, que no pudiendo resistirlo perdió el sentido. Viéndola en aquel estado, sus hermanas, despavoridas, corrieron a decírselo a su padre. Éste, rey de los trisá, se llamaba Brillante Rey Cabeza de Caballo. Acudió el rey presuroso junto a su hija y, al poco tiempo, consiguió hacerla recobrar el conocimiento. Entonces ella pidió a su padre que fueran a buscar al príncipe Norsang y lo trajera a palacio. Supo entonces el rey de los trisá que Norsang había llegado al país, mas no consintió en que su hija volviera a verse con un ser humano. Renovó Yintró Lhamo sus súplicas en medio de un llanto que desgarraba el alma. Suplicaba a su padre una y otra vez:

–El príncipe Norsang me ha salvado la vida, ha abandonado grandes honores y muchas riquezas, arrostrado miles de peligros, pasado por indecibles fatigas y penalidades, y todo, por volver a verme. ¿Cómo es posible ser tan cruel impidiendo nuestro encuentro?

–Sea –accedió finalmente el rey–, mas con una inexcusable condición: el príncipe Norsang podrá venir a nuestro palacio y hablar contigo, mas habrá de hacerlo a través de una cortina, nunca cara a cara.

Cuando Yintró Lhamo vio venir a Norsang, sintió que la vista se le nublaba. Y en cuanto al príncipe, apenas atisbó a su amada, ya no hizo caso de cortina alguna, sino que con un leve empellón derribó a quien la sostenía y se apresuró a abrazarla. Sus cuerpos y sus lágrimas se unieron, sin poder distinguirse de quién eran unas u otras, y lo mismo sus murmullos de amor.

Cuando Norsang fue a presentar sus respetos al rey de los trisá, éste se mostró inquieto sobre su áureo trono, y cuando Norsang le manifestó su intención de llevarse con él a Yintró Lhamo al mundo de los hombres donde disfrutarían de una vida dichosa y feliz, el rey se negó en redondo a dar su aprobación. Habló confusamente de razones extrañas, ideando pretextos peregrinos para rehusar la petición. Al final vino a decir:

–En nuestro país muchos son los príncipes que también desean desposarse con Yintró Lhamo, de modo que si concediera con tu deseo es harto probable que estallara algún conflicto. Bueno será, pues, los pretendientes compitan entre sí, y el vencedor ganará el derecho a desposarse con Yintró Lhamo.

Norsang se mostró de acuerdo con la propuesta.

El rey de los trisá ideó una estratagema. Hizo que sus cuatro mejores lonpos, los más diestros y capaces, se disfrazaran y fingieran ser príncipes llegados de lejos para solicitar la mano de Yintró Lhamo. Salieron luego a la explanada que había ante la puerta grande del palacio y allí compitieron en el tiro al arco. La explanada se llenó de curiosos espectadores que siguieron la competición con gran entusiasmo. Dispararon sus flechas, primero los falsos príncipes, y los cuatro consiguieron atravesar con sus respectivas flechas sendos troncos de álamo blanco. Mostráronse luego muy ufanos por su proeza, entre los vítores de la gente. Había llegado el turno a Norsang. Colocó la flecha en el arco, lo tensó luego hasta el límite de sus fuerzas y la flecha disparada no sólo atravesó tres troncos de álamo blanco, sino que aún después hasta tres grandes piedras. El público enmudeció. Ante aquella proeza, el rey no supo qué decir; mas como quiera que aún se sentía renuente a consentir que su hija se fuera a vivir con Norsang al mundo de los hombres, siguió murmurando excusas y poniendo pretextos extraños para impedir tal eventualidad. A lo que Norsang replicó recordándole al rey su promesa. Fue en ese momento cuando la madre de Yintró Lhamo entró en escena y formuló ante todos la siguiente propuesta:

–En mi opinión la sola prueba de tiro con arco que hoy se ha realizado, no es bastante para convencernos a todos. Por eso propongo que mañana se reúnan en la gran explanada todas las mozas del reino, incluida entre ellas nuestra Yintró Lhamo. Y entonces vosotros cinco, valientes y nobles príncipes, arrojaréis las flechas con cintas de colores. La moza sobre la que caiga cada flecha será la esposa destinada a quien la ha lanzado; quien lance la flecha que caiga sobre Yintró Lhamo será su esposo destinado.

Al día siguiente, la explanada ante palacio rebosaba de gente ávida de conocer el desenlace de aquel asunto.

Los cuatro falsos príncipes lanzaron al aire sus flechas con cintas de colores, pero al caer, ninguna lo hizo sobre Yintró Lhamo. Cuando Norsang lanzó al aire su flecha, pareció que le habían crecido alas, pues después de dar vueltas y giros en el cielo, como atraída por un imán, descendió y fue a caer en el regazo de Yintró Lhamo. El inmenso contento de la joven, y la infinita dicha de Norsang, contrastaban con la decepcionada figura del rey y la silenciosa estupefacción de la gente.

El rey de los trisá no tuvo, pues, más remedio que permitir que Yintró Lhamo regresara en compañía de Norsang al mundo de los hombres. Y no sólo eso sino que, el día de la partida, les regaló muchas piezas de oro y de plata, y muchas perlas y piedras preciosas, camellos y caballos, telas de seda y de raso. Los acompañó hasta el borde del lago sagrado y allí se despidió de ellos.

Así es como finalmente llegaron de vuelta al palacio del rey Norchen, quien viéndolos llegar sintió alegría, mezclada con cierta aflicción y no poco remordimiento. Luego ordenó disponer en su honor un gran festín, que se prolongó durante siete días con sus noches, con una animación tal, que no le fue a la zaga a la que reinaba en el palacio de los trisá. En cuanto a las quinientas esposas y concubinas y a Ha-ri el Negro, todos recibieron su merecido castigo.

Pasado un tiempo el viejo rey Norchen abdicó el trono a favor de su hijo Norsang, y Yintró Lhamo se convirtió en reina. Y a partir de entonces los habitantes de Ngadenpa, el reino del norte, vivieron más felices y satisfechos que nunca.

La kandroma bienhechora de los seres

Un día, en los remotos tiempos, las Cinco Kandromas de Sabiduría[66] se reunieron en el cielo y, contemplando el mundo de los hombres descubrieron que en el sur, en el país de Mon, nadie practicaba la Doctrina del Buda. Las gentes vivían atrapadas por el odio, el deseo y la soberbia, sufriendo terriblemente, como si en realidad se hallaran en los infiernos. Y las kandromas pensaron que era menester ayudar a todas esas gentes, para que escaparan del océano del sufrimiento.

En esto alcanzaron a ver que, en medio de un bosque, en la India, vivía un matrimonio de ancianos brahmanes. Él se llamaba Lo-uo, y su esposa, Dsema («Bella»). Tenían ambos los cabellos como la nieve, ojos de turquesa, ni una perla en la boca y sus cuerpos tan encorvados, que sólo apoyados en un bastón podían caminar. Nada les faltaba, si no fuera hijos; lo cual, dada su avanzada edad, era para ellos motivo de gran aflicción. Viendo esto las cinco kandromas, enviaron sendos rayos de luz, cada uno de un color diferente, que al reunirse se transformaron en un homúnculo de oro, tamaño de un pulgar, que se introdujo en el vientre de Bella a través del orificio superior, en lo alto de la cabeza. Entonces ella se sintió llena de felicidad, y esa noche tuvo un sueño:

De su corazón surgían un sol y una luna que, elevándose muy alto, iluminaban el mundo entero. Desde la cumbre de la más alta montaña resonaban las palabras de la santa Doctrina. Después, los hijos de un dios la purificaron de toda enfermedad y de todo mal, y entonces su cuerpo se volvió en un chorten de cristal.

Supo entonces que había concebido un hijo, y corrió a decírselo a su esposo, al que también refirió los detalles de su sueño. Lo-uo se alegró infinito al oír la noticia, y dijo a su esposa:

–Nuestros anhelos, mi amada Bella, se han hecho realidad. Y además, es harto probable que la criatura que ahora llevas en el vientre sea la encarnación de un bodhisattva.

Sólo habían transcurrido tres meses, cuando la criatura habló desde el seno de su madre y dijo:

–¡*Om mani peme hung!* ¡Véanse libres del sufrimiento los seres todos, y que todos alcancen la felicidad!

Asustóse Bella al oír aquellas palabras, y se apresuró a decírselo a su esposo.

–A lo que parece –dijo Lo-uo–, si nace un niño, será encarnación del Gran Misericordioso; y si es una niña, será encarnación de una kandroma.

Finalmente, el décimo día de la novena luna del año del Mono de Tierra, al tiempo de salir el sol, Bella alumbró una niña.

En ese mismo momento, apareció un arco iris en el firmamento, y descendieron del cielo las Cinco Kandromas. Llegándose hasta la recién nacida, la nombraron Drowa Sangmo («Bienhechora de los Seres»), y le presentaron numerosas y ricas ofrendas. Antes de volverse a su morada celestial, hicieron una profecía:

–Drowa Sangmo, en el curso de esta existencia, tu vida conocerá tres épocas diferentes. En tu juventud, el rey Kala Wangpo, de Mandalakang, y la reina Hachang, te causarán grandes sufrimientos; en tu edad madura, ya no amarás ni tu padre ni a tu madre, ni a tu esposo ni a tus hijos; al final deberás volar hasta el cielo. Acuérdate entonces de volar siempre hacia el oeste, así llegarás a la morada de las Cinco Kandromas.

Dicho esto, las Cinco Kandromas se desvanecieron como el arco iris.

En cuanto a la niña, apenas hubo salido a la luz, las primeras palabras que pronunció fueron estas:

–Padre mío, madre mía, escuchadme bien: la vida es breve, como un relámpago en la noche; el tiempo de pestañear, y henos ya a las puertas de la muerte; debemos meditar en el amor y la compasión hacia todos los seres y repetir a menudo el mantra del Gran Misericordioso, el mantra de las seis sílabas. No se debe nunca olvidar que todo es vacuidad.

Drowa Sangmo acostumbraba permanecer en su cuarto, sumida en profunda meditación.

Un día Kala Wangpo, rey de Mandalakang, convocó a una gran asamblea a sus lonpos, a los nobles y al pueblo. Se plantó una gran bandera en el tejado más alto del palacio, y luego sonaron las caracolas blancas, y en las terrazas del palacio retumbaron los grandes tambores. Todo el mundo se reunió en la explanada ante la puerta del palacio.

–¡Oíd bien todos, oíd! –habló el rey con levantada voz–. Dentro de tres días, cuando los rayos del sol iluminen los tejados de palacio, saldremos hacia las montañas del este para una gran cacería. Quienes tengan arcos y flechas, llévenlos consigo, y quienes no, vayan a recogerlos a la armería del palacio. Desde este momento, ¡que todo el mundo se vaya preparando!

Llegada la mañana del día tercero, cuando el sol se levantó en el horizonte, partieron en cacería. Vestidos con ropas de cazador, iban armados de arcabuces y ballestas. Al frente marchaba el rey, llevando con él a su perra Chatra Abshe («adorno de hierro mordedor»).

Recorrieron las montañas del este, mas no lograron cobrar ni una sola pieza. Más tarde, ya lejos, cerca de la frontera, subieron a una alta montaña, y allí cobraron treinta y siete ciervos. Ahora bien, ese mismo día, al anochecer, la galga del rey desapareció, se desvaneció como el arco iris en el cielo. Nadie sabía a dónde había ido.

–Esa galga es para mí lo más preciado del mundo –dijo el rey, tremendamente angustiado–. Antes prefiero morir que no volver a palacio sin haberla encontrado. Hoy pernoctaremos aquí, pero mañana, apenas despunte la aurora, saldremos todos a buscarla.

Al día siguiente, nada más salir el sol, el rey fue a despertar al lonchen Trinadsin, y le dijo:

–Levanta presto, y corre a ver si se oyen voces o ladridos, o si se encuentran en el suelo huellas de perro.

Recorrió el lonchen todas partes mirando y escuchando con suma atención, mas ni huella ni ladrido. Sumamente preocupado, trepó hasta una alta cumbre y miró en derredor. Allá lejos, hacia el este, divisó un espeso bosque, y en medio de él un amplio claro donde se alcanzaba a ver una pequeña casa. Tenía buena apariencia y de ella salía humo. Alegróse mucho el lonchen y dijo para sí: «Sospecho que la galga ha ido a esa casa».

Corrió de vuelta a presencia del rey y le informó de lo que había visto.

El rey se llenó de alegría y se apresuró a llegar, acompañado de sus lonpos y de su gente toda, a la casita del claro. Y, efectivamente, descubrieron lo que parecían ser huellas de un can.

El lonchen se adelantó y llamó a la puerta. Al poco, en un ventanuco del piso alto apareció la cara de un brahmán, que luego se dio prisa a bajar para abrir la puerta.

–¿Quiénes son vuestras mercedes? –preguntó a los recién llegados, entre sorprendido y temeroso.

Entonces el rey sacó de su *kau* una kata que, colgada de la punta de su lanza, presentó al anciano, al tiempo que le decía:

–Venerable brahmán, nos hallábamos cazando no lejos de aquí, cuando de repente mi perra Chatra Abshe ha desaparecido. Buscándola hemos llegado hasta aquí, donde hemos descubierto sus huellas. Te pido me la devuelvas.

Oyendo esto el anciano brahmán, se llenó de espanto y, temblando, dijo al rey:

–¡Oh mi señor! Nosotros nunca hemos visto un perro cazador. Y de haberlo visto, de ningún provecho nos hubiera sido retenerlo con nosotros. Gran rey, si no me creéis, podéis entrar en la casa y comprobarlo por vos mismo.

Irrumpieron entonces en la casa el rey con sus ministros y séquito, mas no encontraron a la perra por parte alguna. A quien sí hallaron, en uno de los cuartos, fue a la anciana mujer del brahmán.

El rey pensó: «Estos dos brahmanes, no hay duda que gozan de la protección del Gran Misericordioso, puesto que han alcanzado tan avanzada edad y han podido reunir todos estos bienes». Y en ese momento tuvo un acceso de piedad y la idea le vino de entregarse por entero al Buda. Si embargo, era tan fuerte el deseo de encontrar a su perra, que prosiguió la búsqueda por toda la casa. En esto dieron con una puerta cerrada con candado.

–¡Abre sin tardar esta puerta! –ordenó el rey a la anciana–. Miraremos dentro, no sea que hayáis escondido aquí a mi Chatra Abshe.

Abrió la anciana la puerta, no sin antes reiterarle al rey, con voz temblorosa, que ellos nunca habían visto a la perra. Y cuando el rey se precipitó en el interior del cuarto, lo que halló no fue a su perra, sino a una muchacha que más parecía kandroma celestial que no humana criatura. Viéndola el rey, se dijo: «La desaparición de Chatra Abshe y el hallazgo de sus huellas en la puerta de este brahmán, no hay duda que ha sido dispuesto por los dioses para que yo encontrara a esta bella muchacha».

Sacando luego un pasador de turquesa, lo prendió en el moño de la bella doncella y, vuelto hacia los brahmanes, les dijo:

–Cumple que esta vuestra hija se convierta en mi esposa. Dentro de tres días, cuando salga el sol, vendré a recogerla con todos los honores. Y no me digáis ni que se ha ido volando al cielo, ni metido bajo tierra, ni que la ha raptado un ser poderoso o comprado un rico mercader, ni robado un temible bandido. Si me decís algo parecido, despedíos de vuestras vidas. En cambio, si queréis riquezas, os daré cuantas me pidáis, y si queréis siervos, también; pero ¡debéis entregarme a vuestra hija!

Dicho esto, regresó con su séquito a Mandalakang.

Después que hubo partido el rey, Drowa Sangmó pensó: «¿Cómo podría yo ser esposa de un rey tan violento y cruel? Antes, la muerte». Mas luego se dio a reflexionar: «Si no consiento en casarme con él, podría escapar volando hasta el cielo, tal y como me previnieron las Cinco kandromas que podría hacer si me hallara en grande aprieto; mas entonces mis buenos padres quedarían a merced de ese desalmado, quien sin duda los mataría». Así que, finalmente, consintió.

A los tres días fue el rey, con sus lonpos y gentes, a recoger a Drowa Sangmó. Llegaron montados en caballos, elefantes, camellos, cargados de toda clase de objetos preciosos: oro, plata, vestidos, y joyas nunca imaginadas por humana criatura. Los dos brahmanes se atarearon en engalanar a su hija con los mejores vestidos y adornos, y pronto emprendieron el regreso a palacio. Montaba Drowa Sangmó un magnífico corcel llamado Thránag Tíngkar («Negro Halcón de Patas Blancas»); el que montaba el rey se llamaba Ngangpa phurche («Ánade de Mágico Vuelo»); y Yidsín («Adorable al Corazón») llamaban al que montaba el lonchen.

Llega la comitiva a la ciudad en ordenadas filas, y es recibida con gran alborozo, y estruendo de tambores y chirimías. En la gran explanada ante las puertas del palacio se celebra una solemne ceremonia y luego una gran fiesta. Finalmente la comitiva entra en palacio, donde se ofrece un espléndido banquete. Acabado éste, Drowa Sangmó hablando con el rey, le dice:

–En el humano mundo, no importa cuán grandes sean tus alegrías ni cuántas riquezas tengas, todo, todo, no es más que un sueño de primavera. Gran rey, bueno sería que tomarais refugio en la santa Doctrina del Buda.

El rey entonces convocó a sus lonpos y vasallos todos y les dijo:

–Consejeros míos, pueblo mío, mi dilecta Chatra Abshe se perdió días ha mientras estaba de cacería. Buscándola descubrimos sus huellas en la puerta de un brahmán. Allí fue donde hallé a Drowa Sangmó, de quien Chatra Abshe es más que probable no fuera sino una mágica manifestación. Ella cree en la santa Doctrina del Buda, de modo que desde hoy yo también me proclamo seguidor de ella. Ejemplo este mío que todos vosotros debéis imitar.

Desde ese día el pueblo de Mandalakang, vuelto a la fe del Buda, vivió en mayor felicidad y contento, y los años de gran prosperidad se sucedieron.

Drowa Sangmó se había acomodado en un apartado y tranquilo lugar de palacio, entregada a una constante y asidua práctica espiritual. No tardó en dar a luz a una princesa, a la que pusieron por nombre Küntu Sangmó; y tres años después a un príncipe, al que llamaron Küntu Legpa. Todos ellos, el rey, la reina y los príncipes vivían sumamente felices.

Un día dijo el rey a Drowa Sangmó:

–He visto ya todo cuanto tenía que ver en el mundo de los hombres, ahora holgaría bien entregarme a la práctica de la Doctrina. Tú también tienes ya un hijo y una hija, y podrías bien consagrarte por entero a la meditación. ¿Por qué no dejamos todo ordenado y preparado para que a nuestros hijos no les falte nunca nada, y nos retiramos luego los dos?

–Tus palabras son muy justas, mi querido gran rey –respondió Drowa Sangmó–. Nos retiraremos separadamente a meditar y practicar la Doctrina, que es algo harto más provechoso que recibir el homenaje de nuestros súbditos.

Y luego hicieron como habían convenido: se retiraron a sus respectivas casas de retiro y así pasaron varios años.

A todo esto, Hachang, una verdadera demonia, de perverso corazón, con quien el rey se había desposado en su juventud, tenía una esclava llamada Semarango («Cabeza de Púas»). Un día, Semarango subió a la terraza más alta del palacio y divisó a Drowa Sangmó y a sus dos hijos. «Malo, malo» se dijo. «Mi señora Hachang lo tiene todo perdido. El rey ha tomado una nueva esposa y ahora tiene de ella un heredero del trono y una princesa; y cuando case a ésta con otro príncipe, podrá extender sus dominios.» Corrió entonces a los aposentos de su señora y le refirió lo que había visto, así como sus propias consideraciones.

Imaginó Hachang que las palabras de su esclava no faltaban a la verdad, y subió a la alta azotea para ver por sí misma. En efecto, desde allí pudo contemplar el pabellón al que se había retirado Drowa Sangmó, llamado Templo de Droma, y la alcanzó a ver acompañada por sus dos hijos. Al punto Hachang ardió de celos, su rostro se tornó morado, y luego pronunció un terrible juramento:

–Mi nombre es Hachang, y soy vuestra enemiga jurada. Si hoy mismo no os devoro a los tres, madre e hijos, que sean los dioses protectores de este lugar los que me devoren a mí.

Y al decir esto, descubrió sus dientes y colmillos, que luego hizo rechinar tres veces, antes de volverse a sus aposentos.

Lo cual visto y oído por Drowa Sangmó, le trajo un antiguo recuerdo: «Tiempo ha las kandromas me predijeron que habría de sufrir mucho a manos de esta reina. He de irme sin tardar».

Al punto ordenó a Küntu Legpa que fuera junto a su padre, y luego apretando entre sus brazos a Küntu Sangmó, que semejaba una flor de loto en todo su esplendor, rompió a llorar.

–Hija mía, corazón mío –le dijo entre sollozos–, Hachang es una *sinmo* (demonia-ogresa) que va a venir a devorarnos. Si nos quedáramos aquí acabaríamos los tres dentro de su vientre. Hija mía, no puedo menos de partir y dejar tu suerte y la de tu hermano en manos de tu padre el rey, quien sin duda cuidará de vosotros. Yo ahora volaré al país de las kandromas.

Y, diciendo esto, gruesas lágrimas rodaron por sus mejillas, como cuentas de un rosario cuyo hilo se ha roto. Despojóse de sus ropas y de sus alhajas, que luego puso sobre el cuerpo de su hija y, acabando de hacerlo, cual fuerte golpe de viento, se perdió muy alto en el firmamento. Quiso seguirla su hija, también ella quiso volar, mas sólo pudo elevarse un par de varas sobre el suelo, y en seguida cayó a tierra. Volvió entonces a los aposentos de su madre, en medio de lastimero llanto. Fue como volver a un nido vacío, y allí esperó la princesa, sobre el lecho, el corazón desgarrado por la pena. Tristeza, infinita tristeza.

En esto regresa el príncipe, después de ver a su padre, y no encuentra a su madre, sino sólo a su hermana que llora desconsoladamente.

–¿Dónde está nuestra madre? –pregunta a su hermana–. ¿Por qué lloras de esa manera?

–Nuestra madre –le responde la princesa–, no ha tenido mas remedio que subir al cielo volando. Hemos de ir a decírselo a nuestro padre.

Van, pues, ante el rey y le refieren, entre lloros y suspiros, lo acontecido con su madre. Al oírlo el rey, presa de gran espanto, pierde el sentido, y sólo lo recupera cuando los lonpos y los sirvientes salpican su rostro con agua de sándalo.

Vuelto en sí, el rey, los ojos arrasados de lágrimas dice a los presentes:

–Las nuevas llegadas de lejos sólo son verdad a medias; he de ir en persona para cerciorarme.

Va al Templo de Droma, abre la puerta y lo halla vacío. Profundamente abatido, llora amargamente, y en ese momento, el príncipe se le acerca, se echa en sus brazos y, cubriendo de besos sus mejillas, le dice:

–Mi madre se ha ido volando, y afligirse de nada sirve. Mejor fuera, padre mío, que eleváramos plegarias.

Pareciéndole al rey muy puestas en razón aquellas palabras, toma luego de la mano a sus dos hijos y suben los tres al piso superior del templo, y allí comienzan a elevar plegarias.

Mientras esto ocurre en el Templo de Droma, Hachang reúne al consejo y dice ante todos:

–Bien sabéis que en su día, cuando el rey se desposó conmigo, prometió solemnemente no tomar otra esposa. Y todos habéis visto que, sin embargo, no ha cumplido su palabra. Se ha casado con Drowa Sangmó, y además durante todos estos años no ha venido a verme ni una sola vez. Y aun, y esto es lo más grave e imperdonable, ha obligado al país a abrazar una nueva fe, renegando de la religión de sus mayores. Ahora Drowa Sangmó se ha ido volando, pero ha dejado dos hijos. Es menester poner coto a este irresponsable comportamiento del rey.

Algunos traidores de entre los lonpos, deliberaron aparte y forjaron un plan para destronar al rey. Fueron a verle, con un brebaje preparado, y le dijeron:

–Gran rey, Drowa Sangmó ha volado al alto cielo, mas aún tenéis una amante esposa, y también un heredero, y una hija que podrá extender vuestros dominios cuando se case. No hay razón para que estéis afligido. Bebed un poco de este exquisito vino y disipad vuestra pena.

No sospechó el rey la treta, ni imaginó que la jarra pudiera contener un brebaje, siendo quienes se la ofrecían leales lonpos venidos a consolarle; de suerte que tomó en sus manos la jarra y bebió; bebió hasta apurarla toda.

Al poco tiempo el rey enloqueció. Empezó a dar brincos, a revolcarse por el suelo. Gritaba, llamaba a Drowa Sangmó con desaforadas voces. Sus ojos se quedaban fijos, perdidos en la lejanía. Ora cantaba, ora bailaba.

Fue entonces cuando Hachang convocó a los lonpos y al pueblo y dijo ante todos:

–El rey ha enloquecido. Ya no es capaz de gobernar el reino. ¡Enciérresele al punto en una mazmora!

Y despachó a su esclava Semarango para que vigilara estrechamente la mazmorra.

A todo esto, las gentes, viendo a su rey en aquel estado, juzgaron que no podía hacerse de otra manera, y así fue como Hachang, coludida con los ministros traidores, se hizo con el poder. Mas no tardó en decirse: «Una llama, si no se apaga cuando es pequeña, puede acabar consumiendo una montaña de leña tan alta como el monte Meru; una brecha en el dique, si no se cierra cuando es pequeña, puede acabar provocando una gran inundación que anegue el continente entero. Si no acabo con los hijos de Drowa Sangmó, ahora que son pequeños, cuando crezcan, no hay duda que no podré hacer frente a su venganza. Ahora bien, los lonpos rehusarán obedecerme si doy orden de que los maten. He de imaginar otra manera de acabar con ellos».

Unos días después, Hachang se fingió enferma. Dispuso un jergón en el suelo, bajo el cual colocó una piel de vaca; luego se embadurnó el cuerpo con apestosos sesos de buey, se pintó la mejilla derecha con polvo rojo y la izquierda con añil, y de esta guisa se tendió en el lecho. Después comenzó a lamentarse a grandes voces.

Al llegar la noticia a los lonpos, acudieron presurosos a su cabecera para interesarse por su salud. Viéndola en aquel estado, y entre lastimeros gemidos, dijeron:

–¡Oh reina! En estos tiempos la pesada carga del gobierno recae sobre vuestros hombros, puesto que los príncipes son aún pequeños. Vos sois la sola persona que tenemos en nuestros ojos y en nuestro pensamiento. Por remediar vuestro mal estamos prestos para hacer lo que sea menester, no importa lo que sea. Decídnoslo ya, que lo haremos sin dudar, como que el cielo está en lo alto...

Al oír Hachang este juramento, dijo pausadamente:

–Este mal mío es antiguo y muy grave, y no hay para él sino un solo remedio eficaz. Debéis traerme los corazones del príncipe y de la princesa; una vez me los haya comido, sanaré, os lo prometo. Mas esto, harto me temo que no consentiréis en hacerlo.

Ante aquellas terribles palabras, los lonpos se miraron con aire temeroso, mas, no tardando, se apresuraron a mostrar su lealtad:

–No dudéis que vuestros deseos serán cumplidos.

Entonces Hachang les dijo:

–Bien está –dijo entonces Hachang–; id presto en busca de los matarifes y traedlos a mi presencia.

Así hicieron, y cuando llegaron los dos matarifes, Hachang les dijo:

–Oidme bien los dos: id y matad a los dos príncipes, y luego traedme en seguida sus corazones aún calientes. Podéis contar con cualquier recompensa que me pidáis.

Fueron los matarifes a los aposentos donde se hallaban los dos príncipes, a los que hallaron jugando. Cuando el príncipe los vio llegar se llenó de espanto.

–Antes –les dijo–, cuando veníais, era para traernos buena carne de las reses que habíais sacrificado, y me ponía muy contento, pero hoy me hacéis sentir un gran temor. ¿Para qué habéis venido esta vez? En estos últimos días todos los lonpos obedecen a Hachang, y tengo miedo de que os haya enviado para matarnos.

Como los dos no replicaran, el príncipe prosiguió:

–Ni mi hermana ni yo hemos hecho nada malo, si nos matarais sin motivo ni razón, ¿acaso no os sentiríais mal en vuestro corazón? Pensadlo bien, os lo suplico.

Y diciendo esto, gruesas lágrimas rodaron por sus mejillas.

El más joven de los dos matarifes, sintió una gran compasión, y dijo al mayor:

–Antes, cuando estaba Drowa Sangmó, ni sus sombras nos atrevíamos a pisar. ¿Cómo seríamos capaces de matarlos ahora? Mejor fuera dejarlos marchar. Mataremos a dos de los perros que hay en la puerta posterior del palacio, y le llevaremos a Hachang sus corazones. ¿Qué te parece, hermano?

Persuadido el mayor por las razones de su hermano, y después de concertarse, dijeron a los príncipes:

–Luego que nos hayamos partido, por nada del mundo salgáis al jardín a jugar. Si os viera la reina, ya nadie ni nada podría salvaros la vida. ¡No lo olvidéis!

Hicieron los dos matarifes tal como habían planeado, y luego de entregar a Hachang dos corazones de perro, se volvieron a su casa.

La reina, sin sospechar que eran corazones de perro, les puso un poco de sal y se los comió en un par de bocados. Luego, lavándose el rostro se quitó la pintura que la hacía parecer enferma, y dio señal de haber recobrado la salud de pronto.

Los principitos, niños al fin y al cabo, no pasando muchos días olvidaron la recomendación de los matarifes y salieron a jugar al jardín. Casualmente la reina, que acostumbraba subir todos los días a la terraza de palacio a solazarse, los vio mientras paseaba. Al punto fue tomada de una infinita furia, y dijo con rabia:

–Así que los matarifes no mataron a esos dos bichitos. Ahí los tienes jugando en el jardín. Y a no dudar que los lonpos les siguen teniendo afecto. ¡Pues ahora verás!

Y al igual que la vez anterior se fingió enferma, dispuso un jergón con una piel de vaca, se embadurnó el cuerpo con apestosos sesos de buey, se pintó la mejilla derecha con polvo rojo y la izquierda con añil, se tendió en el lecho y comenzó a lamentarse a grandes voces.

Al llegar la noticia a los lonpos, de nuevo acudieron presurosos a su cabecera para interesarse por su salud.

–¡Oh reina! –le dijeron–. Ya os dijimos la vez anterior que en estos tiempos la pesada carga del gobierno recae sobre vuestros reales hombros, puesto que los príncipes son aún pequeños. Os reiteramos que vos sois la sola persona que tenemos en nuestros ojos y en nuestro pensamiento. Por remediar este vuestro nuevo mal estamos prestos para hacer lo que sea menester, no importa lo que sea. Decídnoslo ya, que lo haremos sin dudar, como que el cielo está en lo alto.

A estas palabras la reina Hachang dijo:

–Este mal mío es, ya os lo tengo dicho, antiguo y muy grave, y no hay para él sino un solo remedio eficaz. El príncipe y la princesa han de morir, sólo así podré recobrar la salud. ¿Estáis dispuestos a ayudarme?

–No dudéis que vuestros deseos serán cumplidos –respondieron a una sola voz.

–Siendo así –dijo entonces Hachang–, id presto en busca de dos pescadores y traedlos a mi presencia.

Así hicieron, y cuando llegaron los dos pescadores, Hachang les dijo:

–Oidme bien los dos: id por el príncipe y la princesa y arrojadlos al lago desde el acantilado. Si hacéis lo que os digo, podéis contar con cualquier recompensa que me pidáis.

Lléganse los pescadores a los aposentos donde se hallan los dos príncipes, y éstos al ver su ceñudo semblante, comienzan a llorar, suplicando a los pescadores les perdonen la vida.

–Esta vez no os han de valer vuestros llantos –responden los pescadores–; no nos dejaremos conmover y engañar como los matarifes.

Luego los atan sin contemplaciones, como se ataría a un enemigo, y los sacan de la ciudad por la puerta grande, donde la muchedumbre, arremolinada, no cesa de lanzar gritos de compasión. ¡Qué lástima! Son como flores matadas por la escarcha antes de haber podido servir de ofrenda, en el templo, al señor Buda.

Mas nadie, pese a tanta compasión, osa salir en su ayuda, pues infinito es su temor a la reina.

Habiendo llegado al borde del lago, dice el príncipe a su hermana:

–Hermanita, mira los patitos del lago. El que nada delante es el padre, que los guía; detrás va la madre, y los patitos en medio, protegidos, tan dichosos. ¡Qué suerte la suya y no la nuestra! ¡Cuánto holgara yo ser patito, y no príncipe! ¡Mamá!, ¿por qué no vienes a salvar a tus dos hijitos?

Y los dos lloran, verdaderos paños de lágrimas el uno para el otro. Mas los pescadores, insensibles, no se conmueven, y despojan a los niños de toda su ropa y adornos. El menor de los pescadores agarra al príncipe, lo pone sobre sus hombros y cuando se dispone a arrojarlo al lago, el principito le dice:

–Antes de morir, te suplico, permíteme hacer una breve plegaria.

–Te dejaré que hagas una plegaria de buenos deseos –le dice el pescador–, pero no que pronuncies maldición alguna.

–¿Cómo podría yo pronunciar una maldición? –replica el príncipe–. Lo que ahora me sucede, este espantoso final, es el resultado de mi mal karma de anteriores existencias.

Y luego eleva una plegaria. Una plegaria que acaba conmoviendo al pescador más joven.

–Para mí –le dice al otro–, que debiéramos hacer méritos dejándolos en libertad. En cuanto a nosotros, no regresaremos, sino que nos iremos a algún alejado lugar donde podamos ganarnos la vida.

El mayor, también conmovido, está de acuerdo. Les devuelven sus ropas y adornos, diciéndoles que no pueden quedarse en Mandalakang si quieren conservar la vida, y que, para salvarse, huyan hacia las tierras del este de la India, donde florece la Doctrina del Buda.

Aléjanse luego, a toda prisa, los pescadores, y los dos hermanitos se quedan solos, cual corderitos perdidos en un tupido bosque. No conociendo el camino, sólo caminan hacia el este. Caminan un día y otro día, jornada tras jornada, hasta llegar a un espeso bosque. Cuando penetran en él, la vista no alcanza a divisar más alla de dos pasos. Están ya muertos de hambre y de sed, y con un gran miedo de las serpientes venenosas y de las fieras salvajes. Comen unas pocas frutas para calmar el hambre y prosiguen su camino.

Mas, a todo esto, Hachang, quien como bruja que era, dominaba poderosas artes mágicas, alcanzó a divisarlos desde la terraza de palacio, y al punto ordenó a sus gentes:

–Formad un nutrido grupo de jinetes que salga en persecución del príncipe y de la princesa. Cuando los hayáis dado alcance, amarradlos bien y traédmelos de vuelta.

Partió el grupo al galope y, fustigando sin tregua a sus corceles y sin darles respiro, acabaron por alcanzar a los niños. Cuando llegaron cerca, usaron de un ardid para apoderarse de ellos sin que opusieran resistencia:

–Vuestro padre el rey ha salido de su prisión y vuestra madre ha vuelto del cielo, los dos están ansiosos por veros, pues sois los dos tesoros de su corazón. Deteneos, pues; no tenéis por qué seguir huyendo. Retornad con nosotros a palacio.

Fiando de tales razones, que juzgaron ser verdaderas, los niños se detuvieron en su huida. Aprovecharon entonces los perseguidores para arrojarse sobre ellos, como el lobo sobre la oveja, o el águila sobre la liebre, y los llevaron de vuelta a Mandalakang.

Viéndolos llegar, Hachang, ardiendo de furia, hizo rechinar los dientes y luego gritó con voces desaforadas:

–¡Oíd bien, pareja de animalillos! Me llamo Hachang, y haciendo honor a mi nombre, hoy vais a saber lo terrible que soy.

Y, dicho esto, ordenó que los encerraran en una mazmorra y que no les dieran a beber ni una gota de agua.

Al día siguiente entregó a los niños a dos cazadores[67].

–Llevadlos a un precipicio y despeñadlos –les ordenó.

Al día siguiente los cazadores llevaron a cuestas a los niños hasta una montaña, y cuando el menor de los dos cazadores se aprestaba a lanzar al príncipe al abismo, la princesita le suplicó:

–Señor cazador, permitid que sea yo la primera en ser arrojada al precipicio.

Y, dicho esto, comenzó a recitar una plegaria. Al oírla, el cazador mayor sintió que se le conmovían las entrañas y, los ojos húmedos, persuadió a su hermano para que liberara a los niños. A lo que el cazador menor dijo:

–Yo no me cuido de si algo está bien o está mal –replicó el menor–. Si tú no quieres tirarlos, los arrojaré yo.

–Si tú no quieres perdonarles la vida y dejarlos libres –dijo entonces el cazador mayor–, yo haré lo que me plazca con la niña, cuya muerte se me ha confiado, y en lo que tú no tienes nada que decir.

Dicho lo cual, desató a la princesita y la dejó en libertad. No así su hermano, el cazador menor, quien sin pensárselo dos veces, cogió al príncipe en brazos y lo arrojó por el acantilado.

Mas el destino lo había dispuesto de otra manera, pues en ese mismo momento y lugar Drowa Sangmó había tomado la forma de un gran águila y pudo recoger al niño entre sus alas al final de la caída, con lo que impidió que se estrellara contra las rocas. Después, fue un papagayo el que guió al príncipe en su camino de vuelta a lo alto del precipicio.

–Mi país –dijo el papagayo hablando con el príncipe– es el País del Loto, y todos somos fervientes seguidores de la Doctrina del Buda. Mas hace tiempo que se ha interrumpido el linaje de nuestros monarcas, pues el último murió sin descendencia. ¿Por qué no vienes conmigo para ser nuestro rey?

–¿Acaso puedo ser vuestro rey? –preguntó admirado el príncipe–. ¿Acaso mis capacidades y talento alcanzan para serlo?

Entonces el papagayo se prosternó cuatro veces en la dirección de los cuatro puntos cardinales, y el príncipe con él. Luego, juntando las palmas de las manos, elevaron una plegaria. En ese mismo momento descendieron lentamente del cielo una túnica de color amarillo como la grulla, un cinturón engastado con toda suerte de gemas, dos babuchas y un turbante. El papagayo ayudó al príncipe a vestirse, calzarse y tocarse con aquellas prendas, y luego voló raudo hasta la casa de un santo brahmán.

–Sin duda ya sabéis, venerable y santo brahmán –le dijo el papagayo–, que el linaje real de mi tierra, el País del Loto, se ha extinguido desde hace tiempo. Pues bien, acabo de hallar al pie de un árbol de sándalo a un príncipe, un dios descendido del cielo. Si pudiera persuadirle para que consintiera en ser rey de mi país, ¡de cuánto provecho nos sería!

Luego de oír estas palabras, el santo brahmán se alegró infinito, tanto que, aun olvidándose de su bastón, se apresuró a llegar al País del Loto, donde proclamó a grandes voces:

–¡Gentes del País del Loto, una gran dicha está a punto de venir sobre nosotros! En estos momentos un príncipe, un dios que ha descendido del cielo, se encuentra bajo un sándalo; un papagayo prodigioso ha venido a darme la buena nueva, corramos en su busca y hagámoslo nuestro rey.

Oyeron las gentes el mensaje del santo brahmán y, en medio de un gran alborozo, corrieron a recibir al nuevo rey. Lo trajeron en procesión sobre un magnífico corcel, silla de oro y bridas de jade, parasoles de seda y brocado, en medio del estruendo de grandes tambores y largas trompetas. Ya en la ciudad, el príncipe se convirtió en el nuevo rey del País del Loto, y sus súbditos vivieron aún más felices.

En cuanto a la princesita, el cazador que la liberó, antes de partirse, le aconsejó que, cruzando las montañas, se encaminara al País del Loto, para luego seguir hasta el este de la India.

Antes de alejarse del lugar, la princesita bajó al fondo del precipicio en busca del cadáver de su hermano, mas no lo halló. Caminó entonces, como una vagabunda, hasta el País del Loto. Cuando llegó, roto el vestido y en lamentable estado, su aspecto era el de una pordiosera.

En esos días, su hermano, ya rey del país, había dado orden de repartir muchas limosnas, en honor y reverencia de las Tres Joyas[68], y los mendigos del país acudían a palacio a recoger su parte. Mezclada entre ellos se acercó la princesa y, pese a su lamentable aspecto, el rey la reconoció. No hay para qué decir cuán inmensa fue la alegría de ambos hermanos al volverse a encontrar. Desde ese día vivieron juntos en gran dicha y contento.

Sin embargo, no pasó mucho sin que la noticia llegara a oídos de Hachang, quien en seguida hizo tocar los grandes tambores y las largas trompetas, que hasta entonces nunca habían sonado, para convocar a todos los súbditos de Mandalakang. Una vez reunidos, así les habló:

–Esos dos bichos gobiernan hoy en el País del Loto, lo cual no sólo no aprovecha a Mandalakang, sino que aun es una temible amenaza. Mañana mismo, con las primeras luces, partiremos todos en campaña y los aniquilaremos.

Al día siguiente, un gran ejército se había reunido en la capital de Mandalakang. Hachang vistió su coraza y se tocó con un yelmo. Un arco en la mano, montó su caballo negro y luego sus dientes rechinaron por tres veces. Los malos lonpos contentos sobremanera, los buenos apesadumbrados, mas impotentes, todos partieron hacia el País del Loto.

Supieron del ataque las gentes del País del Loto, y corrieron luego a reunirse ante el palacio. Salió el nuevo rey y habló a la multitud:

–El enemigo que nos ataca es Hachang. Ella es mi enemiga jurada. Hoy conduciré personalmente el ejército y saldremos a su encuentro. Si hoy no logramos arrancarle el corazón, ese demonio en forma de mujer llevará a la perdición al mundo entero.

Oyendo las palabras de su rey, todos tuvieron gran confianza en alguien tan valiente pese a su juventud. Y así, montado en un veloz corcel, condujo a su ejército a la batalla.

Cuando ambos ejércitos estuvieron enfrente uno de otro, Hachang alcanzó a ver al al príncipe, y luego al punto puso la flecha en el arco y, desenvainando su espada, gritó con desgarrada voz:

–Cuando un hombre muere, acaba en la boca de Shinje, Señor de la Muerte; cuando es un insecto el que muere, acaba devorado por las hormigas. Hoy tú vas a morir y acabarás en mi boca. Si no te devoro hoy mismo, dejaré de llamarme Dümó («demonia»).

Y habiendo dicho esto, se lanzó al ataque descubriendo sus colmillos amenazadores. El príncipe apuntó a su corazón y disparó una certera flecha, que derribó a Hachang del caballo. Galopó hasta ella el príncipe, desmontó del caballo y puso el pie sobre el cuerpo de Hachang, tendido en el suelo.

–¡Qué! ¿No me reconoces? ¿No ves que soy Küntu Legpa?

Hachang torció el gesto, y suplicó:

–Gran rey, sé que eres un buda, perdóname y déjame vivir. Seré en adelante para tí una buena madre, y tú serás mi hijo. Volvamos a Mandalakang donde gobernarás como único rey, y que tu hermana quede aquí, en el País del Loto, como reina. En todo caso, ¡perdóname la vida!

A mi madre –replicó el príncipe– la perseguiste hasta forzarla a huir volando; a mi padre lo hiciste volverse loco; a mi hermana y a mí nos quisiste matar, primero a manos de unos matarifes, luego a manos de unos pescadores y por último a manos de unos cazadores. ¿Acaso podría olvidar todo eso? ¿Podría acaso dejarte con vida y libre, sin más?

Y dicho esto, arremetió contra el cuerpo derribado y de un lado y otro, a golpes de espada, lanza y flecha, acabó haciéndola picadillo. Luego, allí mismo cavaron una fosa muy profunda donde arrojaron los restos. Después de rellenar con tierra la fosa, levantaron un chorten encima. Finalmente el príncipe proclamó:

–Antes de que se difundiera la santa Doctrina del Buda, en el mundo florecía la doctrina de los demonios; ahora, difundida la santa Doctrina del Buda, los seres todos pueden gozar de gran dicha y prosperidad.

De regreso luego a Mandalakang, el rey Küntu Legpa liberó a su padre, desterró al desierto a Semarango, la esclava de Hachang, y ordenó buscar a los dos matarifes, a los dos pescadores y a los dos cazadores, a los que, una vez hallados, nombró lonpos. Kala Wangpo recuperó el trono de Mandalakang, y su hijo volvió al País del Loto. Luego los dos reinos se reunieron en uno solo: el reino del Gran Misericordioso, y ambos reyes gobernaron conforme a la santa Doctrina.

Al cabo de muchos años, el rey Kala Wangpo murió y fue al Oeste, al Paraíso de las Kandromas; y muchos años después, Küntu Legpa, convertido en un loto blanco, se absorbió en el corazón del Gran Misericordioso.

Suguiñima («Sol encarnado»)

En los remotos tiempos, en un país de la India llamado Semguilodro («sabiduría de la mente») había un grande y espeso bosque, poblado de fieras salvajes, donde raramente penetraban los hombres. En lo más profundo de este bosque vivía un anacoreta, entregado a la práctica espiritual. Cierto día el ermitaño fue a la orilla del río para lavar su túnica blanca, ya sucia. Quiso el destino que una cierva que estaba bebiendo aguas abajo, se tragara la suciedad de la túnica que había arrastrado la corriente. Se tragó la suciedad, y quedó luego preñada. Desde ese día la cierva no se alejó del lugar, sino que se quedó pastando en la vecindad del ermitaño. Éste la cuidaba y la trataba con mucho cariño. Al cabo de diez meses, un día en que el suelo del bosque estaba cubierto de flores y de abundante y espesa yerba, apareció en el cielo un arco iris y, en medio de melodiosos sones, comenzó a caer una lluvia de rosas. En ese preciso momento la cierva parió una niña, bella como una diosa. Viéndola, el ermitaño se llenó de contento y la crió con grandísimo amor y cariño. Púsole de nombre Suguiñima («Sol Encarnado»).

El rey de Semguilodro se llamaba Dawa Depön («Caudillo de Luna»); la reina, Lhe Pamo («Gloria de los Dioses»); el hijo mayor, Dawa Sengue («León de Luna») y una hija, Dawa Shönnu («Joven Luna»). Todos eran seguidores de la otra religión (el culto de Brahma). Era un reino muy rico, con treinta y seis mil pueblos, y noventa y cinco mil era el número de sus graneros y almacenes.

Incluso las tejas del palacio eran de oro, y desde muy lejos se las podía divisar, brillantes, espléndidas. En el reino había caballos que subían al cielo, hipopótamos que podían bajar al fondo del mar, elefantes domesticados y vacas divinas de gran precio. Incluso había un loro que hablaba y conocía el pasado y el porvenir. En una palabra, opulento y próspero, de nada carecía aquel país.

Un día, el rey convocó a sus lonpos y les dijo:

–En las montañas nevadas el león acaba pereciendo en una gran tormenta; en el espeso bosque el tigre acaba pereciendo bajo las armas afiladas de los cazadores. Y también yo, Dawa Depön, acabaré encontrando lo que es inevitable. Así pues, es mi intención abdicar el trono, y quisiera me dijerais a cuál de mis hijos juzgáis más digno de sucederme.

A lo que los lonpos no dudaron en responder al unísono:

–Dawa Sengue, vuestro primogénito es sin dudar, gran rey, el más digno de sucederos en el trono. Es inteligente y compasivo, conoce bien el corazón de sus súbditos. Todos lo apoyaremos si lo nombráis nuestro rey.

Así se decidió, y el día de la coronación todo el pueblo acudió para participar en la ceremonia y felicitar al nuevo rey. Sonaron caracolas y trompetas, y la fiesta y el alborozo fueron grandes como nunca.

Luego de ascender al trono, Dawa Sengue, siguiendo las instrucciones de su progenitor, fue a presentar ofrendas a Brahma, dios supremo de su religión.

Cuando volvía a palacio tras las ofrendas, halló en el camino a una joven bellísima. Al verla, el joven rey sintió que la emoción nublaba sus ojos y aceleraba los latidos de su corazón. No pudiendo contenerse, se adelantó hasta la muchacha y le dijo:

–Bella mocita, ¿eres acaso hija de un dios?, ¿o lo eres de un dragón?, ¿o acaso de humano ser? Si aún no has entrado en religión, holgaría hacer de tí la compañera de mi vida.

–¡Oh noble y poderoso rey! –le respondió–. Soy una pobre huérfana, de suerte que si me hicierais vuestra esclava, ¡cuán grande, si no infinita, sería mi dicha!

Uno de los lonpos del rey, de nombre Abonagué («amo negro»), se percató en seguida de que aquella muchacha era mujer de baja condición, y con temor de que en el futuro pudiera extraviar a Dawa Sengue y perjudicar al pueblo, se adelantó a prevenir al rey:

–Mi venerado gran rey, ¿acaso puede compararse el latón con el oro?, ¿o un pequeño ratón medirse con un elefante?, ¿cómo podría ser esposa de un rey alguien de quien se desconoce el origen?

Mas el rey, haciendo oídos sordos a las palabras de su lonpo, ayudó a la bella muchacha a subir en la grupa de su caballo y juntos cabalgaron hasta palacio.

Desde ese día comenzaron a manifestarse en el reino toda una serie de malos presagios, que pusieron un gran temor en el corazón de las gentes. Incluso el papagayo adivino en más de una ocasión previno al rey para que alejara a aquella mujer, manifestación demoníaca. Mas el rey seguía hechizado por ella, y no atendió a ninguna de tantas y tan sinceras razones, de modo que al final todos acabaron por resignarse y esperar acontecimientos.

Tenía el rey un gran parque, y un cazador lo guardaba. Ese día, al entrar el cazador en el parque, descubrió a varios jabalíes que estaban haciendo estragos entre las flores y las plantas. Presa de gran furia, tomó su arco y su carcaj y se fue hacia ellos. Viéndole venir, los jabalíes escaparon corriendo, perseguidos por el cazador. A punto éste de dar alcance a un gran macho, apareció de pronto un gamo. Abandonó entonces el cazador la persecución del jabalí y empezó a perseguir al gamo. Al cabo de un buen rato, en medio de la persecución del gamo, apareció un gran ciervo y, como antes, dejó de perseguir a uno para pasar a perseguir al otro. A punto ya de dar alcance al ciervo, puso una flecha en el arco y lanzó un certero disparo. Dio de lleno la flecha en el ciervo, mas éste no cayó por tierra, antes aceleró su carrera. No por ello abandonó el cazador la persecución, y continuó corriendo detrás del ciervo. A todo esto, se había alejado mucho del palacio, y ahora el ciervo se había metido en un denso bosque, y tras él el cazador. Se había hecho de noche, estaba perdido sin ver camino por parte alguna, y después de tanta fatiga no había cobrado ninguna pieza. Agotado, se subió a un árbol, se sujetó bien a la rama y se quedó dormido.

Cuando se despertó por la mañana, bajó del árbol y buscó el camino de vuelta. Mas no fue capaz de encontrarlo por mucho que buscó. Como además no se veía ni sombra de humana criatura, tampoco podía preguntar a nadie. Luego de caminar un buen espacio de tiempo, de pronto se halló a orillas de un pequeño lago, de aguas tan limpias y calmas como un espejo, y descubrió huellas de alguien que parecía haber ido a coger agua con un cántaro. Dijo para sí el cazador: «A todas luces por aquí debe de vivir alguien. Esperaré que venga y le preguntaré por el camino».

Al poco rato vio venir a lo lejos una joven, bella como una diosa, de movimientos suaves y ligeros cual golondrina, tierna como una flor, de aspecto compasivo como el Gran Misericordioso. Traía la muchacha en la diestra mano un cazo de plata, y una vasija de oro en la izquierda. Cuando llegó cerca, fue hasta ella el cazador y le preguntó:

–Hermosa niña, que más pareces diosa, soy el guardián del parque del rey Dawa Sengue. Ayer me extravié cuando perseguía a unos animales salvajes. Apiádate de mí, te ruego, y muéstrame el camino de vuelta al palacio de mi rey.

La muchacha le dio un puñado de yerba *kusa* («Yerba de buen agüero»), y le dijo:

–Con esta yerba, ahora no os será difícil hallar el camino de vuelta, a lo largo del cual no olvidéis irla esparciendo.

Así hizo y con ese talismán pudo volver al palacio. Nada más llegar, el cazador fue a ver al rey para informarle de lo acaecido. En ese momento el rey se estaba divirtiendo con sus quinientas esposas y, temiendo no fuera a provocar el enojo y envidia de éstas, sobre todo de la esposa hechicera, no juzgó oportuno hablar al rey de forma directa, así que lo hizo mediante una adivinanza.

–Mi noble y poderoso señor, habiendo llegado a un tupido bosque, oí de pronto una melodiosa voz que así decía en su canción: «En el palacio del rey hay mil fuentes maravillosas, por las que nadan pececitos de oro; y en la trenza de cada fuente, un agujero de cobre; si en cada uno de los agujeros hundo un clavo de hierro, la "presea que hace realidad todos los deseos" caerá en manos del rey, cuya vida estará segura y hará prosperar el reino». ¿No pensáis, mi noble rey, que es ésta una excelente nueva?

Las esposas, pese a no haber comprendido el mensaje, se llenaron de contento oyendo aquella que parecía ser una excelente noticia. No así el rey, quien dijo entre sí: «El cazador ha hablado en forma de adivinanza, de eso no cabe duda. Las fuentes son mis esposas y los peces, su artificiosa conducta; los agujeros me dan a entender que no debo confiar en ellas, y los clavos, que tampoco deben oír. En cuanto a la presea, es símbolo y señal de la llegada a palacio de una princesa pura. Creo haber comprendido».

Y llevando luego aparte al cazador, le dijo que le declarara su relato.

Así hizo el cazador y, al oírlo, determinó el rey que ambos partirían en secreto en busca de la muchacha del lago.

Siguiendo, pues, el camino marcado por las yerbas que el cazador había ido esparciendo en su camino de vuelta, corrieron y corrieron ansiosos y así llegaron, jadeantes, a la orilla del lago, donde el cazador había estado la víspera.

Se quedaron esperando y efectivamente, al rato, apareció la muchacha. El rey, después de observarla detenidamente, hubo de reconocer que jamás había visto semejante belleza, comparada con la cual sus esposas todas no eran más que puro estiércol.

Llegóse el rey junto a ella, y le habló de esta manera:

–Hermosa niña, bella como una diosa, soy el rey Dawa Sengue. Apenas te he visto, he quedado prendado de ti, y mi corazón cautivo, ya no podría apartarme de tu lado.

Al oír tales palabras, la muchacha, cual cervatillo a la vista de un cazador, salió corriendo y desapareció como el humo en el cielo. No pudiendo hacer nada, el rey y el cazador se subieron a un árbol para pasar la noche a resguardo. Al día siguiente, cuando la muchacha fue por agua, tornó el rey a acercarse a ella y le habló así:

–Ángel del bosque, si consientes en ser mi esposa, vendrás conmigo y vivirás en un palacio lleno de comodidades y alegría, vestirás sedas y rasos, comerás manjares exquisitos, beberás verdadero néctar, verás coloridas danzas, oirás cantos melodiosos, no hay en el mundo de los hombres nadie más rico y magnífico que yo. Bella niña, ¿acaso aún no deseas venir conmigo?

A todas estas razones, la muchacha había prestado oído, mas sin responder palabra. Silenciosa oyó, en silencio llenó su cántaro de agua, y, como la víspera, desapareció volando.

Esta vez el rey y el cazador siguieron las huellas de la muchacha y así fue como llegaron ante una choza, donde hallaron a un anacoreta entregado a la meditación. Se apresuró el rey a saludarle prosternándose ante él, y luego le refirió puntualmente el motivo de su llegada, y le solicitó sus buenos oficios para convencer a la muchacha. Entonces, el anacoreta le dijo:

–La muchacha que habéis encontrado es sin duda Suguiñima, mi hija adoptiva. Es la manifestación de una deidad, encarnada en el vientre de una cierva. Si es tu deseo, oh rey, hacerla tu esposa y llevarla a tu palacio, no es asunto de gran dificultad. Basta con que abandones la errada doctrina que has seguido hasta ahora y tomes refugio en la santa Doctrina del Buda. Si así haces, te podrás casar con ella.

Al oír aquellas palabras el rey, no cabiendo en sí de contento, se prosternó ante el anacoreta y golpeó repetidamente el suelo con la frente. Prometió recompensarle con quinientas piezas de oro, y manifestó su voluntad de renunciar en ese mismo punto y hora a sus anteriores creencias, y tomar refugio en la Doctrina del Buda.

Por su lado, el anacoreta llamó aparte a Suguiñima, y le hizo la siguiente recomendación:

–Hija mía, el que ahora vayas a ser reina, y así puedas difundir la santa Doctrina, es resultado de tu karma, acumulado en anteriores vidas. En adelante encontrarás malas gentes que tratarán de hacerte daño, toma este collar de perlas y él te protegerá de toda clase de mal, venga de los hombres o de los demonios. Deberás tener cuidado de llevarlo siempre contigo, y no revelar el secreto a nadie, ni siquiera a tu esposo, y así vivirás feliz hasta el final de tus días.

Volvió, pues, el rey a palacio acompañado de Suguiñima, y la tomó por su esposa primera. Como la amaba sobremanera, ya no hacía caso de las demás.

Era Suguiñima persona de gran honestidad, trato agradable, corazón puro y palabras dulces, por lo que en seguida se ganó el amor y respeto de todos los lonpos y vasallos del reino. Pero no así el de las muchas esposas del rey, en las que se despertaron unos terribles celos y una envidia exacerbada. Sobre todo en la anterior favorita, la muchacha de mala casta, cuyo odio hacia Suguiñima se fue haciendo más profundo con el paso de los días. Las esposas del rey se reunían en secreto a menudo y deliberaban para hallar la mejor manera de hacer el mayor daño a Suguiñima. La anterior favorita era quien llevaba la voz cantante en aquella malévola confabulación.

Vivía por entonces en el reino una maga llamada Yamagande, muy hábil en toda suerte de hechicerías y encantamientos. Acostumbraba recorrer las calles de la ciudad, cantando y bailando, y tocaba toda clase de instrumentos, cítaras, chirimías, tamboriles, y demás, y no había arte ni truco que no supiera hacer. De su mano habían salido innumerables fechorías. Habiendo sabido de ella las esposas y concubinas del rey, y considerando que con ella habían hallado un verdadero tesoro, la llamaron para que fuera en secreto a palacio y la estuvieron obsequiando y agasajando durante un tiempo, y al final acabaron proponiéndole que se diera traza de perder a Suguiñima. No titubeó la maga ni un instante y, dándose palmadas en el pecho, les hizo solemne promesa de que pondría en sus manos la vida de Suguiñima.

Tomó, pues, Yamagande la hechicera sus instrumentos musicales, y empezó a cantar y bailar delante de la puerta de palacio. Oyóla el rey y dio orden de que la hicieran entrar para que actuara ante él. Desplegó entonces Yamagande todo lo mejor de su talento y habilidades y, danzando y cantando, llevó al rey al máximo del contento. Luego el rey dispuso que Yamagande entrara al servicio de Suguiñima. Cuando la hechicera estuvo en presencia de Suguiñima, desplegó con gran habilidad su lengua de serpiente y, hablando a Suguiñima con gran elocuencia y arte, logró engañarla y ganarse su entera confianza. Esa misma noche, se llegó en secreto a los aposentos de Suguiñima y los llenó de malignos conjuros, fetiches y toda suerte de venenos. De modo y manera que si Suguiñima no llegara a morir, habría de volverse loca, y si no loca, cuando menos caería gravemente enferma.

Cuando a la mañana siguiente fue a ver el estado en que se hallaba Suguiñima, su sorpresa fue mayúscula: presentaba tan inmejorable aspecto, saludable y feliz, como la víspera. Con ello, Yamagande había quedado desprestigiada ante las esposas del rey, y entonces, pese a la rabia y a la inquietud que sentía en su interior, no pudo menos de volver junto a Suguiñima y reanudar su sosegado trato con ella.

–Es menester que os prevenga, mi señora –le dijo–. ¡En este palacio debéis andar con mucho cuidado! Hay personas que os envidian profundamente, que tienen celos de vos, y que no dejarán de buscar el medio de haceros daño, ¡aunque no a las claras, por supuesto!

Suguiñima, conmovida y agradecida por aquel aviso, y sin sombra de sospecha, le reveló imprudentemente su secreto:

–Querida amiga mía, mucho os agradezco que os cuidéis de mí de esa manera. Mas algo os he de decir: nada temo las asechanzas de no importa quién, ¡pues tengo un poderoso talismán, un collar de perlas que me protege!

–Ese collar vuestro es una grandísima bendición. Sin duda que en vuestras vidas anteriores habéis acumulado mucho mérito para gozar de su posesión en esta existencia; es con toda certeza el resultado de vuestro buen karma. ¿No podríais mostrármelo para que lo reverencie y obtenga de él una bendición? Con ello no dejaríais de ganar mérito.

Sin sospechar nada, Suguiñima se quitó el collar del cuello y se lo entregó a Yamagande quien, mostrando gran reverencia, lo tomó en sus manos y se lo llevó tres veces a la frente, diciendo: «Bendice mi cuerpo»; tres veces a la garganta, diciendo: «Bendice mi palabra», tres veces al pecho: «Bendice mi espíritu»; y finalmente, tres veces a la axila, diciendo: «Bendíceme, para que posea todas las virtudes».

Mientras esto hacía y decía iba observando con todo cuidado el collar, su longitud, el tamaño y color de las perlas, y demás detalles.

Corrió luego a donde las otras esposas del rey y les dijo que trajeran en seguida perlas tales y cuales con que fabricar un collar.

Volvió al día siguiente junto a Suguiñima, llevando consigo el falso collar, y, recurriendo a sus artes seductivas, consiguió de la joven una vez más el collar para elevar una plegaria.

Sus muestras de fingida devoción lograron engañar a Suguiñima, y esta vez, cuando por cuarta vez llevó el collar a su axila, lo sustituyó por el falso, que era del verdadero una perfecta imitación.

Al mismo tiempo, esparció con gran disimulo por toda la habitación unas drogas que había preparado y que más tarde, al hacer efecto, sumieron a Suguiñima en un profundísimo sueño.

Entrada la noche, Yamagande fue al cementerio y desenterró un cadáver, que luego llevó a hombros hasta el aposento de Suguiñima. Allí lo descuartizó, colocó las vísceras junto a la almohada de Suguiñima, y después embadurnó el rostro, boca y manos de la durmiente con la sangre del cadáver. Acabado esto, se deslizó silenciosamente y volvió a su cuarto. En profundo sueño, Suguiñima no se percató de nada.

Al día siguiente, el rey, inquieto al no ver a Suguiñima, imaginó que estaría enferma y se llegó a sus aposentos. El sangriento espectáculo que vio lo dejó anonadado, horrorizado. Advirtiendo la sangre que cubría el rostro y salía de la boca de Suguiñima, montó en grandísma cólera y gritó con voces desaforadas:

–Creía que eras una diosa, ahora veo que eres un demonio, así que ¡te haré volver al lugar de donde has venido!

Desenvainó su alfanje y, cuando se disponía a descargar sobre la dormida Suguiñima un terrible golpe, llegó volando el papagayo sabio, que gritó con estridente voz:

–¡No obres a la ligera, no obres a la ligera!

–¿Qué no obre a la ligera? –gritó el rey–. ¿Llamas tú obrar a la ligera matar a un demonio?

–Permíteme que te refiera un cuento, oh rey –le dijo pausadamente el papagayo–, y óyelo con mucha atención. Hubo en otro tiempo un cazador que en cierta ocasión fue a cazar a unas montañas lejanas. Cazando y cazando, acabó muerto de hambre y de sed, en lugar donde no veía por lado alguno algo que comer, ni agua que beber. En ese momento, cuando caminaba sin rumbo al borde del desespero, divisó un arroyo. Infinito fue su contento y corrió a saciar la sed. A punto de llegar al arroyo apareció un cuervo volando, que se le acercó y le golpeó el rostro con sus alas, una y otra vez, y no le dejaba beber. Furioso el cazador, sacó una flecha, la puso en el arco y disparó; tan certero fue el disparo que atravesó al cuervo de parte a parte. En ese punto, el cazador dijo para sí: «¿Por qué este cuervo no me dejaba beber? ¿No habrá acaso alguna razón?». Y con estas cavilaciones caminó un trecho remontando el arroyo, hasta que de pronto descubrió en la orilla a una serpiente venenosa, que estaba destilando en el agua, gota a gota, su veneno. Fue entonces, ya tarde y sin remedio, cuando el cazador se arrepintió, con gran dolor en su corazón, de haber matado al cuervo. ¿No os parece, oh rey, que este cuento da motivo para detenerse a reflexionar, aunque sólo sea unos instantes?

–Prestaré oídos a tus palabras –dijo entonces el rey– y obraré con prudencia y precaución.

En ese preciso instante despertó Suguiñima. Parecía salir de un profundo sueño, y dio señales de una infinita sorpresa y total desconcierto, sin poder explicarse qué podía haber sucedido.

Pasó un poco tiempo y, un día, de nuevo Yamagande llenó de drogas los aposentos de Suguiñima, quien al igual que la vez anterior se quedó profundamente dormida, momento que tornó a aprovechar la hechicera para ir donde se encontraba el elefante favorito del rey. Le cortó la trompa, y la llevó luego junto al lecho donde dormía Suguiñima. Después roció con la sangre de la trompa el rostro, los labios y las manos de Suguiñima. Acabado su trabajo, se esfumó, como la primera vez.

Al día siguiente, muy temprano corrieron a despertar al rey: alguien había cortado la trompa de su elefante. Sospechando el rey de Suguiñima, se llegó a sus aposentos y, viendo la trompa cortada y la sangre de su elefante, desenvainó al punto el alfanje y se dispuso a descargar un golpe mortal sobre su dormida esposa. Volvió en ese momento a aparecer el papagayo, y mientras volaba en círculos, gritó:

–¡No debes precipitarte, no debes precipitarte!

Y al igual que la vez anterior, le contó al rey una historia.

–Hace tiempo, una mujer que tenía un niñito de pocos meses, subió a la montaña a cortar leña. Dejó al pequeñín al cuidado de su gato. A poco de irse la mujer, entró en la casa una gran mangosta con intención de devorar al niño. Luchó fieramente el gato con la mangosta, a la que, tras feroz combate, logró matar y salvar así al niño. Cuando regresó la madre con su haz de leña, el gato salió a recibirla. Viendo la mujer que el gato tenía las garras y la boca ensangrentadas, imaginó que había matado al niño. Enfurecida, sin pensarlo dos veces, agarró el hacha y mató al gato a hachazos. Mas cuando entró en la casa y vio muerta a la mangosta y a su hijo sano y salvo, se desesperó al percatarse de su tremendo e irreparable error.

Habiendo oído el rey la historia, dejó su alfanje y despertó a Suguiñima. Ésta, como la vez anterior, pareció despertar de un profundo sueño, y no recordaba nada de lo que pudiera haber pasado.

Al cabo de unos pocos días Yamagande, la hechicera, tornó a repetir los pasos dados las dos veces anteriores y, cuando Suguiñima quedó profundamente dormida, fue a los aposentos de Dawa Lodro, hermano menor del rey, y lo mató. Luego colocó el corazón y las vísceras junto a la almohada de Suguiñima y le embadurnó la cara, boca y manos con la sangre del príncipe asesinado. Como las dos veces anteriores, se escabulló sigilosamente, sin ser advertida de nadie.

Cuando a la mañana siguiente, vio el rey a su querido hermano muerto y devorado por Suguiñima, su furia llegó al paroxismo y desenvainó su alfanje. Llegó volando en ese punto el papagayo, dispuesto a hacerle al rey una nueva relación, mas esta vez no hubo lugar para ello, pues el rey de un certero tajo le cercenó el cuello y el papagayo cayó muerto.

–¡Maldito demonio, tú, papagayo embustero y parlanchín! –dio gritos el rey–. Por haberte hecho caso, ahí ves a mi hermano muerto; de haber seguido escuchándote, ¡a no dudar que todo el país, incluida mi persona, acabaran pereciendo!

Luego, volviéndose hacia Suguiñima, se dispuso a matarla allí mismo. Mas viendo aquel amable y hermoso rostro, no le fue posible realizar su propósito. Entonces convocó a los lonpos y otros notables del reino y les pidió consejo. Tras una larga deliberación, los lonpos perversos lograron imponer su criterio y finalmente se adoptó una decisión: Suguiñima sería entregada a tres verdugos para que la llevaran hasta el Lago de Sangre Hirviente, situado en los confines del reino.

Era aquel un lugar espantoso, lleno de monstruos y demonios carniceros, en el que por el día confluyen océanos de sangre y de pestilentes humores, y en el que por la noche arde un inmenso brasero alimentado por los fuegos de todos los horizontes de la tierra; donde resuenan los gritos espantosos de chacales y de hienas, de hombres salvajes y de feroces bestias; lleno de serpientes venenosas de hálito espeso como nubes, de crueles demonios que se apoderan del soplo de los seres vivientes, cubierto de esqueletos, de cadáveres, y de despojos esparcidos por el suelo.

La entregaron, pues, a los tres verdugos, gente cruel y despiadada, quienes luego la encadenaron, la despojaron de sus adornos y de sus ropas, y cubrieron la parte inferior de su cuerpo con una pieza de tela basta de color negro. La sacaron de palacio, tirando de una soga que le habían puesto al cuello. La gente de la ciudad y de los pueblos por los que pasaban, atónitos, compadecían profundamente a la pobre Suguiñima. La saludaban, la confortaban. Algunos decían de ir a la ciudad a suplicar su perdón, y aun algunos de matar a los malos lonpos, los que la habían condenado, para reparar así tamaña injusticia.

Sin embargo, ella les respondía que se estuvieran tranquilos y no buscaran su propia desgracia por salvarla y que la verdad, la injusticia de que era víctima, al final resplandecería como el sol. Y así víctima y verdugos proseguían su camino hacia el Lago de Sangre Hirviente.

Poco a poco, los dos verdugos más jóvenes empezaron a sentir que estaban cumpliendo una injusta y cruel misión, que era un verdadero crimen matar a aquella reina tan buena y honesta. De modo que, llegando ya cerca del lago, le dijeron al verdugo mayor:

–Nosotros no podemos matarla, hazlo tú y que la recompensa prometida por el rey, un tercio de la región de Ngari[69], sea toda para ti.

–Bien está –dijo el verdugo mayor–, que para mí, matar es la cosa más fácil del mundo.

Eso dijo, mas al levantar la cimitarra, antes de descargar el golpe, la vista de aquel rostro angelical conmovió hasta tal punto su duro corazón de verdugo, que no fue capaz de hacerlo.

Así pues, después de deliberar una pieza, los tres verdugos convinieron:

–Ninguno de nosotros es capaz de matarla, mas si volvemos sin haber cumplido nuestra misión, el rey no sólo no nos dará la recompensa prometida, sino que es más que probable que nos hará matar por no haberle obedecido.

Y entonces determinaron llevar a Suguiñima al centro del lago y dejar que fueran las fieras quienes la mataran y devoraran.

Así hicieron cuando llegó la noche: la llevaron al centro del lago, la despojaron de sus cadenas, la desnudaron, la acomodaron sobre una lancha de piedra y a ella la sujetaron sólidamente, separando sus extremidades. Acabando de hacerlo, se volvieron a sus casas.

Sola, en medio de la oscuridad, entre gritos espantosos que retumban en el aire, Suguiñima dice con fuerte voz:

> Imploro a las Tres Joyas y en ellas tomo refugio, y también en todos los Padres y Madres Compasivos, en el Gran Negro y en todos los dioses y diosas que llenáis el espacio infinito, en los Protectores de la Doctrina[70], en todos vosotros, de este mundo y del otro, en todos vosotros me refugio y a todos imploro.
>
> Os suplico me protejáis esta noche, esta noche en la que serviré de pasto a las fieras para expiar mis culpas.
>
> Me arrancarán la vida, y mi carne y mi sangre se ofrecerán como banquete.
>
> De la cumbre del reino de los hombres, ahora caeré en lo más profundo del reino de los infiernos.
>
> Los mil ochenta (diez veces ciento ocho, cifra ritual) espíritus hostiles, las tres veces trescientas sesenta clases de demonios, genios, nagas, *sin-po (yakshas),* los

> cien mil vampiros y espectros de cementerio, dioses poderosos y pretas gigantes, venid y repartíos mi carne, devoras sus partes despedazadas, venid y bebed mi sangre[71]. Despellejadme entre todos, y cubríos luego con mi piel. ¡Muerte al ser impregnado de amor de sí mismo! ¡A las llamas, el demonio del amor de sí mismo! ¡Mala muerte, phat, phat, phat, al rey del yo! ¡Maldición, hum, hum, hum, al amor de sí mismo! ¡Bendición a la ausencia de amor y de pasión! ¡Que por el sacrificio de mi carne y de mi sangre, la corte y el pueblo alcancen la felicidad; que las seis clases de seres se sientan saciados y calmados de su sed, y que liberados de sus deudas y de sus castigos, se vean colmados de una perfecta felicidad!

Así dijo Suguiñima, mas las fieras del lugar y los demonios, no sólo no la atacaron, sino que el protector del lugar, el Espíritu del Esqueleto, junto con sus ayudantes, al oír sus sinceras palabras de total entrega, se conmovió profundamente y acudieron todos a protegerla, y la liberaron y ayudaron a salir del Lago de la Sangre Hirviente.

Emprendió luego Suguiñima el camino de regreso a la ciudad, ahora convertida en monja. A lo largo del viaje se detenía a menudo para enseñar y difundir la santa Doctrina, las enseñanzas del Buda. Muchos fueron los que siguieron sus consejos y convertidos a la nueva doctrina, tomaron refugio en ella. Su fama se extendió cada vez más y más lejos, y llegó hasta la ciudad, donde todo el mundo supo de una monja de gran perfección y grandes conocimientos.

En todo aquel tiempo, desde que el rey entregó a Suguiñima a los verdugos, se habían repetido en palacio una serie de malos augurios, y en el reino se seguían una calamidad tras otra: sequías y malas cosechas, montañas que se desplomaban, inundaciones, plaga de langostas... Las gentes, tristes y desgraciadas, no entendían lo que estaba pasando. Al saber el rey de una monja de gran perfección y conocimientos, fue a verla, disfrazado, acompañado por el cazador y por su lonpo Abonagué.

Y también cosa admirable e inesperada, la anterior favorita, la muchacha de mala casta, y Yamagande, la hechicera, conscientes de su criminal conducta anterior, hondamente arrepentidas, fueron también a confesar ante la célebre monja sus fechorías y suplicarle, al tiempo que le entregaban abundantes limosnas, intercediera por ellas para lavar tan horrendos crímenes como habían perpetrado; a todo esto, ignorantes de que aquella monja era justamente la muchacha que había sufrido sus maldades.

Quiso el destino que al acercarse a la monja el rey, junto con el cazador y su fiel lonpo, hallaran de hinojos ante ella a la favorita y a la hechicera, en lo que parecía ser una confesión. Llegándose más cerca, se ocultaron en lugar desde el que pudieran oír. Y lo que oyeron salir de los labios de aquellas dos mujeres les heló el corazón: eran ellas quienes, de acuerdo con un plan bien urdido, se habían concertado para sustituir el collar de perlas y para luego cometer todas aquellas terribles acciones, culminadas con el asesinato del hermano del rey. De todo hicieron relación a la monja, con gran lujo de detalles y acompañamiento de abundantes y sinceras lágrimas.

Oyendo aquella sincera confesión, Suguiñima no pudo contener las lágrimas, que brotaron como fuente de su compasivo corazón.

El rey, por su parte, acabando de oír la la confesión, lleno de arrebatada cólera, se adelantó blandiendo su alfanje y se dispuso a degollar a las dos criminales mujeres. Afortunadamente para ellas, allí estaba Suguiñima, quien se interpuso en el camino del rey, y le dijo:

–¡Oh gran rey, valiente como un león y pleno como la luna!, todo lo pasado, se ha ido ya, como polvo llevado por el viento. Afortunadamente, yo también, gracias a haber tomado refugio en el Buda, pude evitar una muerte cruel, y por eso aquí me veis, viva y no muerta. Perdonadlas, rey señor mío, y dadles ocasión para que muden de vida.

Infinita fue la sorpresa del rey al reconocer en la monja a Suguiñima, y en su corazón empezaron a mezclarse multitud de variados sentimientos: sorpresa y alegría, vergüenza y arrepentimiento. Tras numerosos y repetidos ruegos y requerimientos, Suguiñima acabó consintiendo en volver a palacio y ser de nuevo la reina del país.

Luego de retornar a palacio y al cabo de un tiempo, dio a luz un hijo, que luego sería príncipe heredero del trono, al que puso de nombre Ñima Sengue («León del Sol»).

Desde ese día el país recuperó su anterior esplendor: plantas y árboles retoñaron, hombres y animales domésticos se multiplicaron, y todos los habitantes del país volvieron a vivir en gran paz y felicidad.

El mocito resplandor del loto

En la antigua India, en tierras donde no reinaba la Doctrina del Buda, hubo un rey, de nombre Logpe Chöjin («Ofrenda de Infieles»), que vivía en un palacio llamado Nakamuni. En realidad este rey era la manifestación encarnada de un demonio, Madamruta. Su lonpo de mayor confianza se llamaba Kang-gyog Pangchén («Mensajero Pies Ligeros»), también él encarnación de un demonio negro. No lejos del palacio, en medio de un jardín boscoso, había un Templo de Droma, donde habitaba un rico mercader, proveedor de palacio, que respondía al nombre de Norsang. Él y su mujer, Lhasi Dramsé («Brahmán Hija de los Dioses»), eran manifestaciones del Gran Misericordioso.

Hacía tiempo que el rey se hallaba inquieto, y un tanto receloso, por causa del mercader. Imaginaba que un día, y no tardando, Norsang lo mataría y usurparía el trono. De ahí que diera vueltas y vueltas en su cabeza a la forma en que podría librarse de él.

Estando en esto dijo un día dijo a Kang-gyog Pangchén:

–Ve al Templo de Droma y di al mercader Norsang que se presente ante mí.

Obedeció el lonpo, y con su rauda marcha de mensajero celestial se presento en un abrir y cerrar de ojos ante la puerta del templo. Fue luego a la casa de Norsang y dio voces. Salió la mujer del mercader y, respondiendo a su pregunta, dijo el lonpo:

–Nuestro gran rey ha ordenado que Norsang se presente ante él de inmediato, ¡corriendo como una flecha!

No osó el mercader demorarse un instante y corrió veloz tras el lonpo. Jadeante, se presentó ante el rey y le saludó prosternándose.

–En el pasado –habló el rey–, siempre has sido tú el encargado de procurarme cuantos objetos preciosos necesitaba, y cuantas sedas y rasos habían menester mis lonpo para hacerse trajes. A fe que tus méritos no son pocos. Sin embargo, hay algo que falta en mi tesoro, y ese algo es la inestimable «presea que satisface los deseos». Es menester que vayas en seguida a Pemachen, el país de los nagas, en el océano mar, y me la traigas.

Al oír aquella orden, Norsang sintió que el rey le encomendaba una misión casi imposible de llevar a término; así que se apresuró a decir:

–Cierto es que en el pasado he realizado numerosos viajes, recorriendo las tierras del norte y del sur, del este y del oeste, siempre leal y cumplidor de lo que vuestra majestad me ordenaba, y no podía ser menos, por cuanto sólo hacía lo que era mi inexcusable obligación. Mas ahora, ¡oh gran rey!, ya soy viejo y débil, y no puedo viajar por los mares en busca de una presea semejante. Os suplico, majestad, que esta misión se la encomendéis a otro más joven y vigoroso.

–¡Calla! –gritó el rey dando muestras de grandísimo enojo–. ¿Cómo osas negarte a cumplir mis órdenes? Si no obedeces y partes en seguida, te castigaré con la mayor severidad, y además encerraré a tu mujer en una mazmorra.

Al ver al rey tan furioso, Norsang se asustó mucho y ya no se atrevió a replicar. Así que, acatando la orden del rey, exclamó:

–¡Iré! ¡Iré! Sólo espero que se me provea de todo lo necesario para el viaje, a saber: un barco rápido de madera con la proa de cabeza de caballo, muy resistente y seguro, con un castillo de buena madera, coronado por un pináculo dorado; cien cargas de madera del árbol cabeza de tigre; cien cargas de madera de árbol cabeza de yak (nombres de árboles famosos por su madera resistente o ligera); un papagayo adivino y gran cantidad de sésamo para alimentarlo; un gallo que dé las horas; palomas capaces de descubrir a los *chusin* (especie de monstruo marino), con una buena provisión de granos para alimentarlas; una caracola blanca capaz de vencer a los chusin y leche y yogur para alimentarla; una cabra que conozca el camino y nos guíe; cuatro grandes banderas y cuatro pequeñas; un ancla de plomo; y por último, quinientos hombre leales, compañeros que me ayuden.

Accedió a su petición el rey y convocó a todos los carpinteros, herreros y demás artesanos del reino y pronto estuvo listo todo cuanto había pedido Norsang. De manera que a éste, no pudiendo ya objetar nada, fuerza le fue poner manos a la obra y embarcarse en busca de la presea. Subió pues a la embarcación con la proa cabeza de caballo y se dieron a la mar.

Tras una larga navegación, llegaron ante las puertas del palacio de los nagas. En ese momento, surgieron de las aguas dos enormes nagas asesinos, uno blanco y otro negro, que con sus coletazos y sacudidas hicieron zozobrar el navío y todos cuantos en él iban perecieron ahogados.

Cuando se recibió la noticia de que el mercader Norsang había perecido ahogado, el rey se alegró infinito, pensando que a partir de entonces podría vivir tranquilo, libre de todo cuidado.

Mas, sucedió que, al tiempo de partir Norsang en expedición, su esposa, Lhasi, había quedado encinta. Llegada la hora, Lhasi alumbró un varón al que puso por nombre Resplandor del Loto. Lhasi se decía: «Mi esposo ha muerto por causa del rey; si llega a noticia de éste que he tenido un hijo, a no dudar que perecerá como su padre».

Y con este pensamiento, llevó a su hijo a una habitación secreta y allí lo crió, sin dejarlo salir. Así fue como el niño fue creciendo, hasta que un día preguntó a su madre:

–Mamá, quiero preguntarte una cosa: ¿quién es mi padre? Y tú, mamá, ¿de qué familia eres?

Sorprendida, Lhasi, tras un momento de reflexión, le respondió:

–Hijo, no has de darle más vueltas, tú eres hijo de un mendigo. Te recogí casi recién nacido y te he criado hasta ahora. ¿Cómo puedo saber quién es tu padre?

Pero el niño no acababa de dar crédito a su supuesta madre adoptiva, y un día que había estado recogiendo leña en la montaña, al regresar a casa le dijo a su madre:

–He visto una manada de ciervos en la pradera. El padre iba delante y la madre detrás, y en medio, sin ningún cuidado, andaban los cervatillos. Hasta los animales pueden disfrutar de una vida en familia, ¿por qué sólo yo no puedo ver a mi padre?

Y su madre, de nuevo, le volvió a engañar con la historia del mendigo.

A los pocos días, Resplandor del Loto salió a jugar con otros niños del vecindario. En todos los juegos, fueran los que fueran, siempre era él el que ganaba. Así que los demás, rabiando de envidia, se mofaron de él:

–Tu padre es un sándalo y tú, una yerbecita, por eso siempre te nos adelantas, ¡pequeñajo!

Aquellas palabras hirieron tan hondamente a Resplandor del Loto, que se marchó corriendo y se volvió a su casa. Agarrándose a la falda de su madre, le preguntó angustiado:

–Todos los chicos dicen que mi padre es un sándalo, pero que yo sólo soy una yerbecita, ¿por qué, mamá? Si me cuentas todo lo que sabes de mi padre, te prometo que seré un digno hijo suyo.

Oyéndo aquellas palabras, Lhasi se alegró infinito mas, temerosa aún, no se atrevió a contarle nada.

Después de aquello, transcurrió bastante tiempo, hasta que un día en que se celebraba una gran feria en la ciudad, el muchacho acudió a ella, sin que lo supiera su madre, llevando dieciocho madejas de hilo grueso brillante, y diecinueve de hilo fino, obra todo de Lhasi.

En el bazar había una anciana, a la que nadie sobrepasaba en edad (se decía que tenía ciento y ochenta años), que tenía un puestecillo donde vendía caracolas. Llegó ante ella el muchacho y le dijo:

–Abuela, ¿quieres hacer conmigo un pequeño negocio?

–Verás, criatura –dijo la anciana–, si quieres que hagamos algún trueque, vayamos a aquel bosquecillo de sándalos, pues aquí hay mucho griterío y demasiada gente.

Fueron, pues, la anciana y el muchacho hasta el bosquecillo, y allí empezaron a tocarse los dedos dentro de la manga[72]. Después de tocarse los dedos varias veces, al final el muchacho consiguió algunas caracolas a cambio de tan solo una pequeña madeja. La anciana dijo luego enojada:

–Verdaderamente esto es el padre sándalo y el hijo yerbecita. Todas las caracolas que he conseguido reunir a lo largo de mi vida, ahora vienes tú y te las llevas con trampas.

Pero el chico no quiso rematar el trato, sino que, saludando a la anciana con mucho respeto, le dijo:

–No te enojes, venerable abuela, sólo lo he hecho por chanza. Si me cuentas la historia de mi padre, te regalaré estas dieciocho madejas; y si me cuentas la de mi madre, te daré estas otras diecinueve; y además te devolveré todas tus caracolas.

La anciana, ahora contenta, se levantó y acariciando la cabeza del muchacho, le dijo:

–Resplandor del Loto, escucha lo que te voy a decir. Tu padre se llamaba Norsang, y era un mercader que comerciaba con valiosas mercancías. Pero un buen día, el gran rey Logpe Chöjin forzó a tu padre a embarcarse en busca de una presea en el mar y tu padre no volvió. En cuanto a tu madre, no es otra sino Lhasi Dramsé. Lo que te acabo de contar es la pura y entera verdad.

El muchacho se alegró mucho al oír todo aquello, y después de entregarle a la anciana todas las madejas y las caracolas, se volvió a su casa, sin dejar de cantar a todo lo largo del camino.

Viéndolo llegar su madre de aquella guisa, se extrañó mucho, y mayor fue su asombro, cuando al entrar su hijo en la casa dijo:

–Hoy he ido a dar una vuelta por el bazar, y allí he averiguado algo de lo que nunca antes me habían hablado. He sabido que mi padre era un mercader que se llamaba Norsang y que tú eres mi verdadera madre. ¿Por qué me has tenido engañado todo el tiempo?

Al oír aquello, Lhasi se llenó de inquietud y, tomando a su hijo de la mano, se dio prisa a decirle:

–Hijo mío, no sabría cómo contarte algo que destroza mi corazón. Si este cruel rey que tenemos se entera de tu existencia, a buen seguro que no ha de dejar de hacerte mucho daño. Así que vuelve corriendo a tu cuarto y escóndete bien.

Y, dicho esto, lo llevó a su cuarto y no le dejó volver a salir.

Pero ocurrió que un día el rey fue a dar un paseo por el bazar. Según iba caminando miraba los puestos, a derecha e izquierda, y de pronto se fijó en la anciana, que en esos momentos tenía en sus manos algunos de los hilos que el muchacho le había regalado. Al ver aquellos hilos tan brillantes como el sol y la luna, y de tan vivos colores que a las flores se asemejaban, dio en seguida orden a su lonpo Kang-gyog Pangchén que fuera a averiguar de dónde procedían y de quién eran obra aquellos hermosos hilos. Obedeció el lonpo y, luego de desenvainar su alfanje de brillante acero, se acercó a la anciana y le preguntó con voz estentórea:

–¡Eh tú, vieja! ¿Quién ha hilado esas madejas de excelente hilo que tienes en las manos? ¿De qué *dsong* (distrito) y de qué *shiká* (hacienda) proceden?

Echóse a temblar la anciana al ver y al oír al lonpo y, tartamudeando y con un hilo de voz, apenas acertó a responder:

–Mi gran señor, el de los pies ligeros, estas madejas no vienen de ningún otro dsong, ni los he trocado en ningún otro shiká, sino que los he hilado con mi propia rueca.

No dio crédito a la anciana el lonpo de los pies ligeros, antes comenzó a dar grandes voces y, agarrándola de los blancos cabellos, la aterrorizó diciéndole:

–¡Maldito vejestorio, como no me digas la verdad, de un tajo te devuelvo al infierno!

Presa del pánico la anciana no pudo menos de contarle al lonpo la historia de las madejas.

Soltó el lonpo a la anciana y fue a dar noticia al rey de lo averiguado. Enterado el rey de que el mercader Norsang tenía un hijo, no fue pequeño su sobresalto; y al instante ordenó al lonpo que fuera inmediatamente a buscar a Resplandor del Loto y lo apresara.

Fue el lonpo al Templo de Droma y, dando recias voces, llamó a Lhasi. Cuando la tuvo delante, la conminó para que le entregara luego a su hijo.

Lhasi, sorprendida y al mismo tiempo asustada, empezó a balbucear:

–Veréis, es que, no sé... veréis... no sé por dónde empezar. Hace tantos años que mi marido anda perdido, ni sombra de él sin padre, ¿cómo puede haber hijo? Vos... vos... haced una buena acción... ¡Tened un poco de compasión! ¡Os lo ruego!

Mas el lonpo no oía nada, ni nada veía, sino que, como si le hubieran prendido fuego, gritó como un energúmeno:

–¡Bruja del demonio, dime la verdad! Si no, ¡hoy mismo acabo contigo y te mando a presencia de Shinje!

Y, diciendo esto, se fue derecho hacia Lhasi. En ese momento, Resplandor del Loto, que estaba escondido en el cuarto interior, pero que había oído todo muy distintamente, ya no pudo soportarlo y salió.

–¡Lonpo del demonio! –le dio voces–. Aparta lejos ese cuchillo de matarife. Resplandor del Loto no es hombre que tema la muerte, y es capaz de hacerte morder el polvo. ¡Ni se te ocurra tocar un cabello de mi anciana madre!

Entonces el lonpo agarró a Resplandor del Loto, le ató firmemente las manos a la espalda y lo llevó directamente al palacio del rey. Éste, cuando vio que le traían al muchacho, se acercó a él y con gran fingimiento le desató y le dijo sonriendo:

–Llegas muy oportunamente, Resplandor del Loto; nuestro encuentro de hoy es un feliz encuentro. Adivino que eres un mocito inteligente y, sin duda, muy capaz, que no le vas en zaga ni al mismísimo rey Guesar. Por otra parte, conoces el dicho: «El hijo debe continuar la empresa inicada por su padre», y también que: «Las deudas del padre se transmiten a sus hijos y a sus nietos». Te digo esto porque es mi voluntad que, al igual que tu padre en su día, tú también vayas a buscar en el mar la «presea que satisface los deseos». Debes, como te digo, rematar la misión que se encomendó a tu familia.

Resplandor del Loto, sin importarle lo peligroso de la misión, dijo estar presto a obedecer las órdenes del rey y le hizo relación de todas y cada una de las cosas que le serían menester, las mismas que había pedido su padre. Viendo el rey que Resplandor del Loto había caído en la trampa, se alegró infinito en su fuero interno y, muy de buen grado, consintió en proveerle de cuantas cosas había solicitado; y más, que le concedió siete días para despedirse con comodidad de sus parientes y amigos, transcurridos los cuales debería largar velas.

Volvió Resplandor del Loto a su casa y le refirió a su madre todo lo acaecido. Llenóse Lhasi de gran zozobra y corrió hasta el chorten sagrado del rey Guesar a implorar para su hijo la protección de los dioses. Mientras elevaba sus fervientes súplicas, a deshora apareció por las cumbres del este, descendiendo del cielo, una kandroma. Se llegó volando hasta Lhasi y le dijo:

–Resplandor del Loto navegará por los mares y al cabo de un tiempo regresará sano y salvo. Ahora te enseñaré un mantra secreto. Escucha bien: *Namo buddha ya, namo dharma ya, namo sangga guru ya.* Dile a tu hijo que lo guarde bien en la memoria y que, cuando se vea en peligro, lo recite tres veces; así se verá libre de todo daño.

Al regresar a su casa, Lhasi le habló a su hijo del encuentro que había tenido con una kandroma, y lo que ésta le había recomendado. De modo que le persuadió para que aprendiera bien aquel mantra y no lo olvidara nunca.

Pasaron los siete días en un abrir y cerrar de ojos, y Resplandor del Loto se presentó en el palacio del rey. Todo estaba listo, y sin perder más tiempo, se embarcó con sus quinientos compañeros y zarparon rumbo a los lejanos mares.

Al cabo de un tiempo de navegación llegaron cerca de la gran puerta del palacio de los nagas. Viéndolos acercarse, salieron a su encuentro los dos nagas asesinos, el blanco y el negro, con ánimo de hacer zozobrar la embarcación. En ese momento habló el papagayo adivino y dijo a Resplandor del Loto:

–Resplandor del Loto, ahí delante está la puerta grande del palacio de los nagas. Se acercan dos de ellos, uno blanco y otro negro, y no con buenas intenciones: vienen para hacer zozobrar la embarcación.

–Haré entonces como mi madre me aconsejó –dijo entonces Resplandor del Loto–: *¡Namo buddha ya, namo dharma ya, namo sangga guru ya!* ¡Que el mantra de las kandromas manifieste luego al punto su mágico poder haciendo que cesen las olas y que las aguas se calmen!

Y así se hizo, pues los nagas se retiraron a las profundidades y el mar recuperó la calma. De este modo, pudieron superar, sin contratiempos, el primer obstáculo y proseguir su navegación.

Otro día llegaron a una isla, y Resplandor del Loto dejó allí a sus quinientos compañeros con los yaks, elefantes, caballos y forraje, así como con todas las provisiones de boca, mientras él, solo, descendía a las profundidades del océano, al palacio de los nagas, para apoderarse de la presea. En el palacio residía un rey de los nagas, Caracola Blanca, y era él justamente quien custodiaba la «presea que concede todos los deseos». Viendo llegar solo a Resplandor del Loto, admiró su determinación y valentía, y le dijo:

–Conviene que te quedes a vivir en nuestro palacio; lo mejor, durante tres años, mas en cualquier caso, como mínimo, deberás permanecer tres meses.

–Sería maravilloso –dijo a esto Resplandor del Loto– vivir un largo tiempo en el palacio de los nagas, mas he recibido órdenes terminantes de mi rey que me exigen retornar de inmediato. Además, tengo una anciana madre, que me espera, impaciente, en casa, y luego están mis quinientos compañeros de los que debo cuidar. Así pues, aunque mucho holgara quedarme a vivir entre vosotros, en vuestro magnífico palacio, no me es posible. Estaré sólo tres días, pero os prometo que durante esos tres días os haré muchos y grandes favores y meritorias acciones.

Y así fue como Resplandor del Loto, que era la reencarnación de un bodhisattva, durante los tres días que permaneció en el palacio de los nagas, obró grandes prodigios a favor y beneficio de los muchos seres que allí moraban: todos los ciegos recobraron la vista, y el oído todos los sordos, y los mancos y cojos volvieron a su primer estado. Con ello, Resplandor del Loto se granjeó el afecto y el respeto de los numerosos hijos y nietos nagas y el mismo rey, en agradecimiento, le hizo presente de la «presea que satisface los deseos».

Llevando, pues, el tesoro consigo, emprendió el camino de regreso. En la isla halló a sus quinientos compañeros, que le habían estado esperando por espacio de tres años, pues ¡un día en el mundo de los nagas equivale a un año en el mundo de los hombres!

Amigos míos –les dijo Resplandor del Loto–, os he hecho esperar mucho tiempo. Ahora iré yo primero delante, de vuelta a casa, y vosotros me seguiréis sin prisas.

Y, usando de los poderes mágicos de la presea, en un guiño se halló de vuelta ante las puertas del Templo de Droma.

En todo este tiempo su madre no había hecho sino pensar en su hijo a todas horas, con infinita angustia. Sin noticias, tres años había, pasado y su tristeza y su pena la habían hecho enfermar. Se hallaba postrada en cama, sin poder moverse.

Llamó Resplandor del Loto a la puerta y dijo en alta voz:

–Mama, soy yo, tu hijo, ¡he vuelto!

A oír los golpes y aquellas palabras, Lhasi, con un hilo de voz, preguntó:

–¿Quién golpea la puerta? ¿Quién eres? ¿Por qué vienes a hacer sufrir a una pobre anciana? Mi hijo está en el fondo del mar, ¿cómo es posible que haya vuelto a su casa?

Resplandor del Loto, sumamente agitado al oír hablar así a su madre, gritó:

–Soy yo, tu hijo, ¡he vuelto! ¿Acaso no reconoces mi voz? ¡Soy yo! ¡Soy yo! ¡Créeme, soy yo!

Lhasi se levantó del lecho a duras penas y, casi arrastrándose, fue a abrir la puerta. Miró al recién llegado, y en verdad era su querido hijo. Después de tres años sin verse, Lhasi, harto envejecida, parecía mucho más débil que antes. Entonces Resplandor del Loto sacó la presea y la acomodó sobre la cabeza de su madre mientras recitaba el mantra mágico de las kandromas. Al instante, Lhasi se transformó como por encanto y recobró su aspecto de tres años antes: desaparecieron las arrugas de su rostro y el blanco pelo se tornó negro. Madre e hijo, rebosantes de felicidad, esperaron la llegada de los quinientos compañeros y, cuando éstos llegaron, todos juntos celebraron un gran festín que se prologó durante varios días.

El rey, por su parte, persistía en su natural desconfianza y recelaba de todo y de todos, y cuando a su noticia llegó que en el Templo de Droma se oían risas y reinaba un gran alborozo y se veían brillantes luces, nada habituales, diose a sospechar en seguida que acaso Resplandor del Loto había regresado de su misión. Así que ordenó a su lonpo, el de los pies ligeros, que fuera sin tardanza a averiguar la causa de aquella fiesta.

No tardó en volver el lonpo. Con él iba Resplandor del Loto. Viéndolo el rey, el asombro y el temor se mezclaron en su pecho, y grandísimo fue su enojo, mas luego en seguida descubrió una fingida sonrisa al tiempo que preguntaba a Resplandor del Loto:

–Resplandor del Loto, imagino que has debido sufrir mucho por cumplir tu misión; pero, al final, ¿me has traído la «presea que satisface los deseos»?.

A lo que Resplandor del Loto no respondió, sino que, sacando del bolso la presea, se la entregó muy ceremoniosamente.

Diole luego venia el rey para que volviera a su casa y reposara de sus fatigas, mas en su corazón seguía inquieto, y así forjó una nueva traza para acabar con el hijo de Norsang: le daría orden de viajar al país de las sinmo, en el lejano sudoeste, para que le trajera otra dos preseas. «Allí no hay duda de que perecerá a manos de sus temibles y despiadados habitantes», se decía el rey. Dio luego órdenes de que lo trajeran a su presencia y, cuando tuvo delante a Resplandor del Loto, le dijo:

–Tengo una nueva comisión que darte: ahora es mi voluntad que vayas al país de las sinmo y me traigas de allí sus dos preseas: la olla de oro y el espolsador mágico.

Hubo de acatar la orden Resplandor del Loto y hacer conforme se le requería. Ocultando a su madre el lugar hacia el que partía, se puso en camino del país de las sinmo, esta vez sin compañía alguna.

Tras muchas jornadas de viaje, finalmente atravesó el desfiladero que daba entrada al país de las sinmo. Entonces apareció un valle, donde todo era del color del hierro y las aguas todas parecían arrastrar carbón. Una sinmo guardaba la entrada de aquel Negro Valle de Hierro.

–Me está llegando un tufo de hombre –rugió de pronto la sinmo–; no hay duda que alguno anda por ahí. Tres años ha que no pruebo carne humana ni bebo su sangre. Bien, hoy me voy a saciar de una y de otra, que así es como las sinmo alcanzamos la longevidad, como las hormigas cuando se comen un insecto grande.

Empezó la sinmo a buscar por todos lados, y al final encontró a Resplandor del Loto, lo sacó de su escondrijo y se lo tragó sin más. Dentro ya del vientre de la sinmo, Resplandor del Loto recitó tres veces el mantra de las kandromas, y al momento unas terribles náuseas, acompañadas de dolorosísimos retortijones, se apoderaron de la sinmo. Después de estarse revolcando de dolor por un espacio, al final vomitó a Resplandor del Loto. Una vez aliviada, dijo la sinmo con suplicante voz:

–Mi pequeño señor Buda, aquí y ahora os presto solemne juramento. Mis pasadas fechorías, pasadas están; que a partir de este momento nunca jamás volveré a repetirlas. Esta noche os acomodaré en un lugar adecuado donde podáis dormir y mañana temprano os indicaré el camino que debéis seguir para llegar a vuestro destino. Siento no poder regalaros con otra comida que no sea cadáver de caballo, o cadáveres humanos.

Allí durmió, que no cenó, Resplandor del Loto aquella noche y al día siguiente reanudó su viaje. Llegó a un nuevo valle, el Valle Cobrizo, así llamado por ser todo en él del color del cobre y las aguas todas que parecían sangre. Tornó a toparse con una sinmo, la que guardaba el valle, y con ella se repitió, casi punto por punto, cuanto le había acaecido con la primera. Siguiendo, pues, las indicaciones de esta segunda, pudo alcanzar, finalmente, el lugar donde se hallaba el palacio de la reina de las sinmo. El palacio estaba rodeado por tres murallas de hierro y, en la puerta principal, al lado derecho, se tenía una leona blanca y, en el izquierdo, una tigresa. Acercóse a ellas Resplandor del Loto y, en medio de sus amenazadores rugidos, recitó con levantada voz el mantra de las kandromas. Luego al punto la leona y la tigresa cesaron de rugir y le franquearon la puerta.

Una vez dentro del recinto, pudo admirar el inmenso palacio, de noventa y ocho pisos.

Este palacio era la residencia de Peta Gonki, reina de las sinmo. Cada una de sus nueve cabezas, en tres niveles, tenía tres ojos y una boca con afilados colmillos; y en cuanto a su cuerpo, estaba adornado con collares de calaveras. Apenas hubo olido la carne humana, Peta Gonki empezó a buscar la codiciada presa. Pronto encontró a Resplandor del Loto y, sin darle tiempo a abrir la boca, se lo tragó. Tornó Resplandor del Loto a recitar el mantra desde el interior del vientre de la reina de las sinmo, quien al mismo instante empezó a sentir tan tremendos dolores e insoportables náuseas, que sólo pensaba en vomitar aquella presa recién comida. Mas como no acababa de vomitarla, suplicó con quejumbrosa voz a quien era prisionero en su vientre:

–Ignoraba yo que fuerais un buda, no sabía que erais un dios. Pronto, os ruego, decidme lo que queréis, que ya no puedo resistir tan insoportable dolor.

–Si tenéis miedo –habló Resplandor del Loto desde el vientre donde se aún se hallaba– de que vuestra tripa y vuestras entrañas revienten de dolor, entregadme la olla de oro y el espolsador mágico.

Apremiada por el dolor como se hallaba, la reina de las sinmo no pudo sino consentir en entregarle las dos preseas, suplicándole saliera cuanto antes de su vientre.

Salió entonces Resplandor del Loto del vientre de la reina y fue a recoger la olla y el espolsador. Después, se introdujo en la primera, que luego golpeó con el segundo, y la olla se elevó rauda por los aires. Volando y volando, en un breve espacio llegó al Templo de Droma, donde Resplandor del Loto volvió a reunirse con su madre. De nuevo reinó la alegría en la casa, y también el rey pronto tuvo noticia de ello; y, al igual que la vez anterior, despachó al lonpo de los pies ligeros para que fuera a informarse.

Regresó el lonpo acompañado de Resplandor del Loto y, cuando el rey preguntó al muchacho por las dos preseas, Resplandor del Loto, muy tranquilo y sosegado, le hizo entrega de la olla de oro y del espolsador mágico, al tiempo que, con toda intención, encomiaba tales preseas:

–Fui, como me ordenasteis, ¡oh gran rey!, al país de las sinmo, y he traído estas dos preseas que son de un valor inimaginable. Usando de sus mágicos poderes, se puede subir a lo más alto del cielo y viajar por los aires a voluntad, hacia el norte, hacia el sur, hacia el este o el oeste. Desde las alturas es posible admirar los más bellos paisajes de cualquier parte del mundo.

Al oírlo, el rey sintió una irreprimible curiosidad y apremió a Resplandor del Loto para que le llevara en uno de esos maravillosos paseos celestes. Así pues, se introdujeron los dos en la olla, que luego Resplandor del Loto golpeó con el espolsador y, en ese mismo instante, se elevaron por los aires. Volaron hacia el sudoeste, en dirección al país de las sinmo y, cuando estuvieron sobre el Negro Valle del Hierro, el rey rompió a reír con grandes carcajadas.

–¡Ja, ja! ¡Ja, ja! Esto sí que es divertido. Las montañas y las tierras todas están regadas por hierro líquido, y también los ríos son de hierro líquido, y de hierro líquido están hechas las ciudades. Esto sí que es bonito, ¡es estupendo! ¡Ay, ay, ay! ¡Cómo me duele la cabeza! ¡Parece como si fuera a reventar! Y el corazón, ¡me late como si fuera a saltar del pecho! ¡Resplandor del Loto! ¡Hermano! ¡Volvamos a tierra, a un lugar seguro!

–Aún es pronto –respondió Resplandor del Loto–; y además hay un lugar mucho más divertido que éste.

Al poco, cuando se hallaron justo encima de la morada de la reina de las sinmo, Resplandor del Loto comenzó a dar grandes gritos:

–¡Eh! ¡Reina de las sinmo! ¡Despachad presto a vuestras sesenta y ocho sinmo! ¡Aquí os traigo un bocado exquisito!

Y, diciendo esto, arrojó fuera de la olla al rey, que fue a estrellarse contra el suelo y reventó del tremendo golpe. No tardó en ser pasto de las sinmo, quienes en menos tiempo del que se tarda en decirlo, lo devoraron sin dejar de él ni un cabello ni una uña.

Luego, Resplandor del Loto, dentro de la olla de oro, regresó al palacio del rey. Ese mismo día subió al trono, y en adelante gobernó tan sabiamente, que el país se convirtió en el más feliz y próspero del humano mundo.

La kandroma Cien Mil Rayos de Luz

En el inmenso País de las Nieves, al oeste se hallan las tierras altas de Ngari, en el este las menos altas de Amdo y de Kham, y en medio las tierras de Ü y de Tsang. En estas últimas, en Tsang, se encuentra la región de Gyangtsé, bañada por el río Ñang, y, en ella, una aldea llamada Jang-phekhü. En ella, en otro tiempo vivía una familia de siervos, honesta y devota del Buda. Él se llamaba Künsang Dechén, y ella, Ñangtsa Seldron. Una noche Ñangtsa tuvo un extraño sueño, tan extraño, que al despertar no osó contárselo a nadie. La noche siguiente, y las que siguieron, el sueño se repitió, y Ñangtsa, hondamente agitada, no pudo menos de contárselo a su esposo.

–Amado esposo –le dijo–, desde hace días tengo por las noches un extraño sueño, el mismo, que se repite una y otra vez. Sueño que una brillante luz dorada inunda el mundo entero y que miles de sus rayos entran en mí y al punto brota de mi corazón una bellísima y fragante flor de loto. Y luego, innumerables abejas turquesa y mariposas de jade empiezan a revolotear alrededor. Este sueño, esposo mío, ¿es un buen augurio o anuncia una desgracia?

–Mi bella y querida esposa–, exclamó Künsang Dechén, alborozado–, los sueños, aunque no son reales, sí son presagios. Imagino que la luz de los dioses ha iluminado tus entrañas y esa flor de loto que brota de tu corazón quiere dar a entender que, si en nuestra juventud no alcanzamos a tener hijo alguno, ahora, ya blancos los cabellos, nos será dado tener una hija. ¡Vayamos prestamente a postrarnos ante el Buda!

Los esposos, con aquella esperanza, no cabían en sí de gozo, y su piedad y devoción fue aún mayor si cabe: reverenciaron a las Tres Joyas, en lo alto; repartieron limosnas entre los pobres, aquí abajo; y, en medio, presentaron ofrendas a los lamas y al monasterio.

Al poco tiempo, se supo con certeza que Ñangtsa se hallaba encinta y, a los meses, siendo el año del Caballo, en el mes del Mono, justo el día de la Asamblea de las Kandromas, o sea, el día diez, también día del planeta Purbu («Júpiter»), Ñangtsa alumbró una niña a la que pusieron por nombre Nangsa Ombum («Cien Mil Rayos de Brillante Luz»).

Nangsa Ombum creció muy de prisa. Cuando sólo contaba un mes, ya era más grande que los niños de un año de las otras familias. Niña de extremado buen carácter y sorprendente belleza, era como si toda la hermosura que puede hallarse en las más bellas del mundo se hubiera reunido en ella. Los trinos y cantos de ruiseñores, oropéndolas y demás aves canoras, no podían compararse con la melodía de su voz. Por todo ello, su padre, a menudo, decía riendo:

–Una burra puede parir un poderoso macho y una yak, un poderoso *dso* (cruce de toro o vaca y yak), y así también nosotros, gente de lo más vulgar, hemos tenido esta hermosísima criatura. ¡Hemos de dar infinitas gracias a los dioses!

Nangsa Ombum no sólo era bella y de muy buenas prendas, sino que también era diligente y hábil a la hora de trabajar. Tanto si había que tostar la cebada, como tejer pulu, o trabajar en el campo, nada había en lo que no mostrara su talento y disposición. De modo que, gracias a ella, su familia llevaba una vida cada vez más holgada y próspera.

Cuando Nangsa Ombum cumplió quince años, su fama se había extendido por todo Ü, Tsang y el Kongpo[73], y de todas partes iban a solicitarla en matrimonio. Todos los días llegaba algún pretendiente, mas ninguno conseguía su propósito. Lo primero, porque era aún muy joven y sentía la necesidad de sus padres y, lo segundo, porque para ellos era más valiosa que cien hijos varones y no querían verla lejos de sí.

Por aquel entonces, en el Alto Ñang había un noble, gobernador de la región, que se llamaba Drachenpa. Era propietario de muchas tierras, granjas y pastos. Hombre de gran poder y prestigio, de fuerte genio, y muy estricto y exigente. Su esposa había muerto, y tenía dos hijos: un varón, Tragpá Sámdrub, y una hija, Ñimo Netsó («Hermana Loro»), también llamada Ani Ñimo («Hermana Monja»). Drachenpa quería casar a su hijo y buscaba por todas partes una esposa apropiada, mas, no careciendo de recursos, tampoco se daba demasiada prisa y fatiga.

Esos días eran los de la gran fiesta que todos los años se celebraba en el monasterio de Néñing, en Gyangtsé. Acudieron, como de costumbre, gentes de todos los lugares próximos, ansiosos por participar en los festejos y poder contemplar las representaciones teatrales y las danzas del *cham* (danzas sagradas, interpretadas por los monjes, con grandes máscaras). Ancianos y niños, hombres y mujeres todos acudieron a la fiesta. Tampoco podía faltar Drachenpa, quien se presentó con sus mejores galas, vistoso traje y rico sombrero, acompañado de un nutrido séquito.

También Nangsa Ombum se acercó a la fiesta. Sus padres, orgullosos como estaban de su hija, quisieron que resaltara en medio de la gente y la hicieron ponerse su mejor vestido y aderezarse de forma que, si ya de por sí hermosa, ahora aparecía radiante y sobresalía entre todas las demás mozas. Su rostro, como la luna más pura y brillante, sus lustrosos cabellos, cual tiernas ramas del sauce. Si la contemplabas despacio, semejaba un loto que flota en las aguas, un pavo real que se mueve por la pradera, una brillante lámpara que resplandece en medio de la multitud, ¡una diosa descendida entre los hombres! Nangsa Ombum, acompañada por su sirvienta Dsompa Ki («Reunión de Dichas»), se llegó al templo y, después de poner mantequilla en las lámparas, se prosternaron ante el Buda. Luego fueron a la explanada del monasterio para disfrutar del espectáculo, de las danzas y el teatro.

Dragchenpa, mientras paseaba por la galería alta del monasterio, puso sus ojos en Nangsa Ombum y, desde ese instante, no los pudo apartar de aquella cautivadora figura. Dio luego órdenes a su lonpo Sonam Pelkye («Gloriosa Felicidad») y éste, obedeciendo, pasó entre los espectadores sentados en el suelo hasta llegar al lugar donde se hallaba la muchacha. Entonces se apoderó de ella, como el águila del pájaro, como el galgo de la liebre, como el gato del ratón. La agarró del brazo y la llevó, casi a rastras, a presencia de su señor. Éste, mientras sujetaba con la mano izquierda el faldón de Nangsa Ombum, le ofreció en la otra un vaso de excelente chang. La desconcertada muchacha rechazó con ambas manos el vaso que se le ofrecía, al tiempo que retrocedía espantada.

Viéndola tan asustada, el gobernador rompió a reír con grandes carcajadas y, sin cesar en su risa, le dijo:

–¿Imaginas cuál es mi intención? Quiero desposarte con mi hijo y hacerte mi nuera.

Ante tal proposición, Nangsa Ombum se sintió más tranquila, mas no dudó en rehusar:

–Por ágiles que sean las alas de un gorrión –dijo al gobernador, muy cortésmente–, ¿cómo podría acompañar en su amplio vuelo a un águila poderosa? Por bella que sea la hija de un campesino, harto inapropiado sería que un gobernador la recibiera como nuera.

–¡Ja, ja! –rió el gobernador–. A fe que no te falta ingenio y talento. Mas escucha bien lo que te voy a decir. Alto está en el cielo el sol y baja en la tierra la flor de loto; aunque tan lejos uno del otro, pueden corresponderse entre sí. Alta y noble es la familia del gobernador, pobre y humilde la de Nangsa Ombum, mas bien que lejos una de otra, han sido unidas por el destino, por nuestro karma de anteriores vidas.

Cuando quiso replicar la muchacha, ya el gobernador había entregado al lonpo la flecha con las cintas multicolores, junto con una brillante turquesa, y el lonpo se había dado prisa en colocarlas sobre la cabeza de Nangsa Ombum. Desde ese momento, Nangsa Ombum pertenecía a la familia del gobernador.

Terminado el espectáculo, el gobernador se partió con su comitiva en medio del alborozo general.

Nangsa Ombum retiró de su cabeza la flecha y la turquesa y, rodeada de sus sirvientas, rompió a llorar.

¿Puede acaso escapar el moteado cervatillo de la red de un hábil cazador? ¿Puede escapar la blanca liebre de las afiladas garras de un águila despiadada? Por mucho que rogó y suplicó al Buda y a los bodhisattvas, Nangsa Ombum no pudo mudar su destino.

Una mañana, se presentó el gobernador con los presentes de boda para fijar la fecha. Los padres de Nangsa Ombum se apresuraron a recibir como convenía a tan noble y distinguido huésped, quien luego habló y les dijo:

–Desde este mismo momento Nangsa Ombum es miembro de mi familia –Su rostro sonreía, mas el tono de su voz era imperioso–. Dentro de tres días es un día propicio, será entonces cuando vengan, enviados por mí, quinientos jinetes para recoger a la novia y llevarla a mi palacio. Tenedlo todo bien dispuesto para entonces y cuidad que no falte nada.

Ante el imponente gobernador, nada pudieron los padres de Nangsa Ombum, sino consentir moviendo la cabeza arriba y abajo. Luego fueron a darle noticia a su hija y ésta cayó al punto en un profundo abatimiento: no paraba de llorar, no comía ni bebía, pasaba todo el tiempo en el lecho, como ausente.

También sus padres sentían una gran tristeza, viendo a su hija en tal estado, mas ¿quién osaría ofender con una negativa al poderoso gobernador?

Nangsa Ombum, siendo como era una buena hija y viendo llorar a sus padres con tanta pena y que el matrimonio era inevitable, no pudo menos de levantarse del lecho, enjugar sus lágrimas y dar su consentimiento. Desde ese momento, aprendió a tragarse las lágrimas.

El tiempo de un parpadeo, y ya habían pasado siete años desde que llegó a su nueva familia. En este tiempo había dado a luz un niño, a quien llamaron Lhau Tarpó.

Era Nangsa Ombum una mujer virtuosa, libre de los diez vicios y practicante de las diez virtudes. Todo el mundo en el palacio la respetaba y la quería, viejos y niños, hombres y mujeres. El mismo gobernador y su hijo manifestaron su intención de confiarle las llaves de los sesenta y cuatro almacenes y despensas del palacio, de forma que fuera ella quien administrara los bienes y recursos de la familia. Lo cual irritó sobremanera a Ani Ñimo, pues hasta entonces ella había sido la administradora, y todos los negocios y decisiones eran de su incumbencia. Y ahora, además, viendo cómo día a día crecía el amor de todos hacia Nangsa Ombum, convertida en predilecta de su padre y de su hermano, se encendieron en ella unos furiosos celos y empezó a difundir calumnias y a sembrar la discordia en torno a su cuñada. Le daba la peor comida y ropas viejas y rotas, lo que Nangsa Ombum aceptaba resignadamente, sin quejarse nunca ante su suegro o ante su marido, por no quebrantar la armonía familiar. Todo lo soportaba, sin quejarse nunca. Sólo a su hijo, a menudo, le decía mientras le estrechaba contra su pecho:

–De no ser por ti, corazón mío, tiempo ha que me hubiera ido de esta casa para hacerme monja, o me hubiera vuelto a la casa de mis padres.

Un día, Nangsa Ombum salió con su hijo al jardín a pasear y distraerse un poco, y halló a su esposo que estaba lavándose la cabeza. Corrió a ayudarle y, cuando hubo terminado de lavar bien sus largos cabellos, él colocó la cabeza en el regazo de su esposa y le pidió que se los peinara. Mientras lo hacía, se quedó profundamente dormido. Al tiempo de peinar los cabellos de su marido, Nangsa Ombum paseó su mirada por el jardín y descubrió que las flores se habían marchitado por causa de la escarcha otoñal, salvo dos, que aún parecían resistir al intenso frío. Esto la llevó a considerar su propio estado y, no pudiendo contener su pena, las lágrimas empezaron rodar por sus mejillas. Una de ellas cayó sobre el rostro de su esposo, que se despertó bruscamente. Viendo llorar a su esposa de aquel modo, le preguntó la razón y ella, no pudiendo ya ocultar su dolor, le dijo:

–Siempre me esfuerzo por tratar bien a Ani Ñimo, tu hermana, mas ella siempre me devuelve mal por bien. Le ofrezco un buen vino y ella me devuelve agua turbia. Cuando callo, dice que soy estúpida; cuando hablo, que digo tonterías; si salgo de casa, dice que soy una perra en celo; si me quedo en casa, que soy un bodhisattva colgado en la pared.

–Puede que mi hermana se esté portando mal contigo –dijo Tragpá Sámdrub al oír aquello–; voy antes a averiguarlo, y después hablaremos. En cuanto a tus padres, si los echas de menos, espera, y dentro de unos días iremos los dos a visitarlos.

Pasó en esto el verano y llegó la primavera. Toda la familia de Dragchenpa fue al campo para segar la cebada. Una tarde aparecieron en los campos dos monjes peregrinos, que, acercándose a Ani Ñimo, que dirigía el trabajo, le dijeron:

–Noble señora, de ricas ropas escarlata y rostro de tersa y lustrosa piel, dignaos hacer una buena acción que os permitirá acumular gran mérito;

dad una pequeña limosna a estos pobres monjes peregrinos, maestro y discípulo.

Así dijo el de más edad, haciendo sonar su damaru, mientras la saludaba ceremoniosamente.

Ani Ñimo sintió gran disgusto al ver a aquellos sucios monjes peregrinos que iban a mendigar y, hablando con voz distante, luego de entornar los ojos, dijo:

–Vosotros, lamas miserables, vagabundos mendigos, que pedís mantequilla y yogur en verano y chang en invierno para emborracharos, que subís a las montañas, pero no para meditar y bajáis a los pueblos, pero no para trabajar, que robáis en cuanto tenéis ocasión, que sobáis a las mujeres si halláis oportunidad, sois unos farsantes y unos impostores. ¡De mí nada habéis de sacar!

Y luego torció el gesto señalando a Nangsa Ombum a lo lejos y les dijo:

–Si queréis una limosna, id a pedírsela a aquella que veis allí; es una gran señora, nuera del gobernador.

Fueron los monjes hacia Nangsa Ombum, mas ésta, que había alcanzado a oír las palabras de Ani Ñimo, se apresuró a decirles:

–Venerables maestros, os ruego me perdonéis, pues no tengo autoridad ni poder algunos, y no está en mis manos daros limosna alguna.

–Señora de corazón más hermoso que el arco iris –insistieron los peregrinos–, dad muestra de vuestra compasión con una limosna, no importa lo pequeña que sea.

Entonces, Nangsa Ombum, cuya compasión era infinita, hizo acopio de valor y les entregó un poco de cebada.

Viendo Ani Ñimo que Nangsa Ombum se arrogaba el papel de dueña bienhechora, se enfureció hasta tal punto que, agarrando un palo, corrió hasta ella y la golpeó con gran saña repetidamente. Después, tras un breve forcejeo, consiguió arrancarle un mechón de cabellos y se volvió corriendo al palacio.

No bien hubo cruzado la puerta, comenzó a llorar y a lamentarse a grandes voces, al tiempo que calumniaba a Nangsa Ombum:

–Nangsa Ombum es una libertina, una perdida, les ha dado cebada a dos lamas mendicantes. ¿Sabéis por qué? Porque uno de ellos es joven y hermoso. Ha tomado la limosna como pretexto para concertarse con él. Ha mancillado el honor de nuestra familia, ha ofendido el buen nombre de esta casa.

Y aún más hizo, pues, mostrando el mechón de cabellos que había arrancado a Nangsa Ombum, dijo:

–Y además, ved lo que me ha hecho. Me ha golpeado con furia y me ha arrancado este mechón de pelo.

Estas palabras de Ani Ñimo soliviantaron a su joven y fogoso hermano, quien corrió a los campos en busca de su mujer. Llegó junto a ella y, sin mediar palabra ni preguntar razones, empezó a darle puñetazos y patadas, al tiempo que le decía palabras que ofenderían el oído de las buenas gentes.

¿Podría acaso una tierna flor resistir los embates de una violenta tempestad?

Los golpes y patadas de su marido acabaron rompiendo varias costillas a la pobre a Nangsa Ombum. Todo el cuerpo amoratado, derribada por tierra, ya no podía moverse y respiraba con suma dificultad. Aún así él seguía y seguía golpeándola. Los criados y campesinos, hombres y mujeres, que trabajaban en el campo, no pudiendo soportar más aquella escena, corrieron hasta ellos y, ya sin ningún miramiento, apartaron violentamente a Tragpá Sámdrub, y llevaron a Nangsa Ombum a su aposento.

Allí se queda Nangsa Ombum, sola, tendida en el lecho, el cuerpo dolorido en un puro moratón. Su corazón, agraviado y afligido. Abiertos los ojos, como entontecida. Mira a través de la ventana, contempla el cielo azul intenso. Se acuerda de su querido hijito, se acuerda de sus padres, tan lejos. No puede contener las lágrimas que, arrasando sus ojos, ruedan luego, gruesas gotas, por sus mejillas, y empapan su ensangrentado vestido.

En las altas montañas del norte había un monasterio llamado Kipo Yalung, donde residía un buen lama llamado Shakya Gyamtsén, reputado maestro de la Gran Perfección[74]. Un día, mientras recitaba los sutras, sintió de pronto una subida de calor en su cuerpo, como si la sangre afluyera de golpe a su cabeza, y supo al punto que Nangsa Ombum, de la que conocía su gran virtud y aun que era una kandroma, se encontraba en grande aprieto. Usando de sus mágicos poderes, se transformó en un joven vagabundo, con un mono amaestrado, y fue a verla.

Ese día, Nangsa Ombum estaba con su hijito en lo alto del pabellón de madera, contemplando las montañas otoñales. En esto llega el joven con su mono al pie del pabellón. Hace que el mono se ponga en postura de meditación, que salte y haga cabriolas, que se prosterne mirando hacia los cuatro puntos cardinales, mientras él canta y recita los sutras.

Madre e hijo, apoyados en la ventana, contemplan muy divertidos las monerías y, al final, Nangsa Ombum siente un gran embarazo, pues no le está permitido disponer de dinero o comida con que dar limosna a los mendigos. Entonces llama al joven a su cuarto y le entrega algunos de los adornos que trajo consigo el día de su matrimonio. Luego, abriéndole su corazón, le dice:

–En verdad que siento aversión por este mundo, y mi mayor deseo y ambición no es otra que poder retirarme a las montañas para entregarme a la meditación. Cierto que tengo un marido, compañero de por vida, mas, cual banderola de oración en lo alto del mástil, se mueve según sopla el viento, cree todo cuanto los demás le dicen y no repara en maltratarme. Mi hijo es de muy buena condición, mas demasiado pequeño, y nada de esto se le alcanza. La peor es mi cuñada, tan mala y perversa que no puedo vivir con ella bajo el mismo techo. Tú has debido de recorrer mucho mundo y sin duda sabes muchas cosas; por eso te ruego me digas qué montañas son las más silenciosas y tranquilas y si conoces algún monasterio donde resida un gran maestro, un lama que posea una gran sabiduría; pues mucho holgaría ir junto a él para hacerme su discípula.

–He recorrido el mundo, es cierto –dijo el joven–, y nunca he pronunciado falsas palabras. Puedes confiar en mí. En unas montañas que hay caminando hacia el norte, hallarás un famoso monasterio. Se halla entre dos montañas: una parece un yak acostado, la otra, un león que mira al cielo. El monasterio se llama Kipo Yalung, y en él reside un lama de gran sabiduría y virtud. Si de verdad quieres estudiar y practicar la santa Doctrina del Buda, si eres sincera, puedes ir junto a él que, a no dudar, te aceptará como discípula.

Oyendo lo cual, Nangsa Ombum se alegró muchísimo y le dio como limosna cinco corales y tres turquesas.

Quiso el destino que, en ese preciso momento, Dragchenpa estuviera vigilando a su gente que trabajaba en los campos. Había trepado por la escalera hasta lo más alto del pabellón para poder divisar los campos en las cuatro direcciones. Oyó desde allí que en el cuarto de Nangsa Ombum hablaban un hombre y una mujer. Ella era su nuera, era su voz, no había duda; pero ¿quién era él? ¿Su hijo? No, desde luego, pues su voz no era tan melodiosa. Presa de duda y desasosiego, se llegó hasta la ventana alta y miró por una rendija. Y lo que vio fue a Nangsa Ombum que le entregaba corales y turquesas a un joven apuesto, para él desconocido, mientras su nieto jugaba entre risas con un mono. Ardiendo de cólera, bajo rápidamente por la escalera y se precipitó en el cuarto. Ni rastro del joven, ni del mono. Agarró del pelo a su nuera y empezó a golpearla entre insultos:

–Ayer regalaste cebada a unos monjes y hoy le das a hurtadillas tus joyas a un mendigo. Eres una puta asquerosa, que mancillas el honor de mi familia.

Y la estuvo golpeando con puños y pies, salvajemente, durante un buen rato. La pobre Nangsa Ombum, que había sido ya golpeada la víspera por su cuñada y luego por su esposo, hasta quedar muy maltrecha, ahora volvía a recibir una tremenda paliza.

El gobernador se llevó al niño para ponerlo al cuidado de una nodriza, y la dejó sola en el cuarto. Agitada, afligida, dolorida en lo más hondo de su corazón. Su estado lamentable, graves las heridas, a medianoche, tendida en el lecho, sola en el cuarto, exhaló su último suspiro.

El niño, después de verse arrancado de los brazos de su madre, ya no quiso comer. Tampoco durmió en toda la noche, sin cesar de llamar a su madre. De modo que la nodriza, apenas despuntó el día, lo llevó al cuarto de Nangsa Ombum. Allí estaba ella, inmóvil, parecía dormir. Como no respondía a las voces que la nodriza le daba, ésta se acercó al lecho y, al palpar el cuerpo, lo notó completamente frío y tampoco respiraba. Supo entonces que estaba muerta y, asustada, empezó a lanzar grandes chillidos y corrió a decírselo al gobernador y a su hijo. No acababan estos de creérselo; imaginaron que ella, tras la doble humillación sufrida en dos días, fingía estar muerta. Así que al entrar en el cuarto, cantaron a dúo:

En el jardín hay cien hermosas flores
Parece que la escarcha las quiere matar
Mas el otoño aún no ha llegado
La escarcha aún matarlas no podrá.

Y luego dijeron:

–Levántate, Nangsa Ombum

Mas Nangsa Ombum no respondió, y sólo cuando llegaron los dos junto a ella y la examinaron de cerca, fueron ciertos de su muerte. Entonces se sintieron horrorizados ¡Qué gran remordimiento y dolor, nunca debieran haberla golpeado de aquella salvaje manera!

Siguieron luego los ritos funerarios. Para ayudar al espíritu de la difunta en su tránsito por el Bardo, convocaron a los monjes para que recitaran los textos, repartieron muchas limosnas y realizaron toda clase de acciones meritorias. Siguiendo las instrucciones del gran lama, acomodaron el cadáver dentro de un ataúd, después de envolverlo primero en un sudario y luego en una gruesa tela de pulu. Finalmente lo llevaron a lo alto de la montaña del este, donde al cabo de siete días debería ser quemado y sepultadas las cenizas.

★ ★ ★

Durante este tiempo la conciencia *(namshe)* de Nangsa Ombum había abandonado el cuerpo, como un pelo cuando lo sacan de una bola de mantequilla, y vagando había entrado en el Bardo de la existencia[75]. Allí fue recibida por los *awa lang-go*, que la condujeron a presencia de Shinje, el Señor de la Muerte, Rey de la Doctrina[76]. Viendo a Shinje, con su cabeza de toro en la que centelleaban tres ojos furiosos y aterradores, Nangsa Ombum habló y dijo:

–Cuando estaba en el mundo de los hombres, bien sabía que la vida por fuerza tiene un final: la muerte. Por eso nunca me apegué a la existencia.

Shinje consultó el libro de la vida y de la muerte y halló que muchas eran las piedrecitas blancas en la vida de Nangsa Ombum y negras sólo dos. Durante su vida, por tanto, no había obrado el mal ni generado mal karma. Entonces Shinje, Señor de la Muerte, habló y dijo:

–Cuando llega a mi presencia quien ha obrado el bien, lo guío hasta el buen camino, y entonces mi nombre es Chenresi, el Gran Misericordioso; cuando se presenta un malvado, lo arrojo a los infiernos, y entonces mi nombre es Señor de la Muerte. Tú eres un ser bondadoso, no puedes quedarte aquí, ¡retorna al mundo de los vivos!

⋆ ⋆ ⋆

Retornó, pues, la conciencia de Nangsa Ombum a su cuerpo. Entonces se levantó, hizo con el sudario una camisa, y un faldón con la tela de pulu, y después de sentarse con las piernas cruzadas en la postura del loto, entonó una plegaria:

> Dorje Neljorma (Vajrayoguini) que moras en el este
> De cuerpo blanco y puro cual caracola de mar
> Que haces sonar el damaru en tu mano diestra
> Mientras con la siniestra tocas la campanilla...

Cuando los que velaban el cadáver oyeron que alguien cantaba, se acercaron a mirar. Vieron entonces que era Nangsa Ombum, sentada en meditación, vestida con una camisa blanca. Aterrados, todos se dieron a imaginar que era un *rolang* (cadáver del que se ha apoderado un espíritu). Algunos incluso recogieron piedras del suelo dispuestos a lanzarlas contra el que creían fantasma. En ese momento Nangsa Ombum habló y les dijo:

–No temáis, no soy un rolang, sino que he vuelto a la vida.

Oyéndola hablar, se postraron en tierra y la saludaron con una gran veneración. Luego corrieron a dar la noticia.

Cuando en la ciudad se supo del extraordinario suceso, todos se llenaron de admiración y contento y se apresuraron en dirección a la montaña del este. En el camino, el gobernador y todos los que le acompañaban, vieron cómo se formaba un arco iris sobre la montaña y cuando llegaron cerca divisaron a Nangsa Ombum, sentada en postura de meditación, en medio de brillantes luces, y que sobre ella descendía del cielo una lluvia de flores que iba cubriendo su cuerpo poco a poco.

Cerciorados, pues, el gobernador y su hijo de que Nangsa Ombum había vuelto a la vida, se acercaron prestamente a ella para solicitar su perdón, profundamente arrepentidos de su criminal conducta. Después de elogiar sus excelentes prendas, le suplicaron que volviera con ellos al palacio para vivir en adelante felices, en perfecta paz y armonía.

Mas, para entonces, Nangsa Ombum, que tanto había sufrido, no sentía ya interés alguno por el mundo. Había determinado cortar todos los lazos con él y entregarse a la vida religiosa. Así pues, se negó en redondo a regresar a palacio.

Al oír que su madre no consentía en volver a casa, Lhau Tarpó se arrojó en sus brazos y rompió a llorar desconsoladamente:

–¡Mamá! Mamá! ¡El leoncito de las nieves no puede abandonar las cumbres nevadas, ni el aguilucho que vuela alto abandonar los riscos, ni el pececito el lago, ni el cervatillo el bosque. Mamaíta, ¿cómo puedes tú separarte de tu hijito?

Aquellas súplicas de su hijo conmovieron profundamente el ya de por sí compasivo corazón de Nangsa Ombum y su rostro se arrasó de lágrimas, que luego rodaron por sus mejillas, como cuentas de un rosario cuando se rompe el hilo. Rodaron hasta caer en el rostro del niño, con cuyas lágrimas acabaron fundiéndose. También los sirvientes la rodearon, puestos de hinojos, mientras le suplicaban que volviera. Ante todo aquello, Nangsa Ombum no pudo resistirse más. Y puesto que su suegro y su esposo se arrepentían de su anterior conducta y prometían ser devotos y piadosos y observar la Doctrina del Buda, al final Nangsa Ombum no pudo menos de acceder a sus ruegos.

Mas la naturaleza humana es como la del agua, que siempre corre hacia abajo, y así, con el paso de los días, las promesas del gobernador y de su hijo, y su determinación de obrar el bien, se fueron debilitando, y al final volvieron a las andadas. Y ahora, no sólo no escuchaban ya las recomendaciones de Nangsa Ombum, pero que ni la permitían a ella entregarse a la práctica espiritual. Lo cual, en realidad, no la tomó por sorpresa, pues en el fondo imaginaba que sucedería tarde o temprano.

De modo que un día, a la hora del alba, cogió a su hijo y se encaminó a la casa de sus padres. Cuando llegó, halló todo cambiado. Tras siete años de ausencia, sus padres parecían aún más viejos; los árboles y plantas, marchitos y secos; sus amigas de la infancia, prematuramente ajadas; sucio y oxidado, el telar que día y noche había manejado en su juventud. Aquello la hizo alcanzar el profundo conocimiento de la transitoriedad de las cosas y de la brevedad de la vida del hombre. Buscando entonces refugio y paz espiritual se acercó al monasterio de Kipo Yalung, donde el gran maestro Shakya Gyamtsén, conociendo bien la sinceridad de su corazón, no dudó en recibirla como discípula. Tras pronunciar los votos ante el maestro, Nangsa Ombum se entregó por entero, en cuerpo y alma, a una intensa práctica espiritual.

Pronto llegó a oídos de Dragchenpa la noticia de que Nangsa Ombum había tomado los votos de monja. Oírlo y montar en cólera fue todo uno. Organizó al punto una pequeña tropa de varios cientos de hombres, quienes, armados con lanzas, espadas y mazas, y portando antorchas, rodearon una noche el monasterio. Gritaban los hombres como energúmenos:

–¡No dejaremos escapar a esas monjas hechiceras y a esos endemoniados monjes!

Shakya Gyamtsén era hombre de grandes poderes, y viendo que la tropa del gobernador no se avenía a razones, desplegó sus poderes prodigiosos y se manifestó bajo la forma de la Doctrina.

Cuando la numerosa hueste del gobernador se disponía a irrumpir en el monasterio, vio salir de su interior miles de rayos de una brillante luz, y en medio de ellos al gran maestro, a Shakya Gyamtsén, vestido con una deslumbrante túnica blanca: sentado sobre una flor de loto se elevó lenta y majestuosamente sobre el monasterio y desapareció en lo alto del cielo, convertido en un verdadero buda. Y también Nangsa Ombum voló hasta lo alto del cielo, convertida en un bodhisattva.

Los hombres del gobernador se quedaron por un tiempo estupefactos y presos de gran terror; luego se apresuraron a postrarse por tierra en señal de profundo respeto y reverencia.

Desde ese día, el gobernador y su hijo, ahora sí, sincera y profundamente vueltos hacia la Doctrina del Buda, confiaron el gobierno de los asuntos políticos y familiares a Lhau Tarpó y ellos se retiraron, para consagrarse por entero a la práctica espiritual.

Lhau Tarpó fue un sabio gobernante y un hábil administrador, guiándose siempre por el ejercicio de las diez grandes virtudes y la total renuncia a los diez grandes vicios. Y así, año tras año, se repitieron las buenas cosechas y todo el mundo vivió feliz.

En cuanto a la gruta donde estuvo meditando Nangsa Ombum, aún hoy se puede apreciar, en una roca, la huella dejada por uno de sus pies.

Los dos hermanos

Antaño, en un reino de la India llamado Togpasangling, gobernaba el rey Tobguilha. Este rey vivía feliz, muy unido a su esposa, Künsangma. Sin embargo, habían transcurrido muchos años y no tenían hijo alguno, ni tampoco hija. Muy preocupado por no tener descendencia, el rey no pudo menos de implorar a los dioses y solicitar a los magos y adivinos de todo el reino que echaran las suertes para descubrir el remedio.

Cierto día invitaron a palacio a un célebre mago, muy experto en *mo, cha* y *tsi*[77], llamado Kanti el Samán, para que realizara sus prácticas y celebrara sus ritos adivinatorios. Terminados estos, dijo el samán al rey:

–Lejos, muy lejos, más allá del mar océano, hay un continente llamado Kosha Morada de los Dioses. En él habitan dioses y nagas; si allí vas y les haces sinceras y piadosas ofrendas, a no dudar que tendrás un hijo, que además no tendrá rival en el mundo.

Cuando oyó aquellas palabras el rey, tras manifestar al samán su profundo agradecimiento, comenzó los preparativos para el largo viaje. No iría solo, sino acompañado de su esposa y de sus concubinas, de sus lonpos y otras gentes del pueblo. Todos vistieron sus mejores galas y acomodaron a lomos de elefante muchos objetos y mercaderías de las que se acostumbra usar como ofrendas a los dioses. Finalmente partieron en dirección al continente indicado por el samán.

Cuando alcanzaron las orillas del mar, subieron a un barco y en él navegaron cinco días con sus noches hasta arribar a Kosha, morada de los dioses y de los nagas. Una vez allí, durante siete días seguidos celebraron ceremonias en honor de los dioses y de los nagas y les hicieron ofrendas. La noche del séptimo día el rey tuvo un sueño. En él se le apareció un *acharya* («maestro, guía») blanco, con un rosario de cristal en la mano, que le habló de esta manera:

–Escucha, ¡oh rey! Eres hombre honesto y piadoso, que has venido a este lugar para hacer ofrendas y pronunciar alabanzas en honor de los dioses y los nagas. Gracias a este tu proceder, no pasando mucho tiempo tendrás dos hijos, dos príncipes, que serán manifestaciones de sendos bodhisattvas: del Gran Misericordioso el uno, y de Jampelyang (Mañjushri) el otro. Ambos serán tus herederos. ¡Regocíjate, pues, noble rey!

Oyéndolo el rey, se llenó de infinito contento y preguntó:

–¿Podéis decirme de dónde venís y quién sois?

–Vengo del Paraíso del Oeste[78] –le respondió el acharya–, y soy el Buda de la Luz Infinita (Öpame, Amitabha). El Señor de Kosha, Watsamundi, es tu protector, tuyo y de tus futuros dos hijos. Debes venir a menudo para hacerle ofrendas y presentarle *tormas*[79].

Despertóse el rey y, después de aquel sueño, aún alcanzó a ver muchos otros presagios favorables, con lo que su contento fue aún mayor. Recogieron luego el equipaje y emprendieron el camino de regreso a su país.

Transcurridos nueve meses y diez días, la reina alumbró un varón. En el momento de nacer cayó del cielo una lluvia de flores y se formó un arco iris semejante a una inmensa yurta. Aderezóse un gran festín para celebrar el feliz acontecimiento y, en medio del alborozo general, sonaron las grandes caracolas blancas, se plantaron muchas y grandes banderas y resonaron trompetas y tambores. Tampoco olvidó el rey a Kanti el Samán, al que colmó de magníficos presentes. Como quiera que el rey había visto cumplidos finalmente todos sus deseos, quiso que el príncipe recién nacido se llamara Tondrub («éxito»).

A la edad de cinco años, un día, el príncipe empezó por sí solo a recitar el mantra de las seis sílabas, *Om mani peme hung*, lo que provocó gran admiración en todos. Mas de pronto, ese mismo año, la reina Künsangma cayó gravemente enferma. Eleváronse preces a los dioses solicitando su ayuda, se llevaron a cabo toda suerte de adivinaciones y también se recurrió a las yerbas medicinales y a la aguja de oro, mas todo fue inútil, pues a poco la reina abandonó a su esposo y a su hijo y dejó este mundo: el reino entero quedó sumido en un grandísimo dolor.

Transcurrió un año, y un día que el rey y su hijo asistían a una ceremonia de consagración de un chorten, acertó a divisar el rey entre la muchedumbre a una muchacha bellísima, de arrebatador encanto y noble porte. Informado el rey de la condición y del nombre de la muchacha, que se llamaba Pemachén (padma-can), dio orden al lonchen (gran visir) que la condujera a palacio, donde luego de hacerla su primera esposa, la amó como nunca antes había amado.

Una noche, soñó el rey que el Buda de la Luz Infinita le volvía a hacer don de un hijo. Y, en efecto, a poco resultó que la nueva reina quedó encinta y, a los nueve meses y diez días, alumbró un varón. El rey, debido al sentido y conveniencia de aquel segundo alumbramiento, puso por nombre al recién nacido Tonyó («tener verdadero sentido»). El príncipe Tonyo, desde pequeño, mostró una rara afición: no quería estar con su madre, ni tampoco con su abuela, sino siempre con su hermano mayor. Juntos estudiaban, jugaban, se divertían y descansaban. El verlos tan unidos era para su padre un verdadero motivo de grandísima satisfacción.

Así fueron pasando los años, y un día la reina Pemachén abrió una ventana que daba al este y miró hacia la gran plaza. Vio en ella a un numeroso grupo de gente que cantaba y que bailaba, y también un corro, cerca de la ventana, donde algunos conversaban. Hasta ella llegaron sus voces y pudo entender lo que decían:

–Nuestro rey tiene ya dos hijos. Tondrub, el mayor, es un joven de excelentes prendas y muy buen natural, y además es hijo de una princesa. Debe ser él quien ocupe el trono cuando muera su padre. El segundo, Tonyo, no le va a la zaga a su hermano, mas de su madre nada se conoce, de modo que ¡no podemos permitir que sea él el heredero!

Harto mohína se puso la reina oyendo aquel comentario, y con un fuerte golpe cerró la ventana. Fue luego a abrir una ventana en el ala sur y luego otra en el ala oeste, y siguió escuchando los mismos comentarios de la gente:

–Al príncipe Tondrub, el mayor, sí que se le puede elegir como heredero del trono. El pequeño, no es que sea malo, pero ¡no tiene calidad bastante para ser rey!

Oído todo esto, el enojo de la reina subió de tono. Fue al lado norte, abrió una ventana y miró. Vio a un grupo de chiquillos que estaban jugando al escondite. Al poco, los chiquillos fueron a recoger piedras y con ellas hicieron un montón a guisa de trono. Uno de los críos, imitando al príncipe Tondrub subió al «trono», y otros, como si fueran sus lonpos y vasallos, se prosternaron ante él para rendirle pleitesía. Los demás, en el papel de pueblo llano, se quitaron parte de la ropa, y haciendo bultos con ella, la llevaron a rastras como si fueran yaks y corderos que presentaban al rey como tributo. Sólo uno de ellos se estaba aparte, sobre un montón de paja, en el papel de Tonyo.

Viendo lo cual, la reina sintió que el corazón se le oprimía dentro del pecho y, luego, se dio a cavilar: «No hay que menospreciar a Tondrub, pues aunque su madre ha muerto, ¡goza de muchísimo prestigio! Por lo que hoy acabo de ver, no hay duda que heredará el trono y mi hijo quedará apartado. Si mi hijo no puede ser rey, yo, su madre, no valgo nada, nada... ¡Ay! ¡He de meditar seriamente sobre este asunto!».

Al cabo de poco tiempo, un día, la reina se embadurnó la mejilla derecha con polvo rojizo, y la derecha con índigo, y comenzó a gritar como una posesa. Acudió corriendo el rey, muy preocupado, y le preguntó qué mal la había tomado, mas ella, muy de intento, no respondió nada. El rey entonces, muy afligido y al mismo tiempo asustado, hizo venir a varios adivinos para que echaran las suertes, a varios lamas para que celebraran rituales y a varios samanes para que practicaran exorcismos. Mas nada de ello sirvió, y el rey, en el colmo de la inquietud, a punto estuvo de caer gravemente enfermo. Así pasaron tres días, al cabo de los cuales el rey en persona fue hasta el lecho de su esposa y le preguntó:

–Mi queridísima esposa, ¿no sabrás tú misma cuál es el remedio que puede aliviar tu mal?

–Remedio hay –respondió ella–, mas vos no vais a consentir en ello, de modo que mejor dejadme morir, ¡y todo habrá acabado! ¡No es menester hablar más!

Y diciendo esto lanzó un largo y fingido suspiro.

–Por muchas fieras que vivan en las montañas –dijo a esto el rey–, no hay una a la que un león no pueda dar caza; por muchos y difíciles que sean los negocios del mundo, no hay uno al que un rey no pueda dar cumplido término. De modo que, amada mía, dime presto qué debo hacer, y ten por cierto que lo haré.

–¡Sólo si pronunciáis un solemne juramento –dijo la reina–, creeré que sois capaz de hacerlo!

El rey no lo dudó ni por un instante, y al momento pronunció el juramento: *Kön chog sum* («Lo prometo ante el Buda, el Dharma y la Sangha»). Sólo entonces dijo la reina:

–Nuestro príncipe Töndrub es la encarnación de un demonio. Al poco de nacer provocó la muerte de su propia madre, la reina Künsangma, y ahora es a mí a quien está haciendo daño, y a lo que parece no he de tardar en morir. En realidad no es mi muerte lo que importa, sino que más tarde seréis vos, esposo mío, a quien le toque sufrir su maldad y moriréis antes de lo fijado por el destino. Si fuera posible apoderarse de ese demonio encarnado y darle muerte, no hay duda que mi mal desaparecería, y además vuestra vida no correría ya peligro.

Al oír aquello, el rey quedó estupefacto por un momento, y luego dijo para sí: «Mi hijo Tondrub vino a este mundo gracias a mis súplicas a los dioses y a mis plegarias al Buda, y todo el mundo dice que es un ser fuera de lo común, merecedor de ser mi heredero en el trono, ¡tengo para mí que está muy lejos de ser un demonio! Mas por otro lado, la muerte extraña de su madre también es cosa cierta y segura, y si ahora pierdo a mi amada esposa Pemachén, ¡sería terrible! Pero yo no puedo matar a mi hijo con mis propias manos, ¡eso no lo puedo ni imaginar!... ¡Bien, bien, bien! Lo que haré será desterrarlo a una región fronteriza, lejana e inhóspita, y así mi esposa ¡no hay duda que sanará!».

Así pensó y luego dijo a su esposa, quien se mostró muy satisfecha con la idea del rey.

Así pues, el rey hizo pública una orden: «El príncipe heredero debe abandonar la capital del reino y partir hasta la inhóspita frontera, donde en lo sucesivo deberá vivir el resto de su vida». Cuando esta noticia llegó a oídos de Tonyó, fue corriendo a ver a su hermano y le dijo:

–¡Hermano! He sabido que te destierran a la frontera, quiero que me lleves contigo. ¡A donde tú vayas, yo también iré!

–¡Hermanito querido! –replicó Tondrub–. Escucha bien lo que te voy a decir. Ir a la frontera no es un viaje de placer, ni tampoco una peregrinación para ofrecer incienso al Buda; es un viaje muy peligroso, donde se sufre hambre y sed, y se arrostran multitud de peligros, ¡tú no pudes ni debes acompañarme! Debes quedarte en palacio y obedecer a nuestro padre y a tu madre. Más tarde heredarás el trono, y gobernarás el reino.

–Hermano –dijo Tonyó llorando a lágrima viva–, ¿cómo puedo quedarme aquí, yo solo, heredar el trono y gozar de felicidad, mientras tú, allí lejos, en la frontera, estarás sufriendo toda clase de privaciones y penas? ¡Llévame contigo! ¡Quiero estar siempre contigo, en la vida y en la muerte!

Y así, por mucho que porfió Tondrub tratando de persuadir a su hermano, éste no quiso escucharle. Finalmente, fuerza le fue a Tondrub intentar partir a escondidas de su hermano. Y así, una noche se levantó del lecho mientras su hermano dormía, y empezó a preparar lo necesario para el viaje. En esto se despertó Tonyó y, descubriendo los preparativos de su hermano, se abrazó a su cuello con fuerza, que no había manera de soltarlo. Lloraba, se debatía, y no dejaba a su hermano. Éste hubo de esperar largo rato, hasta que Tonyó se volvió a quedar dormido, vencido por el sueño. Entonces, a toda prisa, aparejó provisiones para el camino: tsampa y cecina, y sigilosamente salió de palacio y empezó a caminar buscando las frías e inhóspitas tierras del norte.

En este tiempo Tonyó se había vuelto a despertar y, no viendo a su hermano, salió en su busca. Corría por el campo llorando y gritando:

–¡Hermano! ¡hermano!

Oyó los gritos, desde lejos, Tondrub y, lanzando un profundo suspiro, esperó a su hermano. Llegó éste jadeante, se abrazaron y prosiguieron, juntos ya, el camino en dirección a frontera del norte.

En este tiempo algunos rectos lonpos, advertidos de lo anteriormente referido, se sintieron profundamente conmovidos, y acordaron despachar en secreto a tres sirvientes, con un elefante y un caballo, para que acompañaran en el viaje a los dos hermanos y cuidaran de ellos.

Así estuvieron viajando casi un mes, hasta que alcanzaron los límites del reino. Los sirvientes ya no podían seguir adelante y Tondrub les dijo que se volvieran. Mas los sirvientes habían cobrado un gran afecto hacia los dos hermanos y no querían abandonarlos, hasta el punto que rompieron a llorar. También Tondrub sentía el dolor de la separación, pero hubo de persuadirles:

–Cada uno debe hacer lo que debe, no tiene por qué ser otro el que lo haga por él. Cuando la gente se reúne, al final acaba separándose; es como los mercaderes en una feria, o como las nubes que ocultan la luna. Volveos, pues, los tres, que más tarde es posible que nos volvamos a reunir.

Los tres sirvientes, pese a estas razones, no acababan de decidirse a regresar, tan fuerte era el afecto que les habían tomado. De modo que Tondrub hubo de insistir:

–La belleza de la primavera es tan fugaz como el arco iris; la vida del hombre es como una flor cuya existencia es imposible prolongar. Nadie hay capaz de escapar del camino que conduce a la muerte. En un tiempo futuro nos volveremos a encontrar en las regiones celestiales.

Terminando de decir esto, los dos hermanos se alejaron, camino de las heladas tierras del norte.

Volviendo al palacio del rey, cumple decir que cuando el rey y la reina fueron avisados de la partida de los dos hermanos, su sorpresa fue inmensa, y, sumamente agitados por una gran inquietud despacharon gentes que fueran a buscarlos por todas partes. Mas cual hoja caída en el bosque, o piedrecita hundida en el fondo del mar, o aun niebla que se disipa en el cielo, no hallaron ni el menor rastro de los dos hermanos. Entonces la reina, buena fingidora de una falsa enfermedad, ahora que vio perdido a su hijo, fue presa de un verdadero y grave mal. Y también los nobles y plebeyos del reino, todo el mundo, empezó a sentir una gran preocupación por los dos príncipes...

Por su lado, los dos hermanos cruzaron perdidas aldeas, pasaron por negras yurtas de solitarios nómadas, atravesaron vastos desiertos de arena y frondosos y temerosos bosques, hasta llegar a las tierras donde no se divisa humo de humana vivienda, silencio por doquier, soledad infinita. En ese punto, sus provisiones agotadas, hubieron de comerse las mismas bolsas de piel de yak. Sus bocas ardían de sed, y ya no les quedaban fuerzas. Se sentaron a descansar. En esto Tondrub descubrió un arbusto con algunas bayas, las arrancó y se las dio a comer a su hermano, después de lo cual, un tanto recuperados, arrastrando los pies y no sin grandes esfuerzos, prosiguieron su camino.

Cuando llegaron ante la Montaña del Hocico de Yak, Tonyó ya no podía más, estaba completamente agotado.

–Siéntate aquí y descansa –le dijo su hermano–. Mientras, iré a buscar agua al otro lado de la montaña.

Tondrub caminó y caminó hasta muy lejos en busca de agua, mas todos los torrentes estaban secos. Volvió la cabeza y vio a su hermanito derrumbado en el suelo. Pensando que algo le había pasado, abandonó su búsqueda y corrió junto a Tonyó. Lo halló en muy mal estado: respiraba con mucha dificultad, parecía una flor marchita. Lo cogió entre sus brazos y, en ese momento, Tonyó abrió los ojos y le dijo:

–Hermano, me parece que ya no puedo acompañarte más, no puedo...

Tondrub sintió como si le hubieran clavado un puñal en el corazón. Con su hermanito moribundo en brazos, un torrente de lágrimas se desbordó de sus enrojecidos ojos. Justo en ese momento llegó volando una oropéndola, y luego un ruiseñor, que dieron vueltas sobre ellos como si elevaran una plegaria. Al poco tiempo, Tonyó cerró suavemente los ojos y dejó de respirar. En ese mismo instante los montes y cerros se estremecieron y del cielo cayó una lluvia de flores, y en las alturas empezó a sonar una suave melodía. De las montañas bajaron muchos animales salvajes, tigres, monos, orangutanes... mas ninguno les atacó, sino que más bien parecían acudir para proteger a los dos hermanos.

Una buena pieza se estuvo llorando Tondrub, y después, cargando a sus espaldas el cadáver de su hermanito, siguió camino adelante. Tras cruzar ocho altas montañas llegó a un gran bosque. Las montañas estaban cubiertas de árboles de sándalo y los ríos no lo eran de agua, sino de purísma leche.

«No puede haber lugar mejor que éste», se dijo Tondrub, «depositaré aquí el cadáver de mi hermano.»

Y así fue como dejó muy bien colocado el cadáver, al pie de un gran sándalo cuyas ramas semejaban un enorme parasol. Luego aderezó con ramas una especie de cercado alrededor de los restos. Acabado lo cual, siguió su marcha hacia las desiertas tierras del norte.

Después de cruzar hasta trece altas montañas, a deshora descubrió a lo lejos unas banderolas de oración que ondeaban en las ramas de un árbol.

«Allí donde ondean banderas de oración» se dijo, «por fuerza ha de haber alguna aldea, o alguna yurta; cuando menos alguien ha de haber, y si hay alguien, no faltará comida.»

Enderezó, pues, sus pasos hacia el lugar donde se veían las banderolas y, cuando llegaba cerca de un bosque que había en la ladera de la montaña, descubrió huellas humanas. Esto le afirmó en su suposición, por lo que siguió caminando hasta cruzar el bosque. Al salir de éste, se encontró ante una pradera y oyó vagamente la voz de alguien que parecía recitar los sutras.

«No cabe duda que cerca debe de haber un monasterio», pensó.

Trepó a toda prisa por la ladera del monte frontero y, al llegar al collado, descubrió un estanque de aguas de un verde brillante, en cuya orilla un lama de blanquísimos cabellos recitaba mantras al tiempo que arrojaba tormas a las aguas.

Tondrub se acercó despacio al lama y, echándose por tierra en reverente saludo, dijo:

–¡Rinpoche! Os suplico me guiéis...

No había acabado de hablar cuando el anciano lama, al volver la cabeza y verle, preguntó muy asustado:

–¿Eres hombre o demonio?

Y es que a decir verdad, Tondrub, que durante tanto tiempo sólo había comido viento y bebido rocío, tras recorrer un largo y penoso camino, sin apenas dormir, y con la inmensa pena de la muerte de su hermano, había enflaquecido de tal manera que su cuerpo más parecía desnuda rama de árbol y sus cabellos alborotada pelambrera. No era, pues, de extrañar que a quien lo viera más se le hiciera hallarse ante infernal demonio que ante humana criatura.

–¡Rinpoche! –gimió el príncipe–, os suplico uséis de vuesto ojo de sabiduría y veáis que no soy demonio, sino un humano desdichado.

–Si no eres demonio –preguntó el lama–, ¿de dónde vienes? ¿adónde te diriges?

–Vengo de un lugar muy lejano –le respondió–, y he venido hasta aquí para padecer y sufrir.

Sintió el lama gran compasión por el recién llegado y lo condujo hasta la gruta donde vivía. Allí primero le procuró lo necesario para lavarse y peinarse, le dio ropa limpia y aderezó algo de comida con que saciar su hambre. Mientras comía, Tondrub refirió al lama quién era y lo que en los últimos tiempos le había acaecido, y cuando en su relato llegó a los momentos más dolorosos, le fue imposible contener las lágrimas y rompió en lastimero llanto, que aun el lama sintió que se le partía el corazón.

A partir de ese día, el príncipe tomó al anciano lama como maestro, y le sirvió con gran solicitud y diligencia. Todos los días se levantaba muy temprano, iba por agua, iba a cortar leña y, sobre todo, le procuraba al lama yerba que le sirviera de cómodo asiento en sus meditaciones.

Al cabo de un tiempo, como el lama viera que el rostro de Tondrub seguía dando señales de tristeza y sufrimiento, le preguntó:

–¡Tondrub! Creo adivinar que aún hay algo importante que te preocupa y entristece. ¿Por qué no me lo dices?

–¡Maestro! –respondió–. Yo ahora estoy aquí bien acomodado y muy a gusto, mas mi pobre hermanito se encuentra muy lejos de mí, tanto que ni siquiera puedo ver su cadáver. Por eso no puedo estár tranquilo y en sosiego, y holgaría mucho ir en busca de su cadáver y traerlo aquí.

–Lo que dices es justo y obligado –asintió el lama–; mas no debes preocuparte más, que aún yo te he de acompañar.

Y así Tondrub y el lama se pusieron en camino en busca de los restos de Tonyó.

Volviendo ahora a Tonyó, cuya muerte fue provocada por la sed, ya se ha dicho que Tondrub dejó su cadáver al pie de un gran sándalo, rodeado por un cercado de ramas. Ahora bien, ocurrió algo sumamente extraño, algo inesperado, que ningún humano podía imaginar. Llegó la noche y sobrevino una gran lluvia. De las hojas del sándalo empezaron a caer gotas sobre el rostro de Tonyó; y algunas gotas, resbalando, acabaron por entrar en su boca a través de las comisuras de los labios. De este modo, su seca garganta se humedeció y, cual agostada mies que recibe una propicia lluvia, el príncipe Tonyó poco a poco volvió a la vida[80].

Para él fue como despertar de un sueño. Sorprendido por la cerca que le rodeaba, y no viendo a su hermano, le llamó una y otra vez:

–¡Hermano! ¡Tondrub! ¡Hermano mío!

Mas no obtuvo otra respuesta que no fuera el eco de sus gritos.

–¡Ay! ¡Malo, malo! No hay duda que alguna fiera ha devorado a mi hermano. ¿Cómo puedo haberle faltado cuando más me necesitaba?

Corrió, pues, saltando y trastabillándose, hasta llegar al bosque, donde siguió con sus gritos y llamadas:

–¡Hermano! ¡Hermano! ¿Dónde estás? ¿Dónde te has metido?

Paró un momento para comer unas pocas bayas y beber agua en un arroyo, y luego prosiguió la búsqueda de Tondrub.

En cuanto a Tondrub, llegó, acompañado del anciano lama, al lugar donde había dejado el cadáver de su hermano. Descubrió entonces que la cerca estaba rota y el suelo cubierto de cáscaras de bayas, como si alguien hubiera estado en aquel lugar. Pero el cadáver de su hermano se había desvanecido, como el arco iris, sin dejar rastro. Ante semejante escena, se acreció el dolor que sentía. «¿Acaso el cadáver de mi pobre hermanito ha sido pasto de las fieras?», se dijo.

Buscó y rebuscó por todas partes, y así siete días, sin hallar huella ni rastro alguno. Entonces habló el anciano lama y dijo:

–¡Hijo mío! ¡No malgastes más tus fuerzas! Imagino que a tu hermano lo ha salvado algún ser celestial y se lo ha llevado consigo. Estoy cierto de que en el futuro tendréis ocasión de volver a encontraros. No hay para qué preocuparse en demasía, ni afligirse, ¡que así sólo conseguirás menoscabar tu salud!

Dio crédito Tondrub a las palabras del lama, y luego se volvieron juntos a la gruta.

En esto, un día dijo el lama a Tondrub:

–Dentro de no mucho tiempo he de presentarme en el palacio del rey para recitar los sutras; bueno sería que tú también estudiaras los rituales y aprendieras a leer los sutras y a recitar los mantras.

Y así fue como Tondrub, dirigido por el lama, comenzó a estudiar los sutras, sin bajar de la montaña durante un tiempo.

Pero un día, Tondrub hubo de bajar para procurarse algunas cosas y, al llegar a la pradera del valle, vio a un nutrido grupo de pastorcillos que estaban jugando. Quiso entonces tomar parte en sus juegos, y pronto los chiquillos le tomaron gran afecto, en seguida lo eligieron como jefe, para que fuera él quien los dirigiera y llevara a jugar a esto o a lo otro. Cuando estuvo de vuelta en la gruta, el lama le preguntó que por qué había tardado tanto, y él le hizo puntual relación de lo que había pasado.

–Es menester que andes con mucho tiento –le dijo el lama–, y no hables a tontas y a locas de quién eres y de dónde vienes; así te evitarás enojos y cuidados.

A lo que Tondrub asintió y prometió guardar en la memoria las palabras de su maestro. Pasaron unos días, y Tondrub volvió a bajar de la montaña para comprar provisiones y, como la vez anterior, se estuvo una pieza jugando con los muchachos. Como quiera que al competir en fuerza, ninguno de ellos podía superarle, le preguntaron de dónde le venía aquella fuerza tan poco común.

–Habéis de saber que soy dragón (soy del año del Dragón) –les respondió–. ¿Acaso ignoráis la fuerza que tienen los dragones?

A partir de entonces los muchachos le llamaron «El Dragón», y aquel sobrenombre cobró gran fama en toda la región.

Ahora bien, el lugar aquel pertenecía al rey Kocha, cuyo palacio se hallaba a varias jornadas de viaje. Era un magnífico edificio, espléndido, rodeado por miles y miles de casas. El rey Kocha sólo tenía una hija, princesa bella como una diosa y de natural dulce como un corderito. Teníala su padre en muy grande estima, como si fuera la perla más preciosa del universo.

En aquel reino había un gran lago, en cuyas profundidades tenía su morada el rey de los nagas. Cada año, en verano, cuando llegaba el quinceno día del sexto mes, los nagas color de jade volaban y danzaban en el cielo, con gran acompañamiento de retumbantes truenos y deslumbrantes relámpagos. Ese día el rey, al frente de todos sus lonpos y generales, y de una gran muchedumbre, acudía a las orillas del lago a presentar ofrendas a los nagas. De esta manera, con la protección de los nagas, año tras años se sucedían las lluvias benéficas y los suaves vientos, y hombres y ganado vivían en paz y seguridad.

Mas un año, de pronto, no se sabe bien por qué, una plaga se extendió por el reino, y empezaron a sucederse las inundaciones, con lo que hombres y ganado perecían en gran número. Atendiendo a las indicaciones de los samanes, el rey adoptó la costumbre de sacrificar todos los años a un muchacho «dragón», arrojándolo al lago como ofrenda propiciatoria a los nagas. Así, obtenida su protección, se podían evitar los desastres naturales. Mas pronto en el reino ya no se hallaron muchachos «dragón»: los unos muertos, los otros huidos, que ya los muchachos «dragón» no veían sentido esperar la muerte viviendo entre los suyos.

Ese año llegaba ya el tiempo del sacrificio a los nagas, mas no había manera de encontrar un muchacho «dragón». El rey, cada vez más inquieto y preocupado, ordenó a su lonchen Trishü que saliera en busca de un muchacho «dragón». Trishü era hombre despiadado y cruel, envidioso, vengativo y muy astuto. Era él quien se encargaba todos los años de buscar, para luego arrojarle al lago, al muchacho «dragón». Muchos eran los jóvenes que habían perecido por su causa.

En medio de sus averiguaciones, Trishü supo por boca de los chiquillos del valle que Tondrub era «dragón». Al punto fue a dar noticia al rey, quien, sin más, le dio orden de que fuera a prender al príncipe. Marchó el gran visir, al frente de una tropa, a cumplir la misión encomendada, y apenas hubieron entrado en el bosque, cuando el anciano lama supo con toda certeza que sus intenciones no eran nada buenas. Así pues, al instante dijo a Tondrub que se escondiera en el montón de yerba que le servía de asiento; así hizo el muchacho, y luego el lama colocó encima un cántaro roto.

–De no ser que yo te lo diga –advirtió a Tondrub–, no salgas de tu escondite; de otro modo, tu vida estará en muy serio peligro.

No tardó en presentarse en la gruta el gran visir, quien luego y sin ningún miramiento, agarró al lama violentamente y le gritó:

–¡Escúchame bien, vejestorio! Me han dicho que tienes un hijo «dragón», y el rey me ha ordenado que lo aprese y me lo lleve. ¿Dónde está? ¡Habla ya!

–Honorable señor –dijo a esto el anciano lama–, soy monje, ¿cómo podría tener un hijo? Aquí vivo retirado y entregado a la meditación; estoy completamente solo, ¡no tengo a nadie que me acompañe!

–No quieres entrar en razón, ¿verdad? –gritó Trishü sin dar fe a sus palabras–. ¡Pues ahora vas a ver con quien te las gastas!

–Puedes matarme –replicó el anciano lama muy sosegadamente–, mas nunca lograrás hacerme hablar.

A la vista de lo cual, el lonchen llevó al lama a empellones hasta el interior de la gruta y, sin cesar en sus gritos, desenvainó la cimitarra, que luego blandió, con aire por demás siniestro. Brilló el acero en la penumbra, y en ese instante Tondrub, que había visto todo desde su escondite, se dijo: «No puedo permitir que el maestro sufra por mi causa, y más siendo de tan avanzada edad... no podrá soportar un trato tan cruel, de eso no tengo duda...».

Y, sin más consideraciones, salió del montón de yerba, y dijo con recia voz:

–¡Eh, vosotros! ¡No hay para qué seguir maltratando al anciano! ¡Aquí me tenéis!

–¡Ajá! –exclamó el lonchen con una aviesa sonrisa–. ¡Vaya con el pequeño! ¡Conque eres tú, eh!

Y diciendo esto, agarró a Tondrub del brazo e hizo que lo ataran bien fuerte.

–¡Valiente ermitaño! –dijo al lama–. ¿De dónde te ha salido un hijo tan mayor como éste?

Y acabando de decir esto, lanzó una puñada contra el pecho del lama que lo hizo rodar por tierra. Suspiró luego satisfecho, y se volvió al palacio del rey llevando a Tondrub bien amarrado.

El anciano lama hubo de tragarse las lágrimas, y se quedó recitando sus mantras con voz queda, e implorando a los dioses y al Buda que protegieran a Tondrub.

Entró Tondrub en el palacio conducido por el lonchen, y fue en ese momento cuando la princesita lo vio por primera vez. Verlo y quedarse prendada de él fue todo uno. Aquel joven apuesto y de noble porte se había ganado su corazón. Y así, en seguida, fue a pedir a su padre que liberara a aquel joven y le diera permiso para venir a divertirse con ella. Consintió en ello el rey, pues adoraba a su hija y no había capricho que le pudiera negar. Y más cuando vio a aquel joven de tan admirable y altivo talle, por el que al punto sintió una gran afición.

Con el permiso, pues, del rey, ambos jóvenes, príncipe el uno, aunque ignorado, y la otra, princesa, se estuvieron divirtiendo, muy felices, durante unos días. Mas transcurridos que fueron siete, llegó el del sacrificio propiciatorio a los nagas del lago. Vino entonces el lonchen con ánimo de llevarse a Tondrub, lo que provocó el llanto amargo y desesperado de la princesa, que corrió a suplicar a su padre. También éste sentía que era grandísima lástima arrojar al lago en sacrificio a un joven de tan nobles prendas, por lo que ordenó al lonchen que fuera a buscar otro muchacho «dragón» para sacrificarlo en lugar de Tondrub.

–¡Imposible! –dijo el lonchen moviendo la cabeza a una y otra parte–. Las palabras que un día pronunciasteis, oh rey, son cual flecha disparada, que no se puede hacer volver. En mi humilde parecer, debierais ordenar que sin más tardar lo lleve al lago.

Ante tan apremiantes palabras y no faltas de razón, hallóse el rey en una situación sumamente embarazosa, y más que cerca de él estaba llorando y gimiendo su hija, con lamentos tales que le partían el corazón.

A todo esto el príncipe Tondrub se decía: «A lo que parece, si hoy no me sacrifican a mí para propiciar a los nagas, buscarán a otro para que ocupe mi lugar. De ninguna manera puedo consentir que por salvar mi vida y garantizar mi propia dicha, otro sufra tan cruel final».

Con lo que al momento, vuelta la cabeza hacia el rey y la princesa, habló de esta manera:

–¡Gran rey! ¡Noble princesa! ¡Ya no es menester que os preocupéis por hallar modo de salvarme! ¡Iré de voluntad al lago para servir de ofrenda propiciatoria a los nagas!

Mas la princesa, por mucho que la persuadieron y por mucho que se esforzaron en apartarla de Tondrub, no quiso separarse de él. Al final no pudieron menos de conducir a los dos, juntos, hasta la orilla del lago. Juntos subieron a la barca, y en ella fueron, sobre las suaves ondas, hasta el centro del lago. Allí se estuvieron un espacio de tiempo, hasta que la princesa, rendida por el sueño, se quedó traspuesta. Aprovechó Tondrub la ocasión y se arrojó a las cristalinas aguas. Despertóse, sobresaltada, la princesa, mas ya era demasiado tarde para salvar a su amado. Rompió en sollozos, en un desgarrado y lastimero llanto y, no pudiendo hacer ya nada, hubo de regresar a palacio.

En cuanto a Tondrub, luego que se lanzó a las profundidades del lago, pasó un buen rato como aturdido, hasta que, de pronto, se vio ante las magníficas puertas del palacio de los nagas. Un ejército de langostas, capitaneadas por un gigantesco cangrejo, lo apresó y condujo al interior del palacio. Allí esperaban el rey y la reina de los nagas, junto con sus hijos y sus nietos. Todos aguardaban impacientes a la víctima sacrificada para darse un gran banquete. Mas viendo todos a aquel joven tan apuesto y tan valiente, que no daba señal de sentir temor alguno, se extrañaron mucho y le preguntaron quién era, y por las circunstancias de su vida. Preguntas a las que Tondrub no tuvo inconveniente en responder, y aun dando todo lujo de detalles. Así les refirió su nacimiento, su condición de príncipe, su destierro, la pérdida de su hermano, su vida con el anciano lama, sus amores con la princesa, hasta llegar a las circunstancias que habían llevado a su sacrificio. Los nagas que lo oyeron, quedaron harto asombrados; suspirando dieron muestras de una gran compasión hacia aquel desdichado príncipe, y también digno de gran respeto y admiración por no haber permitido que otro fuera sacrificado en su lugar. Entonces le invitaron a quedarse en el palacio, donde le agasajaron con todo tipo de atenciones.

Tres meses vivió Tondrub en el palacio de los nagas. En ese tiempo no dejó ningún día de enseñarles la santa Doctrina del Buda. Les habló del amor y de la compasión hacia todos los seres, del deber que todos tenemos de respetar a los ancianos y de cuidar a los niños, y de otras muchas elevadas razones, con lo que consiguió conmover el corazón de los nagas y hacer que pronunciaran un solemne juramento: «En adelante no volveremos a devorar hombres, ni a provocar desastres naturales, ni a causar daño a las gentes». Además, entregaron a Tondrub, como presentes, gran cantidad de tesoros, sólo de grandes perlas, ni se sabe cuántas; y también le regalaron jades, corales, ágatas, esmeraldas, todo en grandísimo número.

Por último, el rey de los nagas dijo a Tondrub:

–Ahora, cierra los ojos y piensa en el lugar al que holgarías ir.

Cerró Tondrub lo ojos y pensó: «Iré a ver a mi anciano maestro, pues ha tiempo que no sé nada de él, e ignoro en qué estado se encuentra».

No acababa de pensarlo, cuando oyó cerca el ruido de un arroyo, y al momento se vio ante la puerta de la gruta. En su interior, sobre un montón de yerba, su maestro se hallaba sentado recitando los sutras.

–¡Maestro! –llamó Tondrub con voz queda.

Alzó la mirada el anciano y, viendo a Tondrub, fueron tan grandes su sorpresa y su alegría que cayó desvanecido. Corrió Tondrub a buscar agua perfumada de sándalo, y le roció el rostro con mucho cuidado. El anciano lama recobró el sentido.

Entonces Tondrub le refirió todo cuanto había sucedido desde que los separaron y le entregó todos cuantos tesoros y gemas le habían regalado los nagas. Tras aquellas amargas experiencias, el trato entre maestro y discípulo se había hecho de una gran intimidad, y bien podía decirse que ahora compartían plato y asiento[81].

Por su parte, el rey Kocha, viendo que tras arrojarse Tondrub al lago, el reino había recobrado la paz y el bienestar, y prosperado con abundantes cosechas, sintió en su corazón cuán ingrato había sido con el anciano lama. Entonces despachó a uno de los lonpos, llamado Pénbar, ferviente seguidor del Dharma:

–Ve a las montañas –le dijo–, e invita al venerable lama, que venga a palacio donde se le rendirá un gran homenaje.

Al conocer la invitación, el anciano lama se halló en gran embarazo. Por un lado, no podía rehusar, mas por otro, tampoco quería dejar solo, en la montaña, a Tondrub. Y si lo llevaba con él a la corte, temía no fuera reconocido por el rey, lo que imaginaba habría de resultar peligroso.

Al final, ideó una traza. Tondrub se pondría una máscara, y se haría pasar por un nuevo discípulo suyo. Si alguien preguntaba, debía decir que llevaba aquella máscara porque le había picado un bicho, cuyo veneno le había provocado una herida, a la que no convenía diera el aire.

Ya en palacio, el rey se mostró sumamente obsequioso con el maestro y su discípulo, y les regaló espléndidamente. Cuatro días pasaron, y hasta ese momento nadie había reconocido a Tondrub. Al quinto, cuando el lama y Tondrub acompañaban al rey en un paseo por las azoteas del palacio, apareció la princesa, con marfiles y joyas en las manos que quería presentar al lama. Al tiempo de ofrecérselas le rogó elevara a los dioses súplicas por el príncipe Tondrub, para que, cuanto antes, alcanzara el Paraíso del Oeste (Dewachén). Y al decir esto, sus ojos se arrasaron de silenciosas lágrimas.

Justo en ese momento se levantó un viento repentino, y una ráfaga hizo caer al suelo el sombrero del lama. Agachóse presto Tondrub para recoger el sombrero, y la brusquedad del movimiento hizo que la máscara se desprendiera. Entonces todos pudieron ver que era él, y no otro, el nuevo discípulo del lama. No tardó la princesa en echarse en los brazos de su amado, mientras lloraba, ahora de una infinita alegría. Junto a ellos, los sirvientes y el rey no salían de su asombro. Habló entonces el anciano lama y refirió muy por menudo toda la historia de Tondrub, desde su nacimiento hasta su retorno del país de los nagas.

El rey, entonces, muy contento y satisfecho, manifestó el deseo de que el príncipe Tondrub tomara a su hija por esposa. El príncipe aún se acordaba de su hermano, y sentía el peso de la pena por su muerte, mas no pudo menos de aceptar la proposición del rey.

El día de la boda, el reino entero hervía de alborozo, y una gran animación reinaba por doquier. Todos, nobles y plebeyos, participaban del regocijo general. Sonaron las largas trompetas, redoblaron los grandes tambores, ondearon las majestuosas y brillantes banderas. El anciano lama presidió un solemne ritual propiciatorio, para que se difundiera la Doctrina del Buda en las cuatro direcciones, y así, procurar a todos los seres grandes méritos y buen karma. Todo el mundo estaba emocionado, todos menos uno. El lonpo Trishü, que rumiaba una aviesa intriga en su corazón, no se atrevió a participar en la fiesta y, a hurto de todos, se escabulló y se dio prisa en llegar al reino vecino.

Poco tiempo después de la boda, el rey Kocha abdicó el trono en favor del príncipe Tondrub, y se retiró junto al anciano lama para estudiar y practicar la Doctrina del Buda. El príncipe Tondrub acabó, pues, convertido en rey.

Transcurrieron dos años y el rey Tondrub aún se acordaba a todas horas de su hermano, el príncipe Tonyó, sin poder apartarlo de su pensamiento. De modo que, un día, reunió a buena parte de sus lonpo y servidores y, montados en elefantes y resistentes corceles, partieron en busca de alguna pista que los llevara a descubrir lo acaecido con su hermano. Viajaron haciéndose pasar por mercaderes, bien provistos de toda clase de armas, provisiones y dinero, y así recorrieron todos aquellos lugares por los que tiempo atrás pasó en compañía de su hermano. Mas no halló de él rastro, ni nadie le dio noticia.

Mientras viajaba, el rey Tondrub no dejó de aprovechar la ocasión para ayudar de muchas maneras a las gentes de los lugares por donde pasaba. Y así les construyó canales de riego, levantó casas, tendió puentes y repartió muchísimas limosnas.

Un día se presentaron ante él unos campesinos que le dijeron:

–En aquellas montañas hay un animal muy extraño. Su cuerpo parece el de un hombre, mas está lleno de pelos blancos y siempre anda con los monos.

Oyendo lo cual el rey, sintió que su corazón daba un brinco en el pecho, y luego en seguida le vino la imaginación: «¿No será, por ventura, Tonyó, mi desdichado hermano?»

Preguntó a los lugareños dónde estaba aquel ser, y se partió en su busca con ellos, luego de ordenar a sus lonpo y demás séquito que esperaran allí hasta su regreso.

Caminaron, pues, el rey y algunos lugareños, durante mucho tiempo. Cruzaron montes y atravesaron ríos, hasta que llegaron a lo profundo de un espeso bosque. Entonces vieron a aquel animal con forma humana: estaba arrancando frutos de los árboles, que luego colocaba sobre una piedra plana, mientras no paraba de gritar con enronquecida voz:

–Tondrub, hermano mío, ¿dónde estás? Tondrub, hermano mío, ¿dónde estás?

Al oír Tondrub la voz de su hermano, que le llamaba de aquella desesperada y angustiosa manera, sintió como si le clavaran mil puñales en el corazón y rompió a llorar. Luego gritó a su hermano entre sollozos:

–¡Tonyó, hermanito mío! ¡Estoy aquí! ¡Tu hermano está aquí!

Al oír aquella voz, Tonyó se quedó paralizado, atónito, por un momento, y luego corrió a arrojarse en brazos de su hermano. Fue un abrazo eterno, mientras los dos hermanos lloraban en silencio.

Volvieron juntos al palacio, y cuando se conoció la extraordinaria historia de la «resurrección» del pequeño príncipe al que se creía muerto, todo el mundo se maravilló sobremanera y no cesaban de lanzar suspiros de admiración.

A partir de entonces, los dos hermanos vivieron juntos, felices. Mas un día, el malvado Trishü, cuyo corazón rebosaba de envidia y odio hacia el rey Tondrub, atacó el reino al frente de una tropa de bandidos con los que se había aliado. Los hermanos salieron a su encuentro, al frente de sus leales guerreros, y les infligieron una aplastante derrota que obligó a Trishü a huir hasta las frías y lejanas tierras del norte.

Un tiempo después, como quiera que los hermanos se acordaban mucho de su padre, determinaron de ir a visitarle. Y así hicieron, llevando como guardia a un grupo de aguerridos jinetes.

El rey Tobguilha era ya muy anciano, y el dolor por la pérdida de sus hijos lo había envejecido aún más. Su vida era triste por demás, y pasaba los días llorando y suplicando el perdón de sus hijos.

Un día, al tener noticia de que llegaba una tropa procedente de un reino del norte, se asustó no poco y, como además carecía de suficiente gente armada para hacerles frente, se sintió desesperado. Ahora bien, cuando llegó la tropa del norte, su sorpresa fue infinita: al frente de ella venían sus dos queridos hijos, Tondrub y Tonyó, a los que día y noche, durante largos años, había tenido en su pensamiento.

Padre e hijos, abrazados, se deshicieron en lágrimas, tras haber estado tanto tiempo separados. Luego, los hermanos refirieron a su padre las penas y sufrimientos padecidos durante aquellos largos años, lo que no dejó de provocar en ellos una aflicción pronto superada por el feliz reencuentro.

Al final, el rey Tobguilha abdicó el trono en favor de su hijo Tonyó, en tanto que Tondrub regresaba al reino de Kocha, donde siguió gobernando en calidad de rey. De suerte que los dos hermanos reinaron, cada uno en un país, conservando siempre entre ellos una perfecta armonía y un grande y mutuo amor, y sus respectivos súbditos vivieron en paz y prosperidad.

Notas

[1] Se refiere a las llamadas *sinmo* (escrito, *srin-mo),* espíritus demoníacos devoradores de hombres y animales.

[2] Chenresi (escrito, Spyan-ras-gzigs), en sánscrito se llama Avalokitesvara, en chino Guanyin y, en japonés, Kannon. Es el más popular de los *bodhisattvas* del budismo Mahayana, representación de la fuerza operante del Buda Amitabha y Protector del Tíbet. Al rey que introdujo el budismo, Songtsen Gampo (escrito, Srong-btsan Sgam-po, 620-649), se le considera una encarnación de Chenresi, así como al mismo Tale Lama (Dalai Lama). También su mantra *(Om mani padme hung)* es el que más se oye recitar. Existen muchas formas iconográficas de representar a Chenresi, todas ellas de un complicado y esotérico simbolismo. Las más frecuentes son dos: de pie, con once cabezas y mil brazos; y sentado sobre un loto, con cuatro brazos, dos de ellos con las palmas de las manos juntas y las otras dos soteniendo un rosario y una flor de loto. En cuanto a «boddhisattva», es un término sánscrito correspondiente al tibetano *byang-chub-sems-dpav.* El término sánscrito significa literalmente «ser que ha despertado», y el tibetano, «héroe de la mente del Despertar». En el budismo Mahayana, el bodhisattva es un ser que aspira a adquirir el estado de buda mediante el ejercicio sistemático de las seis perfecciones *(paramita,* «virtudes»), pero que renuncia al Nirvana en tanto que todos los seres no se vean liberados del Samsara.

[3] El valle de Yarlung, regado por el río Yar-lha-sham-po, afluente del Yalungtsangpo (escrito, Yar-klungs-gtsang-po), se encuentra en la actual región de Lhokha, en el Tíbet central.

[4] El monte Sumeru (en tibetano, Ri-rab o Ri-rgyal lhun-po), es la montaña situada en el centro del universo y morada de los dioses, según la cosmología budista, y también hindú.

[5] A tres kilómetros de Tsethang se encuentra ubicada una aldea, Sala, considerada el primer lugar donde brotó el *nas*, la particular cebada tibetana, y de ahí que, llegado el tiempo de la siembra, los campesinos vengan hasta aquí para recoger un puñado de «tierra sagrada» y rogar a los antepasados que les garanticen una buena cosecha.

[6] El nombre de Shen-rab (escrito, Gshen-rab) significa «samán supremo».

[7] Los *nagas* (en tibetano, *klu),* en la mitología hindú, son dragones semidioses de cuatro clases: celestes (guardianes de los paraísos), aéreos (provocan las lluvias benéficas), terrestres (dirigen el curso de los ríos) y guardianes de tesoros ocultos. En el budismo, los nagas son semidioses con cuerpo de serpiente y cabeza humana, que habitan en las regiones subterráneas y en las aguas profundas, divinidades acuáticas que reinan sobre las fuentes, los ríos y los lagos. En el budismo tibetano, en particular, los nagas, en sus palacios acuáticos, velan por las Escrituras búdicas que tienen en custodia, y también son dioses de las riquezas y de la Fortuna.

[8] El mantra (en tibetano, *sngags*) es una sílaba o serie de sílabas, cargadas de energía. Como indica su etimología (man, «mente»; tra, «protege»), protege la mente de las manifestaciones surgidas de la propia ignorancia. A veces, el término «mantra» puede referirse a fórmulas o conjuros de magia negra.

[9] En la lengua tibetana, *ña* significa «cuello», *tri*, «trono» o «asiento», y *tsenpo*, «rey» o «señor de los guerreros».

[10] El de los *sumpa* fue un antiguo reino que se extendía por un amplio territorio al norte del reino de Pugye, en el Tíbet central. Desapareció al ser conquistado por éste en el siglo VII.

[11] El *chorten* o *choten* (escrito, *mchod-rtan,* «soporte de ofrenda») en sánscrito se llama *stupa,* que literalmente significa «moño». Se trata de una forma característica de la arquitectura búdica, cuyos orígenes se remontan a la India del siglo III a. C. Al principio, la stupa fue un monumento funerario edificado sobre los restos mortales (*sarira*) del Buda histórico o de otro perfecto budista, y su forma es una base circular sobre la que se eleva una estructura hemisférica. Los hay desde los de pequeñas dimensiones, que se colocan en los altares, hasta los construidos como edificios monumentales, a cuyo alrededor se efectúan «circunambulaciones» rituales (en el sentido de las agujas del reloj los budistas, y al contrario los *bonpos*). En la parte superior del chorten hay un loto de cinco pétalos, coronado por un disco solar sobre una media luna.

[12] La Montaña Roja (Marpori) y la Montaña de Hierro (Chapori) son dos pequeñas montañas situadas en el extremo occidental de la antigua Lhasa. Sobre la primera se levanta el palacio del Pótala.

[13] El nombre completo era Ra-sa vphrul-snang gtsug-lag-khang («templo de la manifestación milagrosa de la tierra de las cabras»).

[14] El *garuda* (en tibetano, *khyung)* es un pájaro fabuloso, gigantesco, que ya aparece en el bon de la *Svástika,* del que es símbolo, y también en el hinduísmo. En el Tíbet se le representa sujetando entre sus garras una serpiente, mientras le muerde el espinazo.

[15] El budismo tibetano es conocido como Mantrayana («Camino de los Mantras»), Tantrayana («Camino de los Tantras») y también como Vajrayana («Camino del Diamante»). Las doctrinas del Mantrayana presentan dos características: una es la transmisión directa maestro-discípulo; la segunda son los rituales mágicos y secretos. Como los mantras se practican secretamente y no se comunican a quienes no están preparados para recibirlos, por ello se los llama «mantras secretos» (en tibetano, *gsang-sngags*).

[16] Las Doce Tenma *(Brtan-ma bcu-gñis)* son doce espíritus femeninos de la tierra *(yul-lha)* que han hecho solemne juramento de proteger el Tíbet. De ellas, cuatro son demonios femeninos *(bdud-mo)*: Kun-grags-ma, Gyav-ma-skyong, Kun-bzang-mo y Bgegs-kyi-gtso; cuatro, *yaksas (gnod-sbyin-mo):* Spyan-gcig-ma, Dpal-gyi-yum, Drag-mo-rgyal y Klu-mo Dkar-mo; y cuatro, espíritus femeninos de la medicina *(sman-mo):* Bod-khams-skyong, Sman-gcig-ma, Gyar-mo-sil y Gyu-sgron-ma.

[17] Los mándalas *(dkyil-vkhor,* en tibetano) son representaciones simbólicas de las fuerzas cósmicas, de forma bi- o tri-dimensional; desempeñan un papel importante en el bon y en el budismo tántrico del Tíbet. A menudo se representan sobre *thangkas* (escrito, *thang-ga),* rollos de tela o papel pintados. Los mándalas sirven esencialmente de soporte para la meditación y para ciertas visualizaciones. El significado del mándala corresponde, como indica su traducción tibetana, a la idea de «centro *(dkyil)* y periferia *(vkhor)».*

[18] Khorlo Demchog (vKhor-lo Bde-mchog), llamado en sánscrito Cakra-Sambara, es uno de los principales *Yidam* de la escuela *kagyüpa.* Su chakra (centro de energía sutil en el canal [*nadi*] central) se localiza en el ombligo, y representa las cualidades del Buda.

[19] *Arhat* (en tibetano*, dgra-bcom-pa)* es quien ha alcanzado la liberación, el estado supremo de perfección, en el budismo hinayana. En el mahayana el término designa a quienes aspiran solamente a la liberación personal, y no llegan al nivel del bodhisattva.

[20] El río del Caballo (escrito, Rta-mchog kha-hbab), el río del Elefante (Glang-chen kha-hbab), el río del León (Seng-ge kha-hbab), el río del Pavo real (Rma-bya kha-hbab).

[21] Atisha fue un maestro indio que, en el siglo XI, introdujo en el Tíbet las enseñanzas de la escuela *kadampa.* Fundador de dicha escuela del budismo tibetano.

[22] El término sánscrito *karma* (en tibetano, *las*) significa «acción», aunque a menudo se traduce por «causalidad de los actos». Según las enseñanzas del Buda, el destino de los seres, sus alegrías y sufrimientos, su percepción del universo, no se deben ni al azar ni a la voluntad de una entidad sobrenatural, sino que son el resultado de sus actos pasados. Del mismo modo, su futuro está determinado por la calidad, positiva o negativa, de sus actos presentes. Se considera positivo el acto que no responde a ninguna pasión y que aporta una ayuda a los demás, y negativo, el que se realiza movido por alguna pasión y que perjudica a los

otros y a uno mismo. Todo acto, físico, mental o verbal, es como una semilla que dará un fruto, un resultado que se vivirá ulteriormente, en esta misma existencia o en una futura.

[23] Los cinco venenos de la mente son el deseo, el odio, la ignorancia, la soberbia y la envidia.

[24] El sistema cronológico tibetano, derivado del chino y del indio, tiene por base ciclos de sesenta años *(rab-byung),* que combinan los cinco elementos con los doce animales del ciclo chino: a cada elemento se le hace corresponder una pareja de animales, el primero macho *(pho)* y el segundo hembra *(mo).* Los doce animales son, por orden: el ratón *(byi),* el búfalo *(glang),* el tigre *(stag),* la liebre *(yos),* el dragón *(vbrug),* la serpiente *(sbrul),* el caballo *(rta),* la cabra *(lug),* el mono *(sprel),* el gallo *(bya),* el perro *(khyi)* y el cerdo *(phag).* Los cinco elementos son: madera *(shing),* fuego *(me),* tierra *(sa),* hierro *(lcags)* y agua *(chu).* El rab-byung se debe al traductor Zla-ba'i vOd, y comenzó el año 1027, año en que se celebró en el Tíbet la primera Iniciación del Tantra de Kalachakra (en tibetano, *Dus-vkhor),* procedente de la India. El año tibetano es lunar, y empieza con la luna nueva de febrero.

[25] Albricias (Thos-pa-dgav) significa literalmente «alegre de oír».

[26] Entre ellas, le ordenaba construir una alta torre, de diferente planta cada vez, que luego, cuando estaba a punto de terminarla, tras mucho trabajo y sufrimiento, le mandaba derribar por no ser de su gusto.

[27] El *tummo (gtum-mo,* abreviación de *gtum-mo'i me)* designa el «fuego del chakra del ombligo». Se trata de una de las Seis Doctrinas de Naropa, conocida en Occidente sobre todo a través de la presente obra. En el tummo es básica la concentración en los canales sutiles *(rtsa),* en la energía sutil o aires vitales *(rlung),* y en las gotas o pequeñas esferas luminosas *(thig-le),* relacionados todos ellos con la energía psíquica, para conseguir que se encienda el calor-gozo *(bde-drod)* en el chakra del ombligo. En el Tíbet, esta técnica se emplea no sólo como medio para alcanzar el Despertar, sino también como protección eficaz contra los fríos extremados.

[28] Las «Seis Doctrinas de Naropa» (*Naro Chos-drug*), constituyen un importante grupo de enseñanzas del Vajrayana, recibidas por el Mahasiddha hindú Naropa de su maestro Tilopa. Naropa, a su vez, se las transmitió a Marpa, y éste las introdujo en el Tíbet en el siglo XI. Junto con el *Mahamudra,* las Seis Doctrinas contienen las principales técnicas meditativas de la escuela kagyüpa. Son las siguientes: 1. El *Tummo*, producción del «calor beatífico corporal»; 2. El *Sgyu-lus*, experiencia de que nuestro propio cuerpo es una ilusión; 3. El *Rmi-lam*, comprensión de cómo todas las experiencias del Samsara son semejantes al sueño; 4. La Clara Luz; 5. El *Bardo*; 6. El *Phoua*, transferencia del principio consciente.

[29] El Gran Sello o Gran Símbolo (Phyag-rgya chen-po), también conocido bajo el término sánscrito *Mahamudra,* es una de las más altas doctrinas del Vajrayana,

principalmente transmitida en el Tíbet por la escuela kagyüpa. La doctrina del *Mahamudra* se romonta al *mahasiddha* hindú Tilopa, a quien se la reveló Vadjradhara, el Buda Primordial. Tilopa se la transmitió a Naropa, y éste a Marpa, el maestro de Milarepa.

[30] El traje tradicional tibetano *(phyu-pa)* tiene mangas muy largas, que sobrepasan ampliamente las manos cuando no se llevan arremangadas. El traje, además, se recoge sobre la cintura y el enfaldo, llamado *amba,* se usa como bolso.

[31] La *kata* es una especie de estola o echarpe de seda o tela fina que se entrega o coloca sobre los hombros en señal de respeto o saludo.

[32] Héroe legendario del Tíbet cuya epopeya, de una enorme extensión, es una de las principales obras de la literatura tibetana (véase Introducción).

[33] Se refiere a una variedad de cebada, llamada *ne* en tibetano, adaptada a los fríos de la alta meseta del Tíbet.

[34] Ü y Tsang son las dos grandes regiones del Tíbet central.

[35] Los «Siete Hermanos Estrellas del Norte» (byang-dkar spun-bdun) se llaman Mon-gre, Mon-gru, Khrums-stod, Khrums-smad, Nam-gru, Tha-skar y Bra-ñe.

[36] Este mito del pueblo monpa del Tíbet, apunta a la estrecha relación del hombre y los animales con el sol. Los monpa habitan en los *dsong («distritos»)* de Mon-yul, Metog, Ñing-khri, Sman-gling y Mtsho-sna, en la zona sur del Tíbet central.

[37] El gallo nace de las pestañas del sol, por eso cuando canta el gallo, sale el sol.

[38] Los lopa (escrito, *klo-pa*) habitan en el sudeste del Tíbet central, en los dsong de Klo-yul, Me-tog, Sman-gling, Rdsa-yul y Lhun-rtse.

[39] Por eso es costumbre entre los lopa, en sus prácticas adivinatorias, sacrificar un gallo para examinar su hígado.

[40] *Pecha* (escrito, *dpe-cha)* es el nombre de los libros usados tradicionalmente en el Tíbet. Está formado por hojas rectangulares apaisadas, sueltas, sujetas por arriba y por abajo por tapas de madera u otro material consistente.

[41] Droma (escrito, Sgrol-ma), significa «La Salvadora», y su nombre sánscrito es Tara. Emanación de Chenresi, es un Yidam que encarna el aspecto femenino de la Compasión. Deidad popular del budismo tibetano, su culto se difundió en el siglo XI promovido por la escuela *kadampa*. Hay veintiún formas diferentes de Tara, tanto en aspecto apacible como airado; de ellas, las más extendidas son Tara Blanca (Sgrol-ma dkar-mo) y Tara Verde (Sgrol-ma ljang-khu).

[42] La *tsampa* se elabora a partir de granos de cebada que primero se ponen en remojo, después se tuestan y finalmente se muelen. La harina que se obtiene es la tsampa (escrito, *rtsam-pa),* alimento básico en la dieta tibetana.

[43] Los *mani kumbum* son amontonamientos de lajas en las que se ha grabado el mantra de las seis sílabas.

[44] Los *trisá* (escrito, *dri-za; gandarvas* en sánscrito), son semidioses maestros en las artes musicales, que también son atraídos por los perfumes y bellos sones.

[45] El té tibetano (*chásuma*) es más bien una especie de caldo, a base de agua de té, sal y mantequilla.

[46] El *kau* es una cajita, especie de relicario, que algunos tibetanos llevan colgada a la cintura.

[47] El *yatsagunbú* (escrito, *dbyar-rtsa-dgun-vbu*, «yerba en verano, gusano en invierno») es el *cordyceps sinensis*, o *caterpillar fungus*, hongo parásito de una larva, de elevado precio, con extraordinarias propiedades médicas como fortalecedor y también usado para remediar o prevenir cierto tipo de enfermedades.

[48] El «cementerio celeste», llamado en tibetano *turtrö* (escrito, *dur-khrod),* es el lugar donde se descurtizan los cadáveres para entregárselos como alimento a los buitres.

[49] Un *trüku (*escrito, *sprul-sku)* es la manifestación reencarnada de alguien que ha alcanzado la «budidad».

[50] Calle comercial de Lhasa alrededor del Jokang.

[51] Un *sang* (escrito, *srang*) equivale a unos cincuenta gramos.

[52] Es costumbre tibetana dar la bienvenida ofreciendo *chang* (*bsu-chang*, «chang de bienvenida») tres veces, conforme se va acercando el invitado.

[53] El *ongkor* es la fiesta de la cosecha que se celebra en otoño

[54] «*Om mani peme hung*» es el mantra principal y más recitado de los del budismo tibetano. Es el mantra de Chenresi, el Gran Misericordioso.

[55] Rector (*umdse*), oficiante (*changdsö*), «lama del garrote» (vigilante de la disciplina), son cargos monásticos de los monasterios de la secta de los *guelupa*, cuya cabeza es el Dalai Lama.

[56] *Gueshé* (escrito, *dge-bshes)* es un título («académico») equivalente al de doctor en Filosofía en el budismo tibetano.

[57] La Fiesta de la Ofrenda de las Flores *(metog chöpa)* es una fiesta que se celebra todos los años el décimoquinto día del cuarto mes, delante del Templo de Kungtang, en Tsekungtang, lugar al sudeste de la ciudad de Lhasa.

[58] El embarcadero de Shanga es el que se usaba para cruzar el río Lhasa. Situado en los suburbios orientales de la ciudad de Lhasa, era uno de los puntos de entrada a la misma, antes de la construcción del puente que hoy existe.

[59] Es costumbre tibetana llevar al cinto un cuchillo (corto, si son mujeres), a veces casi una espada. Se llama *lutri*, y sirve para múltiples usos, entre otros, cortar los trozos de carne a la hora de comer.

[60] El Bosque Frío *(Bsil-ba-tsal)* era un cementerio situado al sudeste de Dorjeden, en India.

[61] Dsambuling (escrito, *vdsam-bu-gling*) es uno de los cuatro continentes (*gling-bzhi*), el del sur, donde habitan los hombres.

[62] El *sang* (escrito, *bsang)* es una forma de ofrenda a los dioses, que consiste en quemar ramas de enebro o similar.

[63] *Pandita* se dice del sabio que domina las «cinco ciencias mayores» *(rig-gnas che-ba lnga):* artes, medicina, gramática, lógica y filosofía.

[64] El nombre tibetano de este conjunto de cuentos es *A-khu Ston-pa'i bstan-bcos.*

[65] Los giros en el sentido de las agujas del reloj son los propios del budismo tibetano, que los considera favorables. En sentido contrario, los del Bon, que los budistas consideran nefastos.

[66] Las Cinco Kandromas de Sabiduría *(ye-shes mkhav-vgro sde-lnga)* son: la Kandroma del Vajra (Diamante), en el este; la Kandroma de la Joya, en el sur; la Kandroma del Loto, en oeste; la Kandroma del Karma, en el norte; y la Kandroma del Buda, en el centro. El término tibetano *kandroma (dakini* en sánscrito) se compone de *mkhav* («el espacio celeste, el Vacío»), *vgro* («marchar, desplazarse») y *ma* («partícula femenina»); lo que da a entender que las kandromas son personajes femeninos que se mueven en el ámbito de la Realidad absoluta. Se las representa desnudas y con semblante airado o semiairado. Su desnudez simboliza la comprensión de la verdad pura («desnuda»).

[67] Los matarifes, pescadores y cazadores son para los budistas tibetanos gentes de la peor consideración, pues su tarea es matar.

[68] Las Tres Joyas se denominan en tibetano *dkon-mchog gsum*: «Tres *(gsum)* Raros *(dkon)* y Sublimes *(mchog)»*. Se refiere a los tres elementos fundamentales del budismo: el Buddha (*Sangs-rgyas*), el *Dharma* (*Chos*) y la *Sangha* (*dge vdun*), bajo cuya protección se colocan los budistas mediante la Toma de Refugio.

[69] Ngari es el nombre de todo el Tíbet occidental.

[70] Los protectores de la Doctrina *(Chos-skyongs)* son emanaciones de los buddhas y bodhisattvas; poseen el ojo del Supremo Conocimiento y actúan dentro del ciclo de las existencias (Samsara) por el bien de los seres. Uno de los más importantes es Mahakala («El Gran Negro»), protector sobre todo de la escuela kagyüpa y de los Tale Lama (Dalai Lama).

[71] En el Tíbet, la creencia en la existencia objetiva de los demonios es relativa. Según la doctrina de la Gran Perfección del bon y del budismo, los demonios o espíritus malignos son proyecciones de la mente, personificaciones de energías psíquicas, y como tales se tratan en la práctica del *Chö (Gcod),* una de las más profundas del bon y del bu-

dismo tibetano, en la que se ofrece a los demonios el propio cuerpo como pasto. El fin último de la práctica es destruir la idea del yo, y el apego a la misma.

[72] Es costumbre tibetana cuando se hace un trato de compraventa, tocarse los dedos dentro de la manga para fijar el precio.

[73] El Kongpo es una región del Tíbet central que se extiende por el valle del río Ñang y por la zona de su confluencia con el Yalungtsangpo.

[74] La Gran Perfección (escrito, *Rdsogs-chen)* es una doctrina y unas enseñanzas del bon y de la escuela *ñingmapa* del budismo tibetano. Esta doctrina representa la unión de la Vacuidad y de la Conciencia despertada, de la pureza primordial y de la realización espontánea. Las doctrinas de la Gran Perfección fueron introducidas en el Tíbet por maestros del bon de la Svástika, procedentes pobrablemente de la antigua Persia, en fecha remota, y mucho más tarde su variante budista por Padmasambhava y Vimalamitra en el siglo VIII. El nivel superior de estas enseñanzas y de esta práctica comprende una primera fase (*khregs-chod*), en la que el practicante reconoce la naturaleza de la mente (*rig-pa*); y una fase superior (*thod-rgal*) en la que se desarrolla la capacidad para experimentar la Sabiduría Primordial y la Clara Luz.

[75] Ya en época temprana los maestros del Bon, y posteriomente del budismo tibetano, comenzaron a tratar del Bardo (escrito, bar-do), el estado intermedio entre la muerte del individuo y su renacimiento posterior. Esta doctrina, incluida las Seis Doctrinas de Naropa y en una muy conocida obra, el *Bardo Tödröl* (escrito, *Thos-grol),* dintinguen seis clases de estados intermedios: 1. El Bardo del momento de la muerte *(vchi-kha bar-do);* 2. el Bardo de la Realidad Última *(chos-ñid bar-do),* en que el principio consciente se reabsorbe en la Vacuidad; 3. el Bardo de la existencia *(srid-pa bar-do),* el que precede al renacimiento; 4. el Bardo entre el nacimiento y la muerte *(skyed-nas bar-do);* 5. el Bardo del sueño *(rmi-lam bar-do);* 6. el Bardo del estado extático *(bsam-gtan bar-do).* Los tres primeros abarcan todo el proceso que durante 49 días separa la muerte del renacimiento, en tanto que los tres últimos son característicos de la vida que consideramos real.

[76] Shinje (escrito, Gsin-rje) se llama en sánscrito Yama, y es el Señor de la Muerte. Según la leyenda y la mitología búdica, fue en un tiempo rey de Vaisali, en la India, y tras una guerra sangrienta hizo promesa solemne de convertirse en Señor de los Infiernos. Así es como renació en forma de Yama. En los Infiernos, Yama y sus asistentes, los *awa lang-go*, reciben como castigo cobre fundido derramado en la boca; así, tres veces al día, hasta que acaben de expiar sus crímenes. Yama es juez de los muertos, cuyo castigo dispone en función del karma de cada uno; de ahí que también se le conozca como Señor del Dharma *(Chos-Rgyal).*

[77] *Mo, cha* y *tsi* se refieren a diferentes artes adivinatorias, incluida la astrología (*tsi*).

[78] El Paraíso del Oeste es Dewachen (escrito, Bde-ba-chen), en sánscrito Sukhavati, que significa literalmente «Gran Felicidad». Es la Tierra Pura del Oeste, el Paraíso del Buda Öpame (Amitabha).

[79] Las *tormas* (escrito, *gtor-ma)* son figuras hechas con tsampa y con mantequilla, que se ofrecen ritualmente a las deidades o a los espíritus.

[80] Otras versiones dicen que fueron los dioses Brahma y Vishnu (en tibetano, Tshangs-pa y Grong-vjoms) quienes le resucitar.

[81] Los tibetanos sólo comen en el mismo plato, o cuenco, cuando los une un estrecho parentesco o amistad.

Bibliografía

Obras tibetanas consultadas por el autor

Kun-bzang rgyal-mtshan, Zla-ba bkra-shis, *Bod-ljongs Dbus-gtsang khul gyi dmangs-khrod gtam-rgyud* (Cuentos populares tibetanos de Ü y de Tsang), Mi-rigs dpe-skrun-khang, Pe-cin, 1985.

Tshe-brtan rdo-rje, *Bod kyi dmangs-khrod sgrung-gtam* (Cuentos populares del Tíbet), Bod-ljongs mi-mang dpe-skrun-khang, Lhasa, 1985.

Dpal-mgon vPhags-pa Klu-sgrub kyis mdsad-pa'i ro-langs gser-vgyur gyi chos-sgrung ñer-gcig-pa rgyas-par phye-ba bzhugs-so (Veintiún historias contadas por un cadáver de oro, obra del Venerable Nagarjuna), Bod-ljongs mi-mang dpe-skrun-khang, Lhasa, 2003.

Mi-ro rtse-sgrung: Bod-rigs kyi dmangs-khrod gtam-rgyud (Historias de un cadáver: cuentos populares tibetanos), Mtsho-sngon mi-rigs dpe-skrun-khang, Xining, 1994.

Dang grung, *Blo-gsar la vjug-pa'i sa-skya legs-bshad kyi vgrel gsar bzhugs-so* (Nuevos comentarios a los Proverbios de Sakya), Bod-ljongs mi-mang dpe-skrun-khang, Lhasa, 1992.

Sa-pan Kun-dgav rgyal-mtshan, *Sa-skya'i legs-bshad kyi rtsa-vgrel* (Proverbios de Sakya con comentarios), Mtsho-sngon mi-rigs dpe-skrun-khang, Xining, 1995.

A-Khu bston-pa'i gtam-rgyud (Cuentos de Aku Tonpa), Si-khron zhing-chen dmangs-khrod rig-rtsal brtag-dpyad tshogs-pa, Si-khron mi-rigs dpe-skrun-khang, Chengdu, 1980.

A-Khu bston-pa'i gtam-rgyud (Cuentos de Aku Tonpa), Mtsho-sngon mi-rigs dpe-skrun-khang, Xining, 1991.

VPhrin-las chos grags (ed.), *Bod kyi lha-mo'i zlos-gar gyi vkhab-gzhung phogs-bsgrigs kun phan bdud-rtsi'i char vbebs zhes bya-ba bzhugs-so* (Colección de las ocho principales piezas de teatro tibetano), Bod-ljongs mi-mang dpe-skrun-khang, Lhasa, 1989.

Obras del autor sobre literatura tibetana

Vida del gran yogui Milarepa, de autor anónimo del siglo XIV; traducción del tibetano, introducción y notas; Anagrama, Barcelona, 1994.

Treinta consejos de Gyalwa Lonchenpa (*Kun mkyen klongchen rabdjams kyi gsung sñing gtam sum cu pa bshugsso*), traducido del tibetano; Editorial Imagina, 1998.

Joyas de la Sublime Vía, selección de textos de maestros budistas tibetanos; traducción del tibetano; Edición bilingüe, Editorial Imagina, 2000.

Tshangyang Gyatso, *Canciones líricas del Sexto Dalai Lama*; traducción del tibetano; Edición bilingüe; Hiperión, Madrid, 2000.

Svástika. Religión y magia en el Tíbet (Sobre la antigua religión Bon), Oberon, Madrid, 2003.